I MITI

Andrea De Carlo

volumi già pubblicati
in edizione Mondadori

Di noi tre
Due di due
Macno
Nel momento
Pura vita
Tecniche di seduzione
Treno di panna
Uccelli da gabbia e da voliera
Uto

Andrea De Carlo

I VERI NOMI

MONDADORI

www.andreadecarlo.net

www.librimondadori.it

ISBN 88-04-52563-0

I edizione Scrittori italiani novembre 2002
I edizione I Miti novembre 2003

I veri nomi

L'autore assicura formalmente che i nomi dei personaggi di questa storia *non* sono quelli delle persone reali che possono averli ispirati. Poiché però è possibile – e in alcuni casi probabile – che esistano persone reali con lo stesso nome e alcune caratteristiche dei personaggi di questa storia, l'autore assicura che si tratta di una pura coincidenza: non è di loro che si racconta qui.

Damiano Diamantini

Quando avevo ventitré anni una tipa di nome Enrica Rivatti con le labbra pallide e gli occhi acquosi e i capelli fritti color paglia mi ha telefonato una sera tutta concitata per dirmi di chiamare al più presto il suo amico Damiano Diamantini che cercava un esperto di rock per una collana di libri sulla musica. L'avevo conosciuta all'università, e dovevo essere l'unica persona associabile al rock che le era venuta in mente, per come manifestavo estraneità tutto il tempo e per come ogni tanto mi portavo dietro una brutta chitarra acustica giapponese con le corde troppo alte e la suonavo nei chiostri tra una lezione e l'altra. Facevo l'esule in terra nativa, facevo l'artista difficile che non sa ancora qual è la sua arte; cantavo canzoni non mie, cercavo di esprimere non appartenenza a quello che avevo intorno. Ero quaranta per cento modi di essere, sessanta per cento modi di fare, e non c'era un momento in cui non me ne rendessi conto. In compenso stavo attento ai suggerimenti delle circostanze e alle minime possibilità nascoste nelle pieghe delle situazioni, non tralasciavo nessun segnale. Attraversavo la città come un cacciatore in un territorio quasi privo di cacciagione: potevo seguire la pista più sottile per settimane o mesi, fino a che non si dissolveva nel nulla o non mi distraevo dietro un'altra traccia.

Così il giorno dopo ho telefonato a Damiano Diamantini anche se mi costava fatica, sono stato ad ascoltarlo mentre accennava in tono enfatico al suo progetto di collana di libri sulla musica che avrebbe dovuto diventare il veicolo di un'impresa culturale straordinariamente nuova per l'editoria nel suo insieme e per le nuove generazioni sprofondate nell'ignoranza e nella superficialità e nell'idolatria inconsapevole di miti musicali da quattro soldi. Non sono riuscito a interloquire molto, se non alla fine per accettare un invito a cena due sere più tardi.

Posso rivedermi abbastanza bene mentre attraverso la strada appena sceso dal tram, nell'aria milanese dolciastra e pungente di polveri sospese a fine maggio: con i capelli lunghi aggrovigliati in modo inestricabile e una maglia a strisce orizzontali gialle e rosse e una giacchetta color alluminio opaco comprata in un negozio di vestiti usati, sguardi da ricognitore. Zero armi d'attacco a parte un'attenzione così affilata da essere pericolosa anche per me, zero armi da difesa a parte la fuga; zero capacità riconosciute, zero legami effettivi con la realtà. La mia forza più grande consiste nel non far parte del contesto, essere pronto a prendere distanza da qualsiasi cosa in qualsiasi momento senza perderci niente. Troppe immagini mentali di origine diversa per riuscire a ordinarle in una direzione anche se vaga, aspettative generiche come stanze vuote.

L'appartamento di Damiano Diamantini era nella piazza del centro che si allarga attorno al castello, in un semicerchio di palazzi borghesi ottocenteschi impregnati della cupa tristezza doverista della città. Sono salito con un vecchio ascensore di ferro battuto e legno, annusavo l'odore di cera e polvere e grasso per ingranaggi. Alle pareti del pianerottolo dell'ultimo piano c'erano stampe di cavalli e carrozze; sulla porta, un tipo di forse trent'anni dall'aspetto tedesco o austriaco, anni Venti o Trenta più che contemporaneo, con i capelli biondi rasati alle tempie e alla nuca e spioventi sulla fronte.

Ha detto «Damiano Diamantini. Molto, molto piacere» senza quasi sorridere, mi ha stretto la mano con una strana enfasi distratta. Era magro e alto, con occhi azzurri puntuti, piccole orecchie molto aderenti alla testa. Mi ha guidato lungo un corridoio fiancheggiato di librerie, in una grande cucina dove una signora elegante simile a lui dava istruzioni a una domestica di aspetto sudamericano. Damiano Diamantini ha detto «Alberto Scarsi. Mia madre».

«Scar*zi*» ho detto io, anche se non provavo attaccamento nemmeno per il mio cognome.

Lui ha detto «Ah sì, scusa» come se non gliene importasse niente; ha pescato una carota da sopra il lavello e ne ha scrocchiato via un morso secco.

Sua madre mi ha porto la mano; con la stessa distrazione esuberante del figlio ha detto «Molto, molto piacere».

Mi guardavano tutti e due a occhiate oblique, come si potrebbe guardare un acquisto per corrispondenza appena consegnato, con il sospetto che non corrisponda del tutto alle promesse del catalogo. Dicevano «Così sei amico di Enrica?»; dicevano «Non è una ragazza straordinaria?»; dicevano «È bello che abbia fatto subito il tuo nome, no?».

Io dicevo «Sì»; «Sì»; «Sì», anche se da quel poco che conoscevo Enrica Rivatti non avevamo proprio niente in comune.

Poi mi hanno spinto fuori da una portafinestra su un enorme terrazzo, dove c'erano viti del Canada e piante di glicine e gelsomini in grandi vasi e una tavola apparecchiata. Madre e figlio Diamantini mi hanno fatto affacciare al muretto di protezione: si vedevano il castello e i giardini pubblici dietro il castello, la grande via circolare da cui saliva rumore di motori e odore di gas di scarico. La madre ha detto «Quando ci siamo trasferiti a Milano da Genova ho deciso che l'unico modo di vivere in questa città era avere la vista più strepitosa».

Damiano ha detto «È stato un buon affare, anche. È riuscita a portarla via quasi a metà prezzo, questo demonio di donna».

Lei lo ha guardato come se le avesse fatto il complimento più gradito, sorrideva frivola. Mi chiedevo se c'era ancora un modo di andarmene prima di restare irrimediabilmente incastrato tra loro; cercavo di pensare rapido ma non ci riuscivo, ero preso nella colla della situazione.

Poi la madre Diamantini ha detto «Possiamo sederci»; lei e suo figlio si sono messi ai due capi della tavola, mi hanno fatto cenno di sistemarmi in mezzo. Damiano Diamantini ha stappato una bottiglia di vino, la cameriera sudamericana è arrivata con una terrina di rigatoni in besciamella. Il figlio ha versato il vino, la madre ha guidato a gesti la distribuzione della pasta nei piatti. C'era tutto un gioco di sguardi e mezze frasi tra loro, da coppia complice che non smette di scambiarsi segnali neanche per un attimo.

Per disagio più che per fame mi sono cacciato in bocca una grossa forchettata di rigatoni in besciamella, ma erano dolci anziché salati: con un denso fondo zuccherino che mi ha fatto venire lacrime agli occhi e un impulso violento di sputare tutto. Ho preso una gollata di vino per mandarli giù, ed era dolce anche quello, una specie di Lambrusco per bambini o per il mercato americano, sciropposo come un soft drink. Mi aspettavo che la madre o il figlio Diamantini o tutti e due simultaneamente si accorgessero dello sbaglio di ingredienti e facessero una faccia disgustata o si mettessero a ridere e si scusassero con me e facessero portare via i piatti dalla cameriera, invece hanno continuato a mangiare come se niente fosse. Erano tutti presi nella pennellatura di un quadro apologetico della loro famiglia, con una tecnica rapida che doveva sembrargli brillante e li faceva parlare su una frequenza più acuta senza aumentare il volume delle voci. Mangiavano i rigatoni allo zucchero, si pulivano la bocca e bevevano il Lambrusco tiepido, parlavano e parlavano. Sembravano soddisfatti di avermi come spettatore e ascoltatore obbligato, gareggiavano a chi mi sommergeva di più dettagli che secondo loro mi avrebbero interessato automaticamente.

Li stavo a sentire, ogni tanto facevo di sì con la testa; muovevo la forchetta, tracciavo scie di besciamella nel piatto. Mi chiedevo se i due Diamantini erano straordinariamente distratti e non si accorgevano dello zucchero nella pasta, oppure i rigatoni dolci erano una ricetta eccentrica di famiglia, o un test per verificare le mie reazioni. Mi chiedevo se avrei dovuto fare finta di niente e sforzarmi di mangiare, o interrompere i loro discorsi e dire qualcosa, o alzarmi con una scusa e andare veloce verso la porta e correre giù per le scale senza neanche aspettare l'ascensore. Non riuscivo a decidermi; ho provato a prendere un'altra piccola forchettata, l'ho toccata con la punta della lingua, subito rimessa nel piatto.

A sentire loro Damiano Diamantini era una specie di genio, che a sei anni risolveva problemi matematici complessi e a sette aveva imparato a memoria l'*Iliade* tanto da poterla recitare senza nessuna esitazione agli amici di famiglia che venivano a cena. A tredici anni un suo tema sul Risorgimento gli aveva fatto vincere un premio come migliore studente di scuola media di tutta Italia, consegnato nel corso di una cerimonia dall'allora presidente della repubblica in stato evidente di etilismo, il che aveva imbarazzato il preside e gli insegnanti, divertito i genitori e provocato alcune osservazioni spiritose da parte del figlio quando erano tornati a casa. Al liceo le capacità straordinarie di Damiano Diamantini gli avevano fatto superare di dieci lunghezze i suoi compagni e mettere sistematicamente in difficoltà i professori di tutte le materie. Finiva i compiti in classe così presto che doveva inventarsi modi di occupare il tempo: scriveva poemetti, piccoli saggi storici e filosofici su pagine di quaderno. Come regalo per la maturità il padre Diamantini aveva pubblicato a sue spese un trattato su Orazio che Damiano aveva scritto durante le vacanze di Natale a Oberlech in Austria. Benché fosse stato distribuito solo in forma privata, aveva suscitato una serie di commenti sorpresi e ammirati da parte di latinisti e letterati anche importanti. Poi, mentre Damiano frequentava il terzo anno di Lettere antiche con una media di voti così alta da lasciare tutti stupefatti, il padre Diamantini era morto in un incidente di caccia in Jugoslavia, ammazzato per sbaglio da uno dei suoi migliori amici. Così il figlio Diamantini aveva dovuto abbandonare l'università prima della laurea e occuparsi dell'azienda di famiglia, che produceva coperte e scialli di lana pregiata in uno stabilimento a Novi Ligure. Il marchio era antico e prestigioso, ma Damiano aveva scoperto una situazione finanziaria molto meno solida di quanto tutti pensassero. Era venuto fuori che il padre aveva mentito per anni a proposito dei suoi continui viaggi di lavoro, aveva fatto investimenti sbagliati in Italia e all'estero e manteneva a Genova, Monaco e Helsinki tre amanti, da una delle quali aveva anche avuto una figlia. Damiano Diamantini aveva passato un periodo difficile fatto di pressioni di creditori e vendite svantaggiose di appartamenti e azioni e quadri, finché con un capolavoro di psicologia applicata era riuscito a cedere la fabbrica a un industriale argentino per una cifra assurda. Con parte del ricavato aveva aperto la casa editrice Diamantini, che in pochi anni si era consolidata nel settore medio-piccolo di qualità, pubblicando tra l'altro tutte le opere di Leopardi e Foscolo e alcuni tra i migliori narratori italiani contemporeanei come Alvaro Cugnoni, Silvana Otocenco, Guido Tascante e Martino Mezzacapa. Avrebbe potuto accontentarsi di questi buoni risultati, e invece da almeno un anno si era messo a perfezionare un'idea per trascinare nel territorio della letteratura un nuovo pubblico di lettori giovani.

Damiano Diamantini ha detto «È questa la sfida, no? Siamo un paese altamente scolarizzato, con migliaia di caproni che si diplomano e si laureano inutilmente ogni anno e che sarebbero dei potenziali lettori, eppure nessuno legge».

«Non proprio nessuno» ha detto sua madre. «Non mi pare che ti vada tanto male, Damiano. Non dovresti lamentarti.»

«Infatti non mi lamento» ha detto Damiano. «Abbiamo appena vinto un premio in Piemonte con Cugnoni e adesso abbiamo ottime possibilità anche a Venezia con la Zurchiello, incrociando le dita. È solo che so che ci sono greggi di lettori potenziali là fuori e voglio agguantarli per le corna.» Ha fatto un gesto al di là del terrazzo, verso la città che grattava e sgommava e cigolava sotto di noi; ha detto «Comprano biglietti per film e concerti, comprano dischi di canzonette, comprano vestiti e gadget di ogni genere, ma i libri non li comprano, i giovani caproni scolarizzati».

La madre lo seguiva con gli occhi, faceva di sì con

la testa, masticava e deglutiva. Ha detto «È da qui che viene la grande idea di Damiano». Ha guardato il mio piatto ancora pieno di rigatoni dolci; io ho mosso appena la forchetta.

Damiano ha detto «La grande idea allora è fare qualcosa di concepito espressamente per i caproni scolarizzati là fuori. Una collana di libri sui canzonettari italiani più famosi». Mi ha guardato con occhi che gli brillavano, un piccolo sorriso teso.

Io ho solo fatto di sì con la testa; non capivo che reazioni si aspettasse da me.

Lui ha detto «Ogni libro con un'intervista ricchissima e completissima corredata da bellissime fotografie, e in fondo un mio saggio poetico e letterario, che mette il cappello sull'intera operazione. Le canzonette sono il verme che si agita sull'amo, capito? I giovani caproni scolarizzati abboccano, e noi li trasciniamo nel territorio della *letteratura*, prima che si possano rendere conto di cosa gli è successo».

Sua madre era raggiante; ha detto «Un'idea così poteva venire in mente solo a un pazzo geniale come Damiano».

Damiano Diamantini ha sorriso, gli faceva piacere anche se questo era un gioco a due rodato da chissà quante conversazioni dello stesso tipo.

La madre Diamantini si è fatta servire dalla cameriera altri rigatoni dolci, mi ha chiesto se ne volevo ancora.

Ho detto «Grazie, non ho molta fame».

Damiano si è riempito il piatto con tutti quelli che restavano, li ha spazzati via a grandi forchettate.

Quando la cena è finita, la madre Diamantini si è alzata, ha detto «Io vado a fare un paio di telefonate, vi lascio a parlare di business».

Damiano si è acceso un sigaro, si è inclinato all'indietro sulla sedia con un'espressione imprenditoriale; ha cominciato a chiedermi quanto mi consideravo qualificato a lavorare per lui. Non avevo nessuna voglia di lavorare per lui né mi consideravo qualificato, ma c'era una parte di me che mi teneva lì e mi spingeva a propormi: la parte che voleva farmi uscire dalla totale indefinizione in cui navigavo da quando avevo finito il liceo. Così gli ho spiegato che la musica rock era una delle mie passioni principali e che avevo cominciato a scrivere quando ero in quarta ginnasio, che le due cose forse mi davano una competenza di qualche genere.

Damiano Diamantini ha detto «Puoi farmi leggere qualcosa di quello che scrivi?».

«No» ho detto. «Butto via tutto ogni volta, appena finito.»

Lui ha sorriso, ha tirato una boccata dal sigaro; sembrava abbastanza divertito all'idea. Non era nemmeno vero che io buttassi via proprio tutto quello che scrivevo, qualche decina di pagine doveva essere rimasta in qualche cassetto. Ma mi costava fatica cercare di ricordarmi quali pagine e quale cassetto; non avevo voglia di pensarci. È rimasto il mio atteggiamento riguardo agli archivi, e più in generale al passato: non ho mai tenuto diari né conservato lettere né fatto album di fotografie. Non è una posizione ideologica, anche se potrei forse cercare di sostenerla; dipende dalla mia pigrizia mentale, e dalla percezione di quanto poco serva conservare la buccia di una cosa passata, dato che la sua polpa è immateriale.

Damiano Diamantini doveva pensare di essersi già fatto un buon identikit di me, perché a un certo punto ha smesso di far domande e di ascoltare, ha cominciato a spiegarmi in modo dettagliato quale doveva essere il mio ruolo nella sua collana di libri. Gli serviva uno che facesse le lunghe interviste ad alcuni dei principali cantautori italiani, abbastanza approfondite e articolate da poter essere stampate in un volume di centocinquanta pagine comprese le fotografie e il suo saggio conclusivo. Ha detto «Prima di telefonarti naturalmente ho parlato con alcuni giornalisti del settore, ma sono tutti analfabeti, e avidi per di più. I soldi preferisco tenermeli per quando la collana avrà così tanto successo da attirare i veri nomi».

«I veri nomi?» ho detto.

«I grossi nomi internazionali» ha detto Damiano Diamantini. «Quelli che vendono decine di milioni di copie di dischi in tutto il mondo e sono seguiti e venerati come maestri di vita e di pensiero.»

«Vuoi fare libri anche su di loro?» ho detto.

«Sissignore» ha detto Damiano Diamantini; ha aspirato dal suo sigaro. «O meglio, saranno loro o i loro agenti a voler fare libri con me, quando vedranno il successo strepitoso della collana con i nomi italiani».

«E con chi cominceresti?» ho detto, anche se il suo tono mi irritava in un modo fisico.

«Con uno qualunque dei veri nomi» ha detto lui, con un gesto per sottolineare la sua indifferenza. «Johny Lenon, Mike Jaeger, Dilan Bob, Bernard Ohanian. Pensa un libro su Bernard Ohanian, per esempio. Che è l'unico poi ad avere un retroterra culturale decente, tra tutti. Per un'intervista con uno come lui sì che sono disposto a pagare. Però tiro centomila copie, di un libro su Bernard Ohanian. Ne tiro *duecento*mila, se preparo il terreno come dico io. E poi lo vendo in tutto il mondo, oltre che in Italia. Non su licenza, stampo nelle varie lingue e trovo un distributore locale paese per paese, così sono certo che non snaturino l'operazione.» Ha fatto scorrere due dita a mezz'aria in orizzontale: ha detto «*Diamantini Press*. Eh?».

Ho fatto di sì con la testa, benché da come aveva pronunciato i nomi fosse chiaro che non aveva idea di chi parlava, a parte forse Bernard Ohanian. Del resto bastava vedere il suo taglio di capelli e il modo in cui era vestito per capire quanto remoto doveva essere il mondo del rock per lui.

Damiano Diamantini ha detto «Ecco perché non voglio buttare via soldi con i giornalisti specializzati, per i canzonettari di casa nostra. Tanto vale dare una possibilità a uno come te, che non lo fa per il vile denaro e ci rovescia dentro tutto l'entusiasmo del mondo».

Ho sorriso; non capivo bene da cosa trasparisse tutto l'entusiasmo di cui parlava. Ma era vero che la storia delle interviste mi sembrava un'occasione per scrivere qualcosa e pubblicarlo, sperimentare in una dimensione reale una delle mie capacità ipotetiche.

Damiano Diamantini ha ribadito che non mi avrebbe certo pagato molto. Ha detto «Io faccio una scommessa su di te, mi sembra che sia questa la cosa che conta, no?».

Ho detto «Certo», pieno di fastidio com'ero per il suo aspetto da lungo bambino saccente e per il fumo del suo sigaro.

Flavio Sbozzari

La settimana dopo Damiano Diamantini è passato a prendermi con la sua Rover verde e siamo andati a trovare il cantautore Flavio Sbozzari, nell'ex casale trasformato in studio in una zona umida a nord di Milano dove stava registrando il suo nuovo disco. Avevo con me un piccolo registratore a pile prestato da mia sorella e un quaderno rilegato a spirale su cui avevo trascritto date e titoli delle canzoni di Sbozzari nel corso di una ricognizione in un paio di negozi di dischi. Non avevo la minima idea di come si facesse un'intervista, ma mi sembrava di avere una discreta documentazione di base, e una piccola scorta di domande non del tutto banali. Speravo solo che Diamantini non mi stesse troppo addosso, mi lasciasse un minimo margine per inventarmi un modo di entrare nel ruolo.

Quando siamo arrivati all'ex casale, un custode ci ha aperto un cancello e un tecnico ci ha fatti entrare in una sala di registrazione fornita di ogni possibile strumento. Dentro c'erano il chitarrista e il bassista e il batterista di Sbozzari, ciondolavano tra selve di microfoni e pannelli isolanti con aria annoiata.

Diamantini ha detto «Flavio dov'è?» in tono incalzante, come se pubblicare un libro su Sbozzari gli desse i diritti di un manager o di un produttore.

Loro hanno alzato le spalle, hanno detto «Dorme». Diamantini ha detto «E non si può svegliarlo?».

«No» hanno detto loro, ridacchiavano. Non avevano un'aria rock, e nemmeno da artisti: sembravano tecnici specializzati con i capelli lunghi e gli stivaletti, senza traccia di qualità suggestive o irregolarità esistenziali.

Sbozzari è apparso solo un'ora più tardi, ma non aveva nessuna voglia di rilasciare interviste, né di registrare canzoni. Era assonnato e sfatto, con gli occhi cisposi e la barba lunga, ai piedi un paio di zoccoli bianchi traforati da ospedale. A sentire il bassista con cui avevo parlato prima a mezze frasi, passava le giornate a dormire e a litigare al telefono con sua moglie a causa delle ragazzotte che lui si portava in albergo dopo i concerti.

Io e Damiano Diamantini siamo rimasti nella sala di registrazione ad aspettare che qualcosa si sbloccasse, ma non si è sbloccato niente. Diamantini ha fatto un paio di citazioni da Kierkegaard; Sbozzari fumava e guardava nel vuoto. Diamantini ha detto «Sarebbe bello se tu e Alberto qui riusciste almeno a mettere giù i punti base dell'intervista per il libro».

«Sarebbe bello» ha detto Flavio Sbozzari; si è acceso ancora un'altra sigaretta. Neanche lui sembrava minimamente rock, visto così da vicino: sembrava solo un ciabattone pigro e volgare che aveva trovato il modo di fare molti soldi con le melodie e le strofe semiautomatiche che gli venivano in testa.

Diamantini era spiazzato, fuori dal suo territorio non sapeva bene come muoversi. La sua arroganza intellettuale non aveva nessuna possibilità contro l'arroganza ignorante di Sbozzari: ogni battuta sottile produceva al massimo un raschiamento di gola o uno scuotimento di testa, si smorzava nel nulla. Potevo leggere nel suo tono e nel suo sguardo l'invidia per una fama che gli sembrava inspiegabile ma che comunque avrebbe voluto per sé; stuzzicava Sbozzari per cercare di non dimostrarsi da meno, gli andava di fianco e faceva valere la sua maggiore altezza, spostava il ciuffo spiovente con un piccolo scatto della testa, rideva in modo metallico.

Io guardavo il chitarrista che trafficava con un amplificatore, il bassista che faceva esercizi ritmici con il batterista tanto per passare il tempo. Ogni tanto si raccontavano barzellette o facevano allusioni a circuito chiuso, fumavano sigarette. Erano pieni di risentimento per Sbozzari che li teneva in quello stato di sospensione, e per il produttore che se n'era tornato a Milano e li aveva lasciati come naufraghi stipendiati nell'umido soffocante, in balia della pigrizia e della mancanza di ispirazione. Anche a me faceva rabbia guardare gli strumenti che Sbozzari avrebbe avuto a disposizione se solo avesse voluto fare della musica: lo avrei preso a calci, avrei inciso io il disco al posto suo.

Dopo un'altra ora Diamantini mi ha detto «Va be', si torna a casa». Mentre guidava la sua Rover verde rivestita di pelle chiara con la ruota di scorta sopra il bagagliaio ha detto «Sono dei poveracci, questi canzonettari. Se non fosse che li dobbiamo usare come esca ci sarebbe da prenderli a calci nel culo».

Gli ho detto «Sì»: l'unica volta che mi è sembrato di avere qualche sintonia con lui.

Non ho più sentito Damiano Diamantini per una decina di giorni, poi lui mi ha telefonato per dirmi che Flavio Sbozzari faceva un concerto a Milano, si era impegnato a parlare con me subito dopo per il libro-intervista. Diamantini ha detto «Io non ci sarò perché devo andare a Venezia per il premio, ma tu fallo parlare di tutto quello che puoi. Della sua infanzia e della sua formazione e delle sue influenze, dei libri che ha letto se ne ha letti, di politica, di religione, di quello che ti pare. Sta a te, non accontentarti di qualche grugnito monosillabico. Ricordati che dobbiamo tirarne fuori un *libro*, non quattro pagine per un giornaletto».

La sera dopo sono andato al concerto, in un palazzetto dello sport pieno zeppo di gente apparentemente entusiasta che cantava in coro le canzoni di Sbozzari e nei pezzi lenti accendeva migliaia di accendini e li faceva ondeggiare in un mare di fiammelle. Sbozzari diceva al microfono «Siete grandi» o «Vi voglio bene», poi riprendeva a belare nello stile che qualcuno chiamava "sbozzarese" e che detestavo già prima di incontrarlo ma che adesso mi era diventato davvero intollerabile.

Quando il concerto è finito sono andato verso i camerini. Avevo una targhetta con scritto "Stampa" clippato al giubbotto, gli scimmioni del servizio di sicurezza mi hanno lasciato passare. Mi sono seduto in una grande stanza squallida, dove una mezza dozzina di giornalisti e tre o quattro ragazzotte molto truccate ed eccitate e alcuni amici o collaboratori di Sbozzari con la faccia da tagliagole aspettavano che lui finisse di farsi la doccia. Ho riletto le domande che mi ero scritto sul quaderno rilegato a spirale, ho controllato il registratore a pile di mia sorella per essere sicuro che funzionasse. Ero incerto dei miei gesti, teso come prima di un esame, intristito dagli sguardi e dai toni di voce delle altre persone sedute sotto le luci al neon contro le pareti nude della stanza.

Poi Flavio Sbozzari dev'essere uscito dalla sua doccia interminabile, l'ho visto affiorare nel corridoio con un asciugamano in testa. Le ragazzotte e i giornalisti e i tagliagole in attesa sono scattati tra richiami sovrapposti e risa, in una confusione di sguardi e movimenti. Sono uscito anch'io nel corridoio, ho cercato di farmi largo nella mischia ma non era facile. Sbozzari sembrava ancora più brutto del solito, con l'asciugamano arrotolato in testa come una signora e i suoi soliti zoccoli bianchi traforati ai piedi e la sua solita espressione sfatta che adesso era anche avida. Le ragazzotte non sembravano accorgersene, perché gli premevano addosso e squittivano e ridacchiavano come se fosse una fonte di eccitazione distillata. Gli altri erano quasi altrettanto frenetici, dicevano «Flavio, Flavio», cercavano di strapparsi la sua attenzione, occupare i varchi.

Ho aspettato il momento giusto e mi sono allungato in avanti con un gesto goffo, ho detto «Alberto Scarzi, Diamantini editore, ti ricordi?».

Sbozzari è stato percorso da una contrazione di fastidio che gli ha arricciato il naso; ha detto «Madonna santa, non puoi aspettare?».

«Aspettare quanto?» ho detto; ma lui non mi ha neanche sentito, era impegnato in una serie rapinosa di baci sul collo a una delle tipe squittenti e ridacchianti.

Così sono tornato nella sala di prima e mi sono riseduto con la schiena contro il muro, insieme a due o tre giornalisti che non avevano voluto buttarsi nella mischia del corridoio. Guardavano ogni tanto l'orologio con l'aria di chi è abituato a quel genere di attese, fumavano, si scambiavano informazioni su stipendi e capiredattori. Sbozzari non si vedeva, ma ero quasi contento per come l'attesa stava allungandosi fino a toccare e oltrepassare qualunque limite di accettabilità. Lo squallore del luogo saturava ogni minuto di una carica elettrica negativa che mi dava un sottile piacere; c'erano decine di dettagli che si accumulavano uno sull'altro ad alimentare le mie ragioni.

Poi ho guardato l'orologio ed era passata quasi un'ora da quando avevo lasciato Flavio Sbozzari nel corridoio; ho preso il mio quaderno per appunti e il mio registratore, me ne sono andato.

Il mattino dopo Damiano Diamantini mi ha telefonato da Venezia. Gli ho chiesto come stava; lui ha detto in tono irritato «Male grazie, non hai letto i giornali?».

«Cosa dicono i giornali?» ho chiesto.

«Che non abbiamo vinto» ha detto lui.

«Cosa non avete vinto?» ho chiesto.

«Il *premio*» ha detto lui, in un tono che sembrava vicino all'esasperazione. Ha detto «Com'è andata ieri sera, con Sbozzari?».

«Non è andata» ho detto.

«In che senso?» ha detto Diamantini.

«Nel senso che non abbiamo fatto nessuna intervista» ho detto.

«E come mai?» ha detto lui. «Non eravamo già d'accordo su tutti i punti?»

«Sì, ma lui aveva altro da fare» ho detto. «Era tutto preso a sbaciucchiare sul collo delle poverette e scambiare battute con dei tagliagole.»

«Stava a te ricordargli in termini fermi l'impegno preso» ha detto Damiano Diamantini. «Fa parte del tuo lavoro avere un minimo di grinta, caro mio.»

«Allora credo di aver scoperto che non è il mio lavoro» ho detto.

«In che senso?» ha detto Damiano Diamantini: tutto il risentimento per il premio non vinto gli si riversava nella voce.

«Nel senso che non faccio il tuo servo» ho detto.

«Aspetta un attimo» ha detto Damiano Diamantini. «Fammi capire bene.»

«C'è poco da capire» ho detto. «Ti saluto.»

Ho messo giù la cornetta, e nel giro di pochi secondi lo sgomento mi si è convertito in un senso di leggerezza esilarante, come ogni volta dopo essermi bruciato i ponti con un possibile lavoro o una possibile storia sentimentale o una possibile residenza o una possibile vacanza che non mi corrispondevano affatto ma a cui secondo ogni logica avrei dovuto adattarmi almeno fino a quando avessi trovato qualcosa di meglio.

Cristina Castellino

A quell'epoca stavo con una ragazza che si chiamava Cristina Castellino. Era bionda e aveva una faccia tonda che contrastava con il suo corpo snello e ben modellato. Non era particolarmente intelligente o simpatica o affettuosa o sensibile, ma mi aveva fatto uscire da una storia durata cinque anni in cui stavo per morire di noia e isolamento. La ragazza con cui stavo prima si chiamava Minna Torre e soffriva di una sindrome paranoica o qualcosa di molto simile; passava il tempo a scavare e sorvegliare trincee tra noi due e il resto del mondo. Dava giudizi su persone e cose come se avesse un punto di osservazione verticale, leggeva Platone e Kant e aveva una straordinaria assenza di sensualità. Cristina Castellino con il suo aspetto da atleta e la sua semi-ignoranza e la sua disinvoltura sessuale mi era sembrata un passo avanti verso l'attrazione che dovrebbe esserci tra due che stanno insieme. Era uno di quegli incontri di cui si capisce il senso solo più avanti, alimentato da equivoci e compensazioni e affinità parziali, come il gusto che avevamo tutti e due per i viaggi e l'idea abbastanza astratta di lasciare l'Italia e andarcene a vivere in America.

Una delle peculiarità di Cristina Castellino era che non mangiava quasi niente, si nutriva esclusivamente di mele e carote e biscotti secchi sgranocchiati in modo furtivo tra gli orari dei pasti. Mi aveva raccontato di aver avuto una terribile delusione d'amore a sedici anni per un ragazzo conosciuto al mare, in conseguenza della quale aveva perso l'appetito per settimane e lo stomaco le si era abbassato. Non ho mai capito se la sua fosse una definizione accurata da un punto di vista fisiologico; sta di fatto che non mangiava.

Non mi era mai capitato prima di incontrare una persona che non mangiasse: mi sembrava una manifestazione di freddezza estrema nei confronti della vita, e nello stesso tempo un modo di acquistare potere sugli altri che invece mangiavano. Non credo che Cristina Castellino lo facesse in modo consapevole, ma anni più tardi mi è capitato di incontrare un guru molto affermato che non mangiava in pubblico per un calcolo attento di pressione mentale sui suoi interlocutori, e funzionava.

In ogni caso Cristina Castellino aveva altri problemi di relazione con il mondo, di cui il principale era un'insofferenza violenta verso la minima fragilità da parte dei maschi con cui aveva a che fare. Risaliva credo a suo padre, un uomo molto più vecchio di sua madre che appariva quasi privo di difese nei confronti del mondo. Era un ebanista di grande bravura, eseguiva intarsi straordinari nel suo laboratorio al pianterreno del palazzo dove abitavano, ma era così mite e remissivo che se non fosse stato per sua moglie nessuno lo avrebbe mai pagato. La moglie teneva i rapporti con i clienti e si occupava della contabilità e lo aiutava in qualche rifinitura, e in generale si occupava di lui con l'energia paziente che avrebbe potuto avere per un bambino dotato ma debole.

Cristina Castellino si irritava quando restavo a guardare suo padre mentre copiava i disegni sui legni diversi e li intagliava con cura meticolosa e poi regolava a scalpello gli spessori e levigava i bordi finché tutto combaciava in modo perfetto. Se le dicevo «È incredibilmente bravo» lei rispondeva secca «Non come padre» o «Non come uomo». Questa percezione l'aveva spinta a mettersi in passato con ragazzi che la trattavano male o semplicemente non erano interessati a lei, ma che comunque si comportavano in modo aggressivo. Per gli stessi motivi provava fastidio di fronte ai miei atteggiamenti affettuosi e ai miei dubbi ricorrenti, li interpretava come manifestazioni di debolezza. Bastava che io facessi un gesto gentile nel momento sbagliato o esprimessi un'esitazione su un film da vedere o su un itinerario di viaggio, e lei reagiva con rabbia incontrollata: tendeva le labbra in un brutto sorriso, si ritraeva o mi strattonava, diceva «Smettila di fare la viola mammola!». Non ero abituato a questo tipo di ragazza, anche se probabilmente ne avevo bisogno per rinforzare il mio carattere e arricchire nei registri gravi la mia gamma di espressioni sentimentali.

In parte come tentativo in questa direzione, avevo venduto il mio vecchio maggiolino Volkswagen e comprato una moto da un collezionista per il quale avevo fatto alcune fotografie. Era una Bmw del 1959 appartenuta alla scorta presidenziale di Charles De Gaulle, aveva il serbatoio e i parafanghi bordeaux con filettature d'oro dipinte a mano. Faceva una bella figura: agli incroci venivo fermato spesso da qualcuno che mi rivolgeva domande tecniche a cui non sapevo cosa rispondere. Ma non ero abbastanza appassionato per tenere una motocicletta d'epoca, e non avevo abbastanza conoscenze meccaniche. Era una moto pericolosa, anche, perché il restauro era stato così filologico da lasciare i freni a tamburo originali, inadeguati com'erano alla massa della motocicletta e alla forza d'inerzia che sviluppava. In più aveva un avviamento a pedale che mi faceva consumare le gambe in tentativi affannati di farla partire, e distruggeva ogni volta l'immagine di centauro divoratore di strade che avevo sperato di acquisire agli occhi di Cristina Castellino.

L'estate della storia che sto raccontando, io e Cristina Castellino siamo andati con la Bmw del 1959 fino in Grecia, senza l'attrezzatura minima indispensabile per un viaggio del genere, e nemmeno quella che sarebbe servita in una semplice escursione. A pensarci adesso dovevo essere stato molto fortunato o molto distratto nei miei precedenti viaggi in moto, se quando siamo partiti non mi era venuto in mente di portarmi un paio di guanti e nemmeno un paio di calze. A metà strada verso Trieste ha cominciato a piovere, ogni tanto ci rifugiavamo in un autogrill per confortarci e scolare l'acqua dalle scarpe. Prima ancora di passare il confine eravamo zuppi e stanchi e scossi dalle vibrazioni, pieni di risentimento verso ogni motociclista ben organizzato e protetto nella sua tuta di pelle che ci lampeggiava in segno di saluto. Detestavo vedere gli altri mettere in moto al semplice tocco di un pulsante, detestavo i loro stivali specializzati e i loro guanti lunghi e le tasche porta-carte-stradali sui loro serbatoi, il senso di fiducia in sé che sembravano irradiare.

Quando siamo arrivati sulla costa il sole è tornato fuori e la temperatura è risalita in modo brusco. Non ci sembrava vero poterci asciugare nell'aria sempre più rovente, presto ci siamo tolti i caschi. Del resto non andavamo veloci e non c'erano controlli, e una delle cose che mi piacevano di più del viaggiare in moto era sentire il vento libero in faccia e tra i capelli.

Seguivamo la strada costiera a curve lunghe, nel riverbero del mare più sotto e nella sovraesposizione costante delle colline di pietre grige e arbusti secchi a perdita d'occhio. Avevo il rumore del motore nelle orecchie, la schiena ancora umida di pioggia e il petto surriscaldato, gli occhi socchiusi nella luce violenta, e a un certo punto ho visto una macchina bianca che sbucava da una strada secondaria in salita dal mare, senza fermarsi. Eravamo forse a cento metri di distanza, ho frenato più forte che potevo ma come ho detto i freni a tamburo della Bmw del 1959 erano del tutto inefficaci rispetto alla sua massa; abbiamo semplicemente continuato ad andare avanti. Ho ancora in testa il film rallentato del nostro avvicinamento: come un flusso che risucchia in sé tutto quello che c'è da vedere e da pensare. Registravo i dati con distacco quasi totale: la fiancata della macchina bianca sempre più vicina, noi due sulla moto che le correvamo dritti incontro.

Quando l'impatto è arrivato non c'è stato nessun blackout improvviso né smorzamento progressivo, nessun brusco spostamento in basso della prospettiva. Al contrario, potevo vedere la strada avanti da un punto più alto di prima: il tremolio da miraggio dell'evaporazione fino alla prossima curva lontana. Mi sono chinato a guardarmi i piedi, e poggiavano sull'asfalto; non c'era più traccia della Bmw né di Cristina Castellino né della macchina bianca che ci aveva tagliato la strada. Mi sono chiesto se ero per caso morto, o passato a un nuovo sogno dal sogno in cui ero prima.

Solo quando mi sono girato ho visto che la macchina bianca era dietro di me per traverso, e ho capito che l'avevo saltata come in un numero da circo. C'era una seconda macchina, anche, schiacciata contro la fiancata della macchina bianca. E c'era un tipo inglese con gli occhiali incrinati e un filo di sangue dal naso che gridava a non capivo chi «You criminal savage, my wife is seriously wounded!». Nella sua macchina c'era una tipa magra reclinata in avanti, sui sedili di dietro due bambini con gli occhiali che guardavano fuori perplessi.

Ho fatto un giro affannato della macchina bianca dal lato del mare, in una confusione crescente di gesti e voci in serbo-croato da parte di una piccola folla apparsa dal nulla intorno a una signora massiccia che scendeva con lentezza dalla macchina bianca. La Bmw era rovesciata sull'asfalto in un lago di olio e benzina, Cristina Castellino sembrava sparita nel nulla. Ho guardato intorno, con il cuore che batteva rallentato, ma vedevo sempre nuove facce sconosciute animate da sentimenti difficili da decifrare. Ci ho messo qualche secondo o minuto a rendermi conto che Cristina Castellino era finita per intero sotto la macchina bianca: sbucavano solo i suoi piedi nelle scarpe da tennis di tela sporchina.

Le facce e le voci intorno erano di donne e di alcuni vecchietti; non capivo se stessero disperandosi o minacciando o tutte e due le cose simultaneamente. Non capivo neanche se avrei dovuto provare a tirare fuori Cristina o invece lasciarla dov'era fino all'arrivo dei soccorsi. Ma non avevo molta fiducia nei soccorsi né nei loro tempi di arrivo, e del resto nessuna delle persone intorno sembrava avere l'intenzione o gli strumenti per chiamarne. Così con estrema cautela ho cominciato a tirare fuori Cristina Castellino da sotto la macchina. Tenevo strette le sue caviglie, non riuscivo a capire se davano segnali di vita o erano fredde e inerti. Le donne e i vecchietti gridavano in serbo-croato, l'inglese gridava in inglese, la guidatrice della macchina bianca faceva gesti come per ricostruire e giustificare pienamente il suo percorso.

Centimetro per centimetro ho tirato Cristina Castellino fuori da sotto la macchina bianca. Man mano che emergeva mi aspettavo di vedere la sua maglietta macchiata di sangue, le braccia piegate con un'angolatura innaturale, la sua faccia sfigurata; cercavo di anticipare lo shock specifico che sarebbe filtrato attraverso lo shock generale. Invece quando ho finito di tirarla fuori non aveva nessun segno, era solo coperta da un velo di polvere. Gliel'ho soffiato via dalla faccia e lei ha aperto gli occhi, ha detto «Cos'è successo?» con un'espressione vulnerabile che non le conoscevo affatto. Le ho detto di non muoversi, di spiegarmi dove le faceva male. Lei ha detto «Un po' dappertutto»; ma già la vulnerabilità si era dissolta, si è alzata a sedere.

Appena hanno visto che non era morta, le donne e i vecchietti jugoslavi affiorati da chissà dove hanno ripreso a urlare su frequenze più aspre e a gesticolare per sostenere la posizione insostenibile della loro connazionale. L'inglese continuava a dire «Non ci può essere dubbio, su chi ha torto! La signora ha provocato un incidente a sandwich!» Cristina Castellino si è alzata in piedi. Le ho detto «Fai piano»; lei mi ha fatto un gesto spazientito, la mia apprensione la irritava.

Avevo un ronzio nelle orecchie, stupore che mi circolava ancora nel sangue. Guardavo la Bmw del 1959 rovesciata sull'asfalto in un lago di benzina e olio per motori, guardavo Cristina Castellino; pensavo che avremmo potuto essere morti con la stessa identica facilità con cui ci eravamo salvati. La guidatrice jugoslava e il signore inglese cercavano di coinvolgermi nelle loro ricostruzioni urlate e mimate di avvenimenti meccanici, ma mi sembrava di vederli da una grande distanza, difficili da decifrare. Dopo forse mezz'ora è arrivato un poliziotto in moto, dal suo atteggiamento si è capito subito che avrebbe dato ragione alla signora sulla macchina bianca.

Ho tirato su la Bmw. La forcella si era stortata, ma quando ho provato a premere il pedale di avviamento il motore è partito subito, con il suo scoppiettio rassicurante che adesso suonava paradossale. Abbiamo aspettato ancora una ventina di minuti sotto il sole a picco, senza fare niente a parte respirare e socchiudere gli occhi. Poi ci siamo messi i caschi e abbiamo ripreso per la strada costiera più lenti e cauti di prima, verso la pioggia e il freddo e anche la grandine che ci aspettavano sui passi di montagna verso la Grecia.

(In un piccolo centro desolato e allagato dove ci siamo fermati a fare benzina, una torma di bambini vestiti di stracci grigi ci ha circondato con occhi da predatori e mani avide, finché mi è venuto in mente di gridare l'unica frase in serbo-croato che conoscevo: «*Imate li televisiu u kuci?*», che significa «Avete il televisore a casa?». Loro mi hanno guardato improvvisamente sconcertati e si sono dispersi in varie direzioni sotto l'acqua che scrosciava.)

Io e Cristina Castellino non ci siamo affatto ritrovati più uniti o vicini dopo l'incidente con la moto in Jugoslavia; quando siamo tornati in città abbiamo continuato a vederci tra scatti di rabbia e desideri non corrisposti, tutti e due in attesa di incontrare qualcuno di meglio o di diverso. Ogni tanto parlavamo ancora del nostro progetto di andarcene in America; per il resto i nostri pensieri e i nostri sguardi ci passavano oltre, senza incontrarsi quasi mai.

Bernard Ohanian

Un giorno di settembre ho letto sulle pagine cittadine del "Corriere della Sera" che Bernard Ohanian era a Milano, non per un concerto ma per presentare un suo romanzo tradotto in italiano. Ho telefonato a Raimondo Vaiastri per proporgli di andarci insieme, lui ha detto subito di sì. Era una delle cose che facevamo: frugare tra le righe dei giornali, ascoltare la radio e le voci nei corridoi dell'università, leggere i manifesti sui muri, tendere le orecchie in attesa di una vibrazione anche lontana di vita interessante.

La presentazione del libro era in una piccola ex chiesa trasformata in circolo culturale, nel cosiddetto quartiere degli artisti. C'era molta meno gente di quanta ci aspettassimo, ma bastava a occupare tutte le sedie ben disposte nello spazio raccolto. Del resto quasi tutti conoscevano le canzoni di Bernard Ohanian ma quasi nessuno leggeva i suoi libri, e non c'era da stupirsene perché non erano un gran che. Io e Raimondo abbiamo trovato due posti verso il fondo; guardavamo le persone sedute e ascoltavamo le voci e annusavamo l'aria, con tutti i sensi acuiti dalla mancanza cronica di sollecitazioni adeguate.

Bernard Ohanian è arrivato sul piccolo palco insieme al suo editore e alla sua traduttrice, ha salutato il pubblico con un gesto vagamente orientale a palmi uniti e si è seduto. I suoi movimenti avevano una meravigliosa naturalezza, fluida e piena. Non mi sembrava un tratto istintivo, ereditato senza fatica insieme ai suoi lineamenti: mi sembrava perseguito e conseguito, reso possibile dalla gratificazione profonda del suo lavoro e dei suoi rapporti con le donne, dalla riconoscibilità della sua faccia e delle sue canzoni, dai soldi che aveva guadagnato. Il blu della sua giacca era di una densità che poteva reggere qualsiasi luce, il taglio delle spalle era perfetto. Se fosse stato solo uno scrittore è probabile che avrebbe comunicato un'impressione di attrito mentale e infelicità fisica; invece la sua fama di cantautore gli dava agio e consistenza, lo faceva sembrare bello anche se non lo era. Pensavo alla miseria morale di Flavio Sbozzari in confronto; al suo provincialismo penoso, la sua ignoranza proterva.

L'editore ha introdotto Bernard Ohanian con un assemblaggio di frasi fatte lusinghiere, da cui si capiva che non sapeva quasi niente delle ragioni per cui il pubblico era venuto lì. Poi gli ha fatto una prima domanda; appena Bernard Ohanian ha iniziato a rispondere, la sua voce famosa ha provocato brividi in tutte le ragazze e donne sedute nella sala. C'erano scambi di sguardi che brillavano, frasi sussurrate in fretta; presto si sono viste mani alzate per nuove domande. Bernard Ohanian faceva di sì con la testa, accostava un orecchio alla bocca della traduttrice che con deferenza quasi religiosa gli traduceva ogni sfumatura, sorrideva prima di rispondere. Ha raccontato le ragioni dietro al suo romanzo, le lunghe passeggiate che lo avevano ispirato mentre scriveva, le reazioni della critica e del pubblico negli Stati Uniti, il numero di vasche che nuotava ogni giorno nella sua piscina. Sembrava che non avesse nessuna forma di rigidità o di pudore di fronte all'uditorio, parlava come se fosse con un gruppo di amici intimi o di amanti. Prendeva il suo tempo, giocava sul suono delle parole, intrecciava le mani dietro la testa. Ricorreva a una finta modestia molto ben collaudata, anche: diceva «Per quello che possono valere i miei libri»; diceva «Conoscere la storia della letteratura ti rende umile»; diceva «Shakespeare ha già scritto tutto quello che c'era da scrivere, un po' di secoli fa».

Gli ascoltatori erano esaltati da questo atteggiamento, e dal privilegio di condividere con lui uno spazio quasi privato; la loro attenzione raddensava l'atmosfera come non sarebbe mai successo alla normale presentazione di un libro. A intervalli qualcuno lo supplicava di cantare qualcosa, ma sembrava che lui non volesse mescolare la sua parte di letterato con quella di musicista: diceva «No, non qui», sorrideva. Però si era portato una chitarra, e a un certo punto è sembrato che cedesse alle insistenze generali perché l'ha presa in mano e ha accennato la prima strofa di una delle sue canzoni più note. Ma era solo un modo di stuzzicare l'uditorio, oppure si è reso conto che l'acustica del posto non era adeguata; ha smesso subito. In ogni caso questo ha reso ancora più intenso il suo gioco di seduzione, funzionava benissimo.

Mi chiedevo come avrebbe reagito se fossi andato alla fine della presentazione a chiedergli un'intervista; se avrebbe cambiato sguardo e tono d'improvviso o invece mi avrebbe sorriso nel suo modo soave, come davanti alla richiesta più naturale del mondo. Ho avuto due o tre rapide immagini di me che gli facevo domande e trascrivevo risposte: abbastanza credibili, e allo stesso tempo a una distanza non misurabile dalla realtà. Ero quasi sicuro che il mio inglese non sperimentato sul campo non sarebbe stato adeguato a uno che parlava così bene; che mi sarei dimenticato le date e i titoli delle sue canzoni, e il senso stesso delle cose che volevo chiedere.

Quando la presentazione è finita, io e Raimondo siamo usciti nella piazzetta. Poco dopo è uscito anche Bernard Ohanian scortato da editore e traduttrice e redattori e ammiratori, si è messo a firmare copie del suo libro. Raimondo mi ha detto «Perché non vai?». Gli avevo raccontato di Damiano Diamantini e della sua collana di libri sul rock, e di come il suo sogno era farne uno su Bernard Ohanian, il che gli avrebbe permesso di allargare lo spettro di attrazione della sua collana e conquistare un pubblico ancora più enorme a cui fare leggere i suoi saggi poetico-letterari conclusivi. Avevamo sfogliato insieme in libreria i primi due libri già pubblicati sui cantautori italiani, senza comprarli perché non avevamo soldi e non ci interessavano.

«E cosa gli dico?» ho detto.

«Che vuoi fargli un'intervista, è semplice» ha detto Raimondo.

«E poi?» ho detto; avevo già i piedi nervosi.

«Gli fai l'intervista e domani vai a venderla a Damiano Diamantini a peso d'oro» ha detto Raimondo.

«Ma *qui*?» ho detto, con il fiato accorciato come se dovessi buttarmi nel vuoto con un paracadute non mio.

«Dove altro vuoi chiederglielo?» ha detto Raimondo. «Tra cinque minuti chissà dove se ne va, non lo rivediamo mai più. Muoviti.»

Mi sono schiarito la gola, ho provato ad avvicinarmi al piccolo gruppo di persone vibranti e palpitanti con in mano penne e libri aperti alla prima pagina. Ho aspettato che si aprisse un varco, ma non se ne apriva nessuno. Erano persone mille volte più intelligenti e colte e sensibili di quelle che avevo visto assediare Flavio Sbozzari, eppure premevano addosso a

Bernard Ohanian con un'estrema insistenza di piccole osservazioni mirate, strofe citate, sguardi strappati, accenti simulati. Più registravo particolari, meno avevo voglia di farmi largo e fare domande anch'io. Sono tornato da Raimondo, gli ho detto «Niente. Non è una cosa nelle mie corde».

Lui ha alzato le spalle, sorrideva. Per come era fatto non avrebbe avuto nessun problema ad andarci lui, se solo avesse parlato l'inglese e avesse conosciuto le canzoni di Bernard Ohanian come conosceva quelle dei Led Zeppelin.

Però siamo rimasti ad aggirarci nella piazzetta, e a un certo punto Raimondo ha sentito la traduttrice dire a qualcuno di un rinfresco a casa dell'editore, in una via del centro poco lontana. Così siamo corsi a prendere la mia moto e siamo andati all'indirizzo che lui aveva orecchiato, abbiamo aspettato come due ladri di fianco al portone di un palazzo del Settecento. Un quarto d'ora dopo abbiamo visto arrivare un gruppo di persone a piedi, ed erano Bernard Ohanian e l'editore e la traduttrice e i redattori e un gruppo di lettori e ammiratori privilegiati; siamo riusciti a intrufolarci con loro nel cortile a loggiato, su per le scale.

L'appartamento dell'editore era al piano nobile: dalle finestre del soggiorno si vedeva un giardino interno ben illuminato, completamente nascosto alla vista della strada come tutte le cose gradevoli di Milano. C'erano camerieri in guanti bianchi che servivano champagne e parmigiano a scaglie; gli ospiti si abbuffavano e chiacchieravano, senza smettere di seguire Bernard Ohanian nei suoi spostamenti. Lui camminava da un punto all'altro del soggiorno con un passo morbido che doveva avere perfezionato nel corso degli anni, beveva champagne e mangiava scaglie di parmigiano e corteggiava tutte le donne attraenti. Era chiaro che avrebbe potuto conquistare quella che voleva senza nessuna difficoltà: ogni suo sorriso suscitava sorrisi immediati di risposta, ogni suo sussurro ravvicinato produceva risate acute e ondeggiamenti. Sembrava che abitasse una dimensione facile della vita, illuminata dal talento e dal riconoscimento pubblico: attingeva dal mondo quello che voleva e quello che gli serviva, si lasciava portare da un tapis roulant di ammirazione, senza doversi mai preoccupare dell'attrito e della forza di gravità che logoravano me e Raimondo ora dopo ora e minuto dopo minuto.

Ho pensato di nuovo di andare da lui e chiedergli se aveva voglia di rilasciarmi un'intervista, adesso o il mattino dopo: avevo una frase già formulata in testa, e mi sembrava probabile che in quella situazione conviviale e protetta non mi avrebbe detto di no. Ma appena mi sono avvicinato all'angolo dove stava flirtando con una bella ragazza dai denti molto bianchi mi sono reso conto di non sopportare l'idea di mettermi in una posizione di sudditanza nei suoi confronti. Solo pensare alla disparità tra il mio sforzo per chiederglielo e alla sua mancanza di sforzo per rispondermi mi avviliva: solo pensare alla differenza di spessore delle nostre voci e delle stoffe dei nostri vestiti. Del resto, visto il modo in cui io e Damiano Diamantini ci eravamo lasciati, non mi sembrava realistico ristabilire un rapporto con lui e portargli la mia intervista ben battuta a macchina, se mai fossi riuscito a farla.

Così io e Raimondo abbiamo bevuto ancora champagne e osservato e ascoltato Bernard Ohanian a distanza, metà incantati e metà rancorosi; cercavamo di decifrare le sue tecniche di comportamento, coglierne i punti forti e quelli deboli. Eravamo anche cinici, nella nostra distanza da tutto e da tutti: e certo nessuno che avesse fama e successo e soldi in grande quantità era nella posizione di suscitarci molta simpatia o compassione.

Poi, quando già ci vedevamo seduti alla lunga tavolata nella sala da pranzo di fianco, un addetto stampa o assistente editoriale è venuto ad avvertirci che il rinfresco era finito e a spingerci con ferma gentilezza verso la porta d'ingresso insieme agli altri che non erano espressamente invitati alla cena. Ci siamo lasciati buttare fuori, brilli e confusi e genericamente eccitati come eravamo; siamo andati in moto a cercare un posto dove mangiare un panino e parlare di progetti irrealizzabili.

Raimondo Vaiastri

Raimondo Vaiastri allora abitava con i suoi alla periferia ovest di Milano, e come me non aveva la minima idea di cosa fare nella vita. Ci eravamo conosciuti all'università, quando tutti e due cercavamo di dare il maggior numero possibile di esami nel minor tempo possibile per toglierceli dai piedi e occuparci di cosa fare dopo. La nostra amicizia aveva avuto una sospensione nel periodo più chiuso della mia storia con Cristina Castellino, ma da quando i miei rapporti con lei si erano deteriorati dopo la vacanza in moto avevamo ripreso a vederci quasi ogni giorno.

Quello che mi aveva più colpito di Raimondo Vaiastri fin dall'inizio era il fatto che non esisteva in lui una precisa linea di confine tra realtà e immaginazione. Era una sindrome simile a quella che avevo io, ma spostata su un piano di interpretazione di storie, più che di loro costruzione. Raimondo non era un bugiardo, e nemmeno un mitomane nel senso stretto e penoso del termine: non capitava mai che si inventasse qualcosa per ricavare dagli altri vantaggi materiali o morali. Semplicemente la sua testa era attraversata di continuo da sensazioni e ricordi immaginari, altrettanto vividi e ricchi di particolari di quelli autentici. In più aveva davvero fatto un viaggio abbastanza avventuroso in Marocco e avuto una fidanzata finlandese e vendemmiato l'uva nel Sud della Francia e abitato per qualche settimana a Londra in una casa occupata, tutti fatti documentati da fotografie e oggetti disposti sulle mensole della sua stanza. Questo arricchiva di molto la sua paletta descrittiva, e gli dava l'idea di mescolare una percentuale equa di materiale reale a quello fittizio quando mi raccontava di un inverno in Thailandia tra i trafficanti d'oppio o di un'estate in un kibbutz israeliano dove aveva fatto l'amore con dieci ragazze di nazionalità diverse.

Il problema di Raimondo Vaiastri era che la realtà di ogni giorno non gli piaceva, come non piaceva a me: la stessa frustrazione sensoriale che mi spingeva a immaginarmi altre vite spingeva lui a descrivermi con precisione delirante traversate della Siberia a piedi complete della specifica consistenza di quella neve e del suono degli ululati di quei lupi, o anche solo tentativi sventati di rapina o incontri con donne misteriose avvenuti subito dopo che ci eravamo salutati la sera prima. La qualità di questi racconti era buona, e animata da una energia così convinta che li avrei presi per veri, se la frustrazione sensoriale che condividevo con lui non avesse acutizzato di molto la mia capacità di registrare dettagli e vagliare le loro discordanze.

La prima volta che avevo scoperto l'infondatezza di una delle storie di Raimondo Vaiastri c'ero rimasto male, come quando alle elementari un mio compagno di banco mi aveva raccontato per mesi di due suoi cavalli che alla fine si erano rivelati inesistenti. Poi mi ero reso conto di come le sue invenzioni fossero il prodotto quasi inevitabile del luogo e della condizione in cui ci trovavamo, e una specie di antidoto alla piattezza senza spiragli che ci soffocava giorno dopo giorno. Il nostro bisogno di luce e colore e sorprese di qualunque genere era così acuto da spingerci verso uno stato semiallucinatorio, dove la piattezza ordinaria delle nostre vite com'erano veniva elettrizzata dai lampi e i colori di quello che avrebbero potuto essere. Invece di smontare le sue storie ho cominciato allora a metterle a punto, renderle più solide e condivisibili: colmavo le lacune e fornivo i particolari mancanti, creavo ramificazioni da percorrere di corsa con altre immagini e altre parole.

Per esempio, Raimondo mi veniva a raccontare di avere vissuto in Costa Rica con la giovane vedova miliardaria di un narcotrafficante colombiano ucciso dalla Cia. Io gli dicevo che forse era proprio in Costa Rica che avremmo dovuto andare a vivere. Raimondo diceva che avrebbe potuto provare a rintracciare la giovane vedova, se non si era risposata, e chiederle di ospitarci in una delle sue residenze spettacolari. Io dicevo che già che eravamo lì avremmo potuto aprire una gelateria sulla costa del Pacifico; aprivo un atlante, cercavo il nome di un possibile paese. Raimondo diceva che avremmo potuto farla diventare la migliore gelateria del Costa Rica, e poi venderla a qualche grosso imprenditore e investire i soldi in altre imprese. Io dicevo che per esempio avremmo potuto aprire un piccolo albergo mimetizzato nella natura delle colline intorno al lago Arenal. Lui diceva che l'albergo sarebbe diventato così unico e ricercato da farci diventare ricchissimi. Io dicevo che a quel punto non avremmo più avuto bisogno della vedova miliardaria del narcotrafficante colombiano, avremmo potuto metterci con tutte le belle ragazze povere e simpatiche che volevamo. Raimondo diceva «Certo, *certo*», cominciava ad attingere ai suoi ricordi immaginari per rovesciare nell'aria sequenze nitide e brillanti di spiagge e jungle e ragazze esotiche e strani animali e stoffe colorate e suonatori di charango e di arpa honduregna e di tamburo delle Ande. Batteva il ritmo con le mani su un tavolo, saltava intorno, gridava «Ti saluto, Milano! Ti saluto, Italietta meschinetta e ristretta!». Era quello che facevamo: costruire percorsi di fuga verso scenari suggestivi, girare a vuoto con abbastanza intensità da renderla quasi un'attività creativa.

Un pomeriggio di ottobre io e Raimondo eravamo nella mia stanza, io seduto su un tavolo alla finestra e Raimondo seduto su un cassettone contro la parete opposta. Fuori c'era una luce grigia smorzata, il cielo coperto in modo uniforme produceva un gocciolio fine nell'aria pesante; stavamo scivolando verso un altro inverno milanese senza contorni. Parlavamo per la milionesima volta della nostra città che odiavamo e del nostro paese che non aveva intenzione di offrirci niente, di come avremmo voluto essere a migliaia di chilometri di distanza a fare tutt'altro anche se non sapevamo dove né cosa. Non era solo una ripetizione di cose già sentite e già dette: ci sentivamo vicini a un punto di non ritorno, da cui avremmo potuto anche decidere di suicidarci o diventare dei delinquenti, pur di uscire in qualche modo dai cicli ripetitivi che ci imprigionavano.

Poi senza nessun preavviso mi è venuta un'illuminazione: ho detto «Damiano Diamantini. Bernard Ohanian».

«Come, come?» ha detto Raimondo, si è seduto un po' più dritto per sentire cosa mi inventavo adesso.

Non riuscivo a parlare in modo molto coerente; le immagini mi si traducevano in idee che si traducevano in parole che si sovrapponevano una all'altra senza lasciarmi il tempo di ordinarle. Quello che avevo in mente era Damiano Diamantini seduto nella terrazza di sua madre con vista sul castello: la sua supponenza e la sua vanità e la sua ambizione e la sua cultura nozionistica, la sua sostanziale mancanza di informazioni sul rock. E Bernard Ohanian a casa del suo editore: la sua faccia e i suoi vestiti e il suo modo di muoversi e di parlare, il suo modo di sorridere alle donne. Ho detto «Vendiamo a Damiano Diamantini una straordinaria lunghissima intervista esclusiva a Bernard Ohanian e lui ci costruisce sopra il libro dei suoi sogni e noi ci facciamo dare abbastanza soldi da andarcene via da qui in Costa Rica o a New York prendiamo l'aereo per dove ci pare e ci costruiamo un'altra *vita*».

«Quale intervista?» ha detto Raimondo, perché comunque avevamo l'abitudine di pretendere un minimo di coerenza anche dalle nostre invenzioni più sballate. «Se non hai neanche voluto rivolgergli la parola, a Bernard Ohanian. Adesso sarà di nuovo a casa sua, nel New Mexico o dove vive, non c'è più verso di beccarlo.»

«Mica ci serve lui, per l'intervista» ho detto. Ero già più calmo, cominciavo a vedere tutto in una luce stranamente precisa; ho detto «E anche se fossi riuscito a chiedergliela quella sera, non sarebbe mai stata abbastanza lunga e completa da farci un libro».

«E allora?» ha detto Raimondo, con lo sguardo preoccupato che gli veniva quando un lembo sottile di quello che ci stavamo inventando sembrava accostarsi alla banda di oscillazione di una possibile realizzabilità.

«L'abbiamo ascoltato per ore» ho detto. «Alla presentazione del libro e poi a casa dell'editore. Mi ricordo tutto, ho il suo tono e i suoi gesti perfettamente vividi in testa. È come se gliene avessi fatte dieci, di interviste.»

«E cosa facciamo?» ha detto Raimondo. «Andiamo da Diamantini e gli raccontiamo che abbiamo ascoltato Bernard Ohanian per ore a distanza di qualche metro e che qualche settimana dopo abbiamo deciso di trascrivere tutto fedelmente?»

«No» ho detto. «Tu sei un giornalista rock internazionale.»

«In che senso?» ha detto lui, ha inclinato la testa.

Ho detto «Sei un giornalista internazionale che scrive di musica rock, hai fatto una straordinaria lunghissima intervista esclusiva a Bernard Ohanian e vai a proporgliela».

«Un giornalista internazionale che scrive di rock?» ha detto Raimondo Vaiastri, e anche se teneva le palpebre socchiuse ho visto che gli occhi cominciavano a brillargli.

«Sì» ho detto.

«Uno che vive a Londra da anni, al punto che ormai parla italiano con qualche esitazione?» ha detto Raimondo.

«Sì» ho detto. «Uno che ha collaborato con una serie di riviste straniere e che conosce benissimo tutti i cantanti e i gruppi più importanti. Uno che ha una familiarità incredibile con loro.»

«Uno che è una specie di rockstar lui stesso?» ha detto Raimondo. Si era alzato dal cassettone, camminava avanti e indietro per la stanza. «Parte amico e parte fan e parte ricattatore e parte promotore di quelli che intervista?»

«Ahà» ho detto. «Uno che può parlare con loro da pari a pari, sullo stesso loro piano.»

«Perché è come loro, nel suo campo» ha detto Raimondo.

«Perché quello che scrive è talmente autentico e accurato e tagliato bene e non già sentito da rendere un servizio altrettanto importante all'intervistato e ai lettori» ho detto.

«Nessuno gli rifiuterebbe un'intervista» ha detto Raimondo.

«*Nessuno*» ho detto io.

Eravamo così, allora: senza legami inestricabili o attività quotidiane o relazioni permanenti o beni materiali di cui occuparci. Non avevamo case e non avevamo calendari di impegni, non avevamo la minima idea di cosa fare di noi stessi una settimana o un mese più avanti. Veleggiavamo nel vuoto, bastava la brezza minima di un'intuizione a mandarci in aria come alianti.

Però c'era anche una parte di noi che ci costringeva a scendere a terra, ogni tanto. Raimondo ha detto «E come mai un giornalista rock internazionale così fantastico non lo conosce nessuno?».

«Non lo conosce nessuno *qui*» ho detto.

«E in Inghilterra? E in America?» ha detto Raimondo. «È uno che scrive sulle riviste importanti ma si firma con pseudonimi?»

«No» ho detto; percorrevo a grande velocità una serie di possibilità collaterali. «Si firma con il suo nome.»

«Sì, ma qual è, il suo nome?» ha detto Raimondo. Era completamente infiammato, ormai; ha detto «Prendiamo uno dei nomi più grossi che ci siano? Faccio finta di essere lui?».

«No» ho detto. «Non riusciresti mai a farti passare per americano o inglese. E anche se ci riuscissi, non potremmo mai incassare l'assegno di Diamantini, se lo fa a nome di un altro.»

«E allora?» ha detto Raimondo.

«Allora il nome è il tuo» ho detto.

«E da dove viene, questo Raimondo Vaiastri dio dell'intervista rock?» ha detto Raimondo Vaiastri. «Chi cavolo è?»

«Uno strano» ho detto. Ormai non avrei lasciato perdere questa storia neanche se mi avessero puntato contro una pistola; ci restavo aggrappato con tutte le forze, ero oltre il punto di non ritorno.

«Strano come?» ha detto Raimondo, le sue immagini mentali dovevano viaggiare veloci quanto le mie.

«Strano» ho detto. «Eccentrico. Dadaista. Non vive a Londra né a New York, non scrive per le grosse riviste internazionali.»

«E dove vive?» ha detto Raimondo, si mordicchiava le labbra. «Per chi scrive?»

«Vive ad Amsterdam» ho detto. «Scrive per riviste alternative che qui nessuno ha mai visto, tanto meno Damiano Diamantini.»

«E perché adesso viene a vendere in Italia la sua straordinaria lunghissima intervista esclusiva a Bernard Ohanian?» ha detto Raimondo.

«Perché è tornato a trovare i suoi genitori malati» ho detto. «Dopo tanti anni che non li vedeva né li sentiva. L'ultima visita del figlio profugo. E per caso ha visto in libreria i libri della collana di Damiano Diamantini.»

«E ne è rimasto folgorato» ha detto Raimondo.

«Colpito» ho detto io.

«Ha deciso all'istante che una collana come quella si meritava un'intervista come la sua» ha detto Raimondo.

«O viceversa» ho detto io.

«Grande» ha detto Raimondo Vaiastri. «*Grande.*»

Poi siamo passati alla costruzione pratica del dio dell'intervista rock. Raimondo Vaiastri aveva già di base un aspetto abbastanza vicino al personaggio che volevamo, con i suoi capelli lunghi e i baffi e la sua famosa giacca di camoscio con frange e gli stivaletti con il tacco rientrante. Era un buon punto di partenza, siamo andati avanti da lì. Abbiamo cominciato a fare un elenco di elementi essenziali, e un altro di dettagli complementari. Atteggiamenti e gesti, cose da dire e cose da fare e da avere. Ci venivano in mente di continuo nuove idee: citazioni di luoghi, personaggi, episodi, gesti, accenti, tic, fobie. Ogni giorno che passava eravamo trascinati con più forza dalle nostre immaginazioni combinate. Era la prima volta che trovavano un'applicazione pratica, o almeno potenzialmente pratica, e il risultato era esaltante.

Cristina Castellino non capiva cosa mi tenesse occupato tutto il giorno: quando la sentivo al telefono aveva un tono inquisitorio, freddo come tutte le altre sue manifestazioni. Non avevo voglia di raccontarle niente, perché non mi fidavo di lei e perché non mi sembrava che ci fosse nessuna vera base su cui condividere quel tipo di storia. Avevo già avuto modo di verificare la sua slealtà di fondo, che in presenza di altri la faceva dissociare dalle mie posizioni musicali o politiche o letterarie: assumeva un'espressione di estraneità che le levigava la faccia, diceva «*Io* non sono per niente d'accordo». Così le ho detto che io e Raimondo stavamo studiando per un esame all'università. Eravamo sempre più estranei, benché ci telefonassimo ogni giorno; sempre più portati via da correnti diverse.

Io e Raimondo ci svegliavamo molto più presto del solito e subito ci davamo appuntamento da qualche parte, riprendevamo la nostra costruzione del dio dell'intervista rock da dove l'avevamo lasciata. Pensavamo ai fiorini olandesi che avrebbe dovuto avere in tasca; al modo con cui avrebbe potuto farli cadere sul pavimento davanti a Diamantini. Pensavamo a fotomontaggi con cantanti e gruppi famosi, da rifotografare e stampare in un formato tascabile e sgualcire artificialmente. Pensavamo a nastri di voci registrate con accenti inglesi e americani; ad agendine molto usate strabordanti di nomi e numeri di telefono stranieri.

Più andavamo avanti, e più i nostri ruoli si definivano: io che costruivo il personaggio e Raimondo che lo incarnava. Lui camminava avanti e indietro cercando di trovare il grado giusto di flessione delle ginocchia, il punto giusto di appoggio del tallone. Diceva «Comunque ci sto arrivando, ci sto arrivando. È uno che si muove attraverso la vita sai con questo tipo di facilità un po' distratta e un po' tracotante? Una specie di Buffalo Bill, no?».

«Sì, ma un Buffalo Bill *sofisticato*» dicevo io. «Un Buffalo Bill che ogni tanto si fa un giro al Van Gogh Museum e che ha letto i classici e fumato le migliori varietà di sensimilla. Un Buffalo Bill che se non è sollecitato mentalmente *si annoia*.»

Non dovevamo questionare e nemmeno decidere niente, perché questa divisione dei ruoli avveniva in modo del tutto naturale, sulla semplice spinta dei nostri caratteri diversi. Raimondo era felice di avere un copione da seguire, e io di avere un interprete tanto appassionato e partecipe; né io né lui avremmo voluto cambiare parte. Ma il nostro non era un rapporto tra regista e attore, perché tutto era molto più vero, e più indispensabile e più assurdo e anche più rischioso; sapevamo di non avere produttori né assistenti né assicuratori. Eravamo da soli dentro la nostra storia, senza nessun distacco artistico e nessuna malizia professionale dietro cui ripararci. Le uniche risorse che avevamo erano le nostre immaginazioni combinate e il conflitto ormai aperto con la realtà che le alimentava, e la percezione molto chiara che fosse troppo tardi per tornare indietro: eravamo già in un altro territorio, andavamo avanti a passi sempre più decisi.

Alberto Scarzi

Mio padre faceva il ricercatore in un'industria chimica, quando non era all'estero per convegni o visite a laboratori restava al lavoro fino a tardi; non ci vedevamo quasi mai. Mia madre si occupava dell'archivio di una biblioteca comunale, ogni tanto portava a casa un libro di viaggi e di esplorazioni e lo lasciava sul tavolo del soggiorno e io finivo invariabilmente per leggerlo, già quando avevo sette o otto anni. Mia sorella fin da piccola si interessava ai palmipedi, anche se non credo che si immaginasse di andare un giorno a Heidelberg a studiare il loro comportamento come poi è successo. Le mie difficoltà di rapporto con la realtà sono cominciate quando ero bambino, ma non credo che i miei famigliari avrebbero potuto fare molto anche se se ne fossero accorti, dato che loro stessi non avevano modelli efficaci da trasmettermi. Non ero nemmeno sicuro che mio padre conoscesse la sequenza di frasi e gesti per ordinare da mangiare in un ristorante; né che mia madre avesse idea della procedura per l'affitto di un appartamento.

Quando avevo forse cinque anni ho infilato due dita in una presa della corrente. Ero in una stanza sotto il tetto a cui si accedeva con una scala di legno dal soggiorno. Una portafinestra dava su un piccolo terrazzo che non aveva vista sull'esterno perché era infossato nel tetto; d'inverno uno strato della fuliggine sospesa nell'aria si depositava sulle mattonelle del rivestimento. Appena oltre il terrazzo c'era uno spazio adibito a lavanderia, con una strizzatrice a rullo. Infilavi le stoffe bagnate e giravi una manovella, l'acqua veniva strizzata fuori. Mi affascinava il suo funzionamento, come anche quello della macchina da cucire a pedale di una nostra vicina di casa. Al di là della lavanderia c'era una successione quasi infinita di soffitte, che oggi sono state quasi certamente coibentate e munite di lucernari fino a farle diventare mansarde confortevoli per single o giovani coppie in carriera, ma che allora erano piene di vecchie tegole e pezzi di legno e bottiglie vuote.

Non mi ricordo perché quella volta ho infilato le dita nella presa della corrente. Era un tipo primitivo di presa che si usava quando ero bambino, con i fori larghi in cui due dita sottili potevano penetrare senza difficoltà. Credo di averlo fatto per una forma di curiosità, per capire cosa passasse da lì che poteva animare una radio o accendere una luce. Quello che mi ricordo bene è l'onda improvvisa di corrente che mi attraversava da un istante all'altro e mi faceva vibrare le dita e la mano e il braccio e drizzare i capelli sulla testa e volare all'indietro di un paio di metri. Il tutto troppo rapido e troppo inatteso per spaventarmi davvero; ero rimasto a lungo seduto sul pavimento, sorpreso da quello che era successo e dalla mia stessa stupidità.

Di solito si tende ad attribuire a questo genere di episodi una funzione educativa, almeno per chi sopravvive. Invece quando avevo dieci anni mi sono comprato un registratore a bobine con i risparmi che avevo messo da parte, più che altro perché non sapevo come spenderli. Era di plastica bianca, con un tasto rosso e un tasto giallo e un tasto verde, facile da interpretare come un semaforo di strada. Appena l'ho tolto dalla scatola ho cominciato a registrarci una storia sceneggiata che mi era venuta in mente. Ho scoperto che potevo ottenere una serie di effetti sonori con oggetti semplici di casa: una matita picchiata su un quaderno, la molla di una lampada da tavolo, la porta del frigorifero che si chiudeva. Più scoprivo di poter produrre nuovi suoni e più mi venivano idee per la mia storia. A un certo punto ho pensato di far compiere ai miei personaggi una gita in barca. Così ho riempito il lavello della cucina, e quando è stato pieno sono andato a prendere il fon in bagno e l'ho attaccato alla spina. L'idea era di riprodurre il suono di una barca a motore in un lago. Ho acceso il fon e l'ho infilato nell'acqua del lavello, e la corrente elettrica mi ha attraversato dalla punta dei piedi alla punta dei capelli come in un cartone animato, ho sentito tutti i contorni del mio corpo ondularsi, subito prima che io schizzassi in aria e andassi a sbattere contro la parete opposta. Quando mi sono ripreso mi è venuto da ridere da solo, non perché la scena mi sembrasse divertente ma perché non riuscivo a credere di avere fatto lo stesso errore potenzialmente definitivo per una seconda volta, in una forma ancora più idiota.

È probabile che alcuni errori di valutazione e di reazione siano necessari alla crescita di un individuo e alla sua vita successiva: stabiliscono segnali riconoscibili e producono anticorpi, hanno in sé un nucleo che ne impedisce la ripetizione. Ma è altrettanto probabile che tutto dipenda dal tipo di errore e da chi lo commette. In certi casi gli errori stabiliscono barriere invalicabili, in altri tracciano solchi che vengono poi ripercorsi infinite volte con piccole o grandi variazioni. Altre volte ancora gli errori non insegnano niente, e si limitano ad accentuare il senso di perplessità che ogni persona sensibile prova nei confronti del mondo.

Quando la storia dell'intervista finta a Bernard Ohanian ha cominciato a prendere piede, questo senso di perplessità era arrivato a un diapason che faceva vibrare ogni mio gesto e immagine mentale.

Luna Avogadro

Luna Avogadro è stata a lungo la mia migliore amica; la conoscevo da quando andavamo allo stesso liceo. Suo padre faceva l'astronomo, era per questo che l'aveva chiamata così, molto prima che la cultura alternativa desse una piccola diffusione a quel nome. Per anni è stata l'unica Luna che conoscevo. Era una tipa incredibilmente spiritosa e comunicativa, tonda e con i capelli rossi e la pelle molto chiara, forse l'unica donna di cui io sia riuscito a diventare amico senza passare attraverso qualche genere di coinvolgimento sessuale o sentimentale. Non so se per lei sia stato esattamente lo stesso, perché tra tutti gli argomenti in cui ama tuffarsi con irruenza leggendaria la sua vita interiore è uno degli ultimi.

Adesso è un po' cambiata, ma allora Luna Avogadro era una specie di kamikaze della comunicazione: bastava mandarla avanti e lei si buttava, non si faceva intimidire da nessuno. Per anni ho approfittato di questa sua capacità per conoscere ragazze o entrare in gruppi chiusi o anche solo affrontare situazioni di imbarazzo, visto che compensava in modo prodigioso la mia ritrosia paralizzante. Da parte sua Luna si è affidata spesso alla mia capacità di giudizio, visto che era quasi del tutto incapace di discriminare tra le persone, e tra i maschi in particolare. Era così anche con il cibo: si poteva metterle nel piatto qualunque cosa e lei la mangiava, senza quasi rendersi conto di cosa fosse. Era il suo atteggiamento verso la vita, vorace e onnivoro, che in modo alterno mi rendeva euforico o esasperato o avvilito.

A pensarci adesso, mi sembra di avere considerato a lungo l'amicizia come un dono automatico, che uno si trova davanti solo perché tutti al mondo hanno degli amici. In questo senso era una concezione simile a quella che ho avuto più tardi dell'agricoltura: ignoravo completamente i principi elementari su cui si basa la faccenda. Per esempio, nel mio primo periodo in campagna ho comprato al mercato un alberello di mele, l'ho piantato nel prato davanti a casa. Aveva un cartoncino attaccato con la fotografia dei frutti gialli che avrebbe prodotto, non vedevo l'ora di poterli cogliere. Invece l'alberello di mele ha cominciato a deperire nel giro di pochi giorni, e più lo vedevo deperire più ne ero deluso e rammaricato. Solo dopo che si è seccato completamente sotto i miei occhi ed è morto, qualcuno mi ha spiegato che avrei dovuto innaffiarlo ogni giorno.

Ma stavo parlando di Luna Avogadro. Quando ci siamo conosciuti viveva con sua madre e con il secondo marito di sua madre in un palazzo moderno del centro. La prima volta che sono andato a mangiare da lei, sua madre mi ha preso da parte e mi ha confidato che era preoccupata perché sua figlia ingrassava anche se mangiava porzioni perfettamente normali o addirittura scarse di quello che mettevano in tavola. Non le ho detto che ogni giorno la vedevo trangugiare etti di pizza o di focaccia bianca davanti alla panetteria all'angolo della scuola con una voracità impressionante, né della volta che era venuta a trovarmi prima di Natale con un panettone da un chilo già divorato per tre quarti lungo la strada.

Il fatto è che Luna Avogadro aveva fame di contatto, più che di cibo. Nel periodo della separazione da suo padre, sua madre aveva avuto un esaurimento nervoso e l'aveva mandata in un collegio valdese isolato sulle colline del Piemonte. Luna c'era rimasta per due anni, ed era tornata dall'esilio con un bisogno furioso di attrito interpersonale e gesti e sguardi e parole di risposta, sorrisi, programmi, offerte che alimentassero la sua natura comunicativa. Andava in giro con il suo motorino Zundapp che sembrava un mezzo militare leggero e guardava le facce e ascoltava le voci, si buttava nelle mischie e arrivava a distanza zero, parlava e rideva, metteva in gioco tutto quello che aveva. Non pensava neanche di poter essere invadente, perché la sua fame di contatto le faceva spargere intorno a sé segnali di amicizia e gratitudine e disponibilità con tale profusione da travolgere qualunque resistenza. Era disposta a fare la buffona, pur di diventare amica di qualcuno; era disposta a recitare poesie e cantare canzoni in piedi su un tavolo, ripetere a comando la risata esplosiva che nei cinema e nei teatri la faceva zittire dagli altri spettatori.

Al liceo era nella classe indietro alla mia, perché era stata bocciata in quarta ginnasio da una professoressa carogna di greco. Una cosa di Luna Avogadro che faceva impazzire di rabbia i professori era la sua memoria non selettiva. Non ho mai incontrato nessuno che riuscisse a registrare come lei nomi e date e numeri: poteva memorizzare un'intera agendina del telefono o una serie di trenta numeri di targa, e ricordarseli a distanza di mesi. A scuola usava questa capacità per ricordarsi le date e i nomi connessi a un argomento, anche quando non lo aveva affatto capito. Così se un professore per esempio le chiedeva di parlare del Concilio di Trento, lei non riusciva a spiegare di cosa esattamente si trattasse o che significato avesse in un contesto più esteso, ma in compenso poteva citare con precisione assoluta il numero e i nomi di tutti i partecipanti e l'anno e il mese e i giorni in cui aveva avuto luogo. In un sistema scolastico nozionistico e fiscale come il nostro, questo metteva i professori in una posizione quasi insostenibile, per cui non potevano darle un buon voto ma nemmeno accusarla di non aver studiato.

Visto che ho cominciato a parlare di Luna Avogadro, vorrei solo essere abbastanza onesto da chiarire che sono stato io il primo a tradire la nostra amicizia. È stato quando mi sono messo con Minna Torre, che come ho già detto soffriva di una specie di sindrome paranoica e in poco tempo è riuscita a tagliare tutti i contatti che avevo stabilito a fatica con una minuscola porzione di mondo. Era la mia prima vera storia sentimentale, e non sapevo minimamente fronteggiare questo genere di interventi nella mia vita di relazione. Così quasi da un giorno all'altro non ho avuto più spazio per i discorsi concitati di Luna Avogadro nei bar o nei cinema d'essai o camminando attraverso la città in cerca di fonti di ispirazione. Lei aveva continuato a telefonarmi con sempre minor entusiasmo di fronte alla mia elusione sistematica dei suoi inviti, poi i nostri contatti erano diventati intermittenti: ci eravamo visti a intervalli troppo lunghi, ogni volta per troppo poco tempo.

Senza la compensazione del mio spirito critico, la sua fame di contatto l'aveva fatta scivolare verso amici e situazioni che a prima vista mi sembravano detestabili. I suoi criteri di scelta si basavano su elementi di superficie: quello che le bastava era che una persona fosse fuori dalla normalità borghese, o almeno fingesse di esserlo. Non importava che poi fosse anche stupida o volgare o inconsistente o addirittura ignobile: l'importante per Luna Avogadro era trovare segnali di facile identificazione, come un cane potrebbe basarsi sul colore del pelo per distinguere tra un lupo e una pecora. Una delle frasi che ripeteva sempre era «Siamo freak o caporali?»: le bastava che chiunque fosse genericamente classificabile come freak per considerarlo suo amico. Quasi tutti quelli che Luna considerava suoi amici nel periodo in cui io ero chiuso a doppia mandata nella storia con Minna Torre erano in realtà finti lupi o finte pecore.

Luna Avogadro era il tipo di persona che in una città fredda e neutra come Milano è sempre fortemente richiesta. Il suo modo di pensare e di comportarsi era così poco convenzionale o razionale da farla apparire a volte stupida o sprovveduta, ma non capitava mai che qualcuno la trovasse noiosa. La gente rideva del suo modo di parlare ad alta voce e fare grandi gesti, camminare avanti e indietro e sudare e stupirsi di cose che venivano considerate normali e viceversa trattare con naturalezza le situazioni più strane. Lei era gratificata dal fatto di suscitare divertimento perché lo leggeva come un segnale di accettazione, non ne era mai offesa o irritata. Una volta le ho detto che avrebbe dovuto farsi pagare per le sue performance in società, ma lei mi ha guardato con un'aria perplessa; non riusciva bene a capire di cosa parlassi.

Ovunque andasse e in qualunque situazione si trovasse, le sembrava di incontrare per miracolo persone che senza la minima esitazione definiva "grandi" o "fantastiche" o "stupende". La sua incapacità di discriminare le impediva di cogliere tratti negativi che avrebbero tenuto lontano chiunque altro, finché non le capitava di andarci a sbattere contro lei stessa. Ogni tanto cercavo di farle capire che si sbagliava, ma non c'era verso; e anzi uno dei suoi grandi dispiaceri ricorrenti era proprio il fatto che tutti i suoi amici non andassero d'accordo tra loro. La lasciava avvilita, dato che tutte le persone con cui aveva a che fare appartenevano ai suoi occhi alla stessa categoria.

Una volta per esempio era tornata da un viaggio in Ecuador totalmente infatuata di un tipo che si chiamava Camilo Hiengos. Secondo lei era un prete guerrigliero, con una forza d'animo e un'umanità e un'intelligenza e una coerenza politica così incredibili che se fossero state diluite in una dozzina di persone le avrebbero ancora rese straordinarie. Aveva fatto la guerriglia con il Che Guevara in Bolivia ed era stato coinvolto in mille altre lotte contro governi fascisti sudamericani e a favore dei poveri, conosceva la letteratura e la medicina delle erbe e diverse tecniche di meditazione che gli permettevano di curare ogni genere di disturbo fisico e psichico, dalla stitichezza alla depressione. Camilo Hiengos era entrato a far parte della galleria di eroi di Luna Avogadro, che lo citava in ogni occasione come modello e punto di riferimento.

Poi una volta eravamo andati insieme in Francia in macchina, e arrivati a Parigi lei mi aveva detto «Lo sai chi c'è, in un villaggio a solo un paio d'ore da qui? *Camilo Hiengos!* È ospite di una famiglia di amici, dice che possiamo andare a trovarlo e stare lì da loro!». Così avevamo guidato fino al villaggio che sembrava uscito da un cartone animato o da una favola tanto era grazioso e costruito con rispetto per la valle coltivata e le foreste intorno, ma nel giro di poche ore avevo scoperto che Camilo Hiengos era un mascalzone insinuatosi in modo parassitario nella famiglia di un ex console francese in Ecuador che per ragioni etiche aveva deciso di abbandonare la carriera diplomatica e si era ritirato in provincia a fare il falegname. L'ex console usciva presto di mattina per andare al suo laboratorio e tornava tardi, e intanto Camilo Hiengos beveva il suo sidro di mele e trescava con sua moglie e cercava perfino di sedurre le sue figlie di quindici e sedici anni che in parte lo detestavano e in parte erano attratte dai suoi giochi mentali e dai suoi ricatti ideologici. Avevo illustrato la situazione a Luna mentre giocavamo una partita interminabile di volano nel piccolo giardino racchiuso da un perfetto muricciolo di pietra, e lei si era semplicemente rifiutata di crederci. Aveva detto «È il suo modo di essere *espansivo*, tu non lo capisci!». Solo quando la notte dopo Camilo Hiengos completamente ubriaco aveva cercato di trascinarla nella sua stanza da letto, l'immagine che Luna aveva di lui si era scostata di qualche punto dal ritratto agiografico che mi aveva proposto fino allora.

Eppure Luna Avogadro continuava a essere una delle poche fonti di luce e di colore, nella mia vita pre-Diamantini. Viaggiava di continuo per il mondo, sospinta dalla voracità che aveva per tutto il resto. Partiva con amici che non mi piacevano, con uno spirito che mi sembrava squallido e irritante, stava via per mesi ogni volta. Tornava in pessime condizioni, spesso: una volta con una forma di amebiasi che si era presa bevendo un frullato di frutta a un baracchino nelle vie di New Delhi, un'altra con un'infezione del sangue causata da un orecchino d'argento che si era fatta infilare a Bombay. Quando ero andato a trovarla in ospedale era scesa a fatica dal letto e aveva fatto una giravolta nel suo pigiama di flanella azzurra, malridotta com'era; aveva detto «Per la prima volta in vita mia ho una *linea*».

I suoi racconti erano così pieni di nomi e numeri e sapori e odori e dettagli minuti che ogni volta mi sentivo un prigioniero e un idiota a non essere partito con lei. Anche in questo faceva gioco sulla sua memoria stupefacente, così che ogni suo itinerario sembrava molto più nitido e dettagliato di qualunque altro. Memorizzava frasi nelle lingue locali; riportava con sé modi di dire e vestiti e piccoli oggetti colorati che aggiungevano tridimensionalità ai suoi racconti. Ma quello che più mi sorprendeva era la sua capacità di raccogliere l'energia di un luogo e portarsela dietro, in forma di entusiasmo traboccante per tutto quello che aveva visto e assaggiato e toccato e ascoltato. Ho delle immagini di me e Luna Avogadro che ci guardiamo attraverso un tavolino di bar: lei che parla ad alta voce e gesticola e descrive, come un accumulatore solare carico di sentimenti di contrabbando nel deserto urbano pietrificato.

Al tempo dell'intervista finta a Bernard Ohanian, io e Luna Avogadro ci eravamo riavvicinati un po', malgrado l'ostilità sorda che Cristina Castellino nutriva per lei. Ci eravamo visti un paio di volte tutti e tre insieme, ma bastavano i loro opposti rapporti con il cibo a metterle su due pianeti diversi; avevo capito subito che era meglio frequentare Luna da solo.

Un pomeriggio sono andato a trovarla nel suo piccolo appartamento al secondo piano in una via piena di rumore, le ho chiesto «Conosci bene Amsterdam?».

«Amsterdam è la mia *seconda città*, dopo Delhi» ha detto lei. Non erano atteggiamenti calcolati, era proprio fatta così. Ha detto «Ci vado di continuo a trovare il mio fidanzato, Dieter. Uno dei miei *due* fidanzati. Vive in una casa-barca, su un canale».

Ho detto «Allora mi puoi dare delle informazioni».

«Quali informazioni?» ha detto Luna Avogadro; ha tirato fuori da un armadio una scatola di amaretti e una di baci di Vienna, le ha posate su un tavolino e ci ha pescato dentro, ha detto «Prendi, prendi».

«Nomi di posti dove si fanno concerti, nomi di gruppi rock, nomi di giornali, nomi di quartieri, nomi di strade» ho detto io.

Lei masticava rapida, le briciole di pasta di mandorle e di cioccolata le cadevano sul golf color amaranto. Le ha spazzate via con il dorso della mano; ha detto «Se ti servono nomi, sei venuto dalla persona giusta».

Sono andato in giro per librerie con Raimondo Vaiastri, abbiamo rubato tutto quello che si poteva trovare di scritto su Bernard Ohanian. Raimondo era bravo in queste cose: prendeva la rivista o il libro che ci interessava e andava in un punto riparato della libreria e se l'infilava nella vita dei pantaloni in modo che fosse ben coperto dal giaccone, ciondolava per qualche minuto con naturalezza vicino alla cassa e usciva in strada come se non avesse trovato niente.

Siamo anche andati nel negozio di dischi del centro che allora aveva delle cabine in cui ci si poteva rinchiudere con una pila di trentatré giri e ascoltarli quanto si voleva. Rimanevamo per ore di seguito nello spazio ristretto che si riscaldava come una sauna, io trascrivevo le parole delle canzoni di Bernard Ohanian e Raimondo rimetteva da capo la puntina ogni volta che gli facevo cenno di non aver capito una strofa; le altre persone che volevano ascoltare dischi bussavano inutilmente al doppio vetro della porta.

Poi a casa mi sono messo a lavorare. Ho letto le poche interviste e i saggi che avevamo trovato, riletto le note di copertina che avevo copiato dai dischi. Prendevo appunti con un pennarello nero, scrivevo parole chiave in stampatello, sottolineavo e mettevo asterischi; cercavo di stabilire un tracciato. Quando ho avuto le idee abbastanza chiare ho cominciato a scrivere con la mia Olivetti Lettera 22 rossa. Non copiavo: mi limitavo ad attingere dati, il resto nasceva come se lo ascoltassi man mano che battevo sui tasti. Miravo allo stile che per anni avevo studiato con attenzione morbosa nelle interviste alle rockstar su "Rolling Stone" e "Melody Maker": il tono di complicità da parte dell'intervistatore, la svogliatezza da parte dell'intervistato, i colleghi famosi citati per nome di battesimo, i luoghi mitici menzionati con noncuranza, i grandi musicisti del passato omaggiati di passaggio, le parole in gergo; e tra parentesi le indicazioni su risate o gesti, i puntini di sospensione dove c'è un taglio nella conversazione, lo scrupolo oggettivo così lontano dalla costante tendenza alla parafrasi e alla normalizzazione formale del giornalismo italiano.

Mi divertiva farlo; mi divertiva il suono mentale che riuscivo a ricreare, le due voci nel mio orecchio interno, le immagini collegate. Mi divertiva essere l'intervistato e l'intervistatore, passare da un ruolo all'altro con un semplice movimento della mano che mandava a capo il carrello della macchina da scrivere. Mi divertiva il ticchettio che producevo con i tasti, e il modo in cui le parole si materializzavano carattere dopo carattere sul bianco del foglio. Mi divertiva stabilire l'ordine delle domande e delle risposte e scegliere gli argomenti, rispettare i dati reali e ugualmente infilare mie opinioni e punti di vista tra le righe. Era come impersonare qualcuno e osservarlo dal di fuori, guidarlo e farsi guidare, alternare partecipazione a distacco, attrazione a giudizio. Seguivo un istinto non ancora sperimentato con una sicurezza che mi sorprendeva: l'intervista mi veniva bene, fattuale e leggermente goffa come una traduzione in italiano da un originale inglese, con i piccoli equivoci e gli slittamenti linguistici che sono quasi inevitabili in questi casi, la necessità di note esplicative a piè di pagina.

Cristina Castellino mi ha telefonato un pomeriggio con un tono ancora più freddo del suo solito, ha detto «Dovrei parlarti».

Ho detto «Mi dispiace, ma non ho neanche un minuto libero», in parte perché era così e in parte perché avevo già intuito di cosa mi voleva parlare.

Lei ha detto «Mi sono messa con un altro».

Ho detto «Ah sì?»; malgrado la nostra distanza negli ultimi tempi mi sentivo abbastanza instabile sulle gambe. Ho detto «Chi è?».

«Giorgio Minnelli, non lo conosci» ha detto lei. «È più grande di te. È un uomo. Fa il medico.» C'era una dose di sadismo ottuso nel modo in cui mi dava queste informazioni, ma dipendeva da una vera moda che in quel periodo spingeva le persone a tradirsi e poi a confessare con molti dettagli i loro tradimenti.

Ho detto «Che tipo di medico?» nel tono più controllato che mi veniva.

«Il ginecologo. Ma tu come stai?» ha detto Cristina Castellino; sembrava delusa dalla mia reazione.

«Benissimo» ho detto. «Mi fa piacere per te.»

Dopo che ci siamo salutati ho attraversato alcuni secondi di assenza di equilibrio: ronzio alle orecchie, senso di vuoto sotto i piedi. In un qualunque altro momento sarei stato molto male, ma adesso avevo l'intervista a Bernard Ohanian da scrivere; mi è bastato pensarci, e ha rioccupato in un istante quasi tutto il mio spazio mentale.

Ho lavorato con ancora più intensità di prima, per giorni di seguito. Ho riscritto tutta l'intervista quattro o cinque volte dall'inizio alla fine, ogni volta mi veniva un po' più lunga e ricca. Quando finivo una nuova versione appallottolavo i fogli di quella precedente e li buttavo nel cestino sotto il tavolo; mi dava soddisfazione vedere come si riempiva. Ogni tanto prendevo la chitarra e suonavo una canzone di Bernard Ohanian, cantavo le sue parole in un timbro che mi sembrava vicino al suo. Poi mi rimettevo a scrivere: domanda dopo domanda e risposta dopo risposta sono risalito alla sua infanzia e alle prime influenze ambientali e musicali della sua formazione, ai rapporti tra la sua vita privata e quella artistica, alle sue posizioni sulla politica e sul sesso e sulla letteratura, ai giudizi sui suoi colleghi, al percorso dal concepimento alla scrittura all'esecuzione in pubblico delle sue canzoni, alle ragioni di quello che faceva. Alla fine è venuta un'intervista-fiume di novanta pagine battute a macchina, divisa in sezioni per renderla più leggibile, pronta per essere corredata dalle fotografie e stampata in forma di libro.

L'ho lasciata in un cassetto per una notte e un giorno e poi l'ho riletta, e mi sembrava buona. Tutte le informazioni che conteneva erano scrupolosamente accurate, nel senso delle date e dei nomi, dei luoghi e delle persone, dei tempi e delle fasi. Era un'intervista completa, esaustiva come probabilmente Bernard Ohanian non ne aveva mai rilasciate; ero sicuro che se l'avesse letta non ci avrebbe trovato niente di falso, e nemmeno di impreciso. Non mi sembrava una truffa o uno scherzo, adesso che me la vedevo davanti in fogli ben impaginati: era un lavoro fatto con impegno, credibile e compatto, con una sua coerenza interna, offerto all'attenzione e alla curiosità e all'intelligenza di chi lo volesse leggere.

Raimondo A. Vaiastri

Raimondo era entusiasta dell'intervista. L'ha letta due volte con grande attenzione, ha detto «Sembra vera. *È* vera». Mi guardava; ha detto «Come cavolo hai fatto?».

«Non lo so» ho detto, ero sorpreso quanto lui.

Poi abbiamo ricominciato a mettere a punto in modo ancora più frenetico il personaggio di giornalista rock internazionale che doveva firmarla. Parlavamo di dieci argomenti diversi allo stesso tempo, e nella sovrapposizione totale a un certo punto Raimondo mi ha detto che il suo secondo nome era Arrigo, non gli piaceva affatto.

Ho detto «Però la A iniziale puntata dopo il primo nome non è male, se la vedi scritta. Aggiunge qualcosa».

«*Raimondo A. Vaiastri?*» ha detto Raimondo.

«Eh» ho detto.

«Ha una specie di suono indiano» ha detto lui. «A. Vaiastri, A. Vaiastri»: si è messo a canticchiare una nenia, muoveva le braccia come la dea Kali.

«Ti firmi così» ho detto. «Sono i piccoli dettagli che fanno la perfezione.»

Stavamo lavorando alla rifinitura, ormai. Luna Avogadro aveva scomposto e ricomposto la città di Amsterdam in forma di nomi, me ne aveva dettato una lista di pagine e pagine che Raimondo aveva già imparato quasi tutta a memoria. Mi aveva anche dato una cartelletta olandese con elastico in cui mettere l'intervista; un pacchetto di sigarette olandesi; un pacchetto di chewing-gum olandesi; due biglietti di un teatro di Amsterdam; la ricevuta di un ristorante di Amsterdam; una sua foto in piedi sul ponte di una casa-barca in un canale di Amsterdam.

«La cicciona a cosa serve?» aveva detto Raimondo quando gliel'avevo fatta vedere.

«Non è una cicciona» avevo detto, non per lealtà da amico ma perché davvero non avevo mai visto Luna Avogadro come una cicciona. «È la tua fidanzata.»

Raimondo aveva detto «Che razza di star del giornalismo rock internazionale sono, con una fidanzata così?». Guardava la foto più da vicino.

«A meno che non mi trovi un'altra foto di una ragazza su una casa-barca ad Amsterdam, è la tua fidanzata» avevo detto. «E ti porti sempre la sua foto in tasca. La casa-barca è quella su cui vivete insieme. Memorizzati i nomi.» Avevo scelto dall'elenco un nome per Luna e uno per la casa-barca, glieli avevo sottolineati.

C'era una mappa di Amsterdam appesa al muro della mia stanza, perché Raimondo potesse visualizzare ogni luogo che avrebbe dovuto citare con disinvoltura; avevamo fatto un asterisco rosso sul canale dov'era la sua casa-barca.

Un pomeriggio ci siamo resi conto che aggiungere altri particolari al personaggio del giornalista rock internazionale o al suo retroterra li avrebbe solo guastati.

Ho detto «Va bene così, basta».

«Sì, ci siamo» ha detto Raimondo.

«Sei totalmente credibile» ho detto.

«E cosa facciamo, adesso?» ha detto Raimondo.

«Telefoni a Damiano Diamantini» ho detto. «Gli racconti tutta la storia di come sei a Milano per poche settimane e hai visto i suoi libri-intervista in libreria e di come ti è venuto in mente di proporgli la tua straordinaria intervista esclusiva a Bernard Ohanian.»

«Quando l'ho fatta, l'intervista?» ha detto lui. Aveva uno sguardo spaventato e aggressivo, come un soldato d'élite molto addestrato a un'impresa di cui non si possono calcolare le probabilità di riuscita.

«Come, "quando"?» ho detto, perché ce l'eravamo ripetuto forse trenta volte. «Il mese scorso, ad Amsterdam. L'hai tradotta in italiano qui a Milano, mentre eri dai tuoi anziani genitori malati.»

«E quanto gli chiedo?» ha detto Raimondo.

Era l'unico punto non ancora definito in modo preciso: avevamo sempre parlato di "un sacco di soldi" senza quantificarli meglio. Ci siamo guardati per qualche secondo, sospesi su diverse cifre tutte altrettanto astratte.

Alla fine ho detto «Un milione di lire», anche se non avevo mai visto un milione di lire in vita mia e non avevo la minima idea di quanto potesse valere un'intervista esclusiva a Bernard Ohanian. Ma ci muovevamo da settimane in un territorio di pura immaginazione, non vedevo perché avremmo dovuto calcolare un compenso più ragionevole.

Raimondo ha fatto di sì con la testa; ha detto «E poi facciamo a metà. Cinquanta e cinquanta. Tu ci metti l'idea originale e l'intervista, io ci metto la faccia e la firma».

«Ahà» ho detto.

Abbiamo ripassato alcuni possibili scambi di domande e risposte tra lui e Damiano Diamantini, in una simulazione che avevamo già ripetuto varie volte. Ma Raimondo si impuntava sulle parole, pronunciava male i nomi, non aveva nessuna naturalezza. Di colpo mi è venuta paura che la nostra idea fosse un'illusione come ne avevamo avute tante in passato, e il nostro magnifico veicolo per il futuro si disintegrasse al primo ostacolo.

Ho detto a Raimondo «Vuoi che rimandiamo di un paio di giorni? Che facciamo altre prove e ci pensiamo su meglio?».

Lui non mi guardava, si toccava i baffi. Ha inspirato a fondo, poi ha allungato una mano, ha detto «Il numero di telefono».

Gliel'ho scritto in grande su un foglietto e sono andato all'altro capo del corridoio mentre lui lo componeva; il cuore mi batteva veloce.

L'ho guardato aspettare e dire il suo nome alla segretaria della casa editrice e aspettare; rispondere «Sì», «No», aspettare ancora.

Quando si è schiarito la gola e ha detto «Damiano Diamantini?», non ho resistito e mi sono avvicinato.

Raimondo ha riassunto a Diamantini la sua vita e il suo lavoro ad Amsterdam e in giro per il mondo, gli ha raccontato la storia del suo ritorno in Italia per via dei genitori e di come aveva visto la sua collana di libri sul rock e di come gli era venuto l'impulso di cercare il suo numero sulla guida del telefono e offrirgli una straordinaria intervista esclusiva a Bernard Ohanian. All'inizio era un po' rigido, ma nel giro di poco ha trovato il tono giusto, mi sembrava credibile.

Gli facevo ok con la mano, facevo di sì con la testa, alzavo i pollici per incoraggiarlo quando mi sembrava che la sua voce fosse sul punto di assottigliarsi per imbarazzo o incertezza.

Ma Raimondo aveva trovato il tono, e dopo qualche minuto quel tono aveva cominciato a piacergli parecchio, non gli serviva più nessun incoraggiamento. Riusciva a metterci un'inflessione straniera difficile da collocare, usava parole chiave inglesi pronunciate con un accento americano che suonava bene anche se non conosceva la lingua; dava la sensazione di un piccolo sforzo prima di richiamare nomi italiani. Dopo tutte le prove e gli aggiustamenti che avevamo fatto per settimane, la metamorfosi si era compiuta, e ne ero quasi scosso.

Ogni tanto sembrava davvero irritato dalle domande di Diamantini: diceva «Certo che l'ho fatta in inglese»; diceva «La traduzione c'è già, altrimenti non l'avrei chiamata». Diceva «No, non conosco gli altri libri della sua casa editrice»; diceva «Ma credo che le faccia bene un po' di respiro internazionale». Gli piaceva: gli piaceva il tono e gli piaceva il ruolo, gli piacevano i dettagli. Era come se dentro di lui ci fosse da sempre un giornalista rock internazionale allo stato dormiente, e adesso si fosse risvegliato e avesse preso il controllo. Diceva «Bernie si è fidato di me, come sempre»; diceva «In Italia non ci lavoro da tanti anni, per il rock è un mercato secondario»; diceva «Be', prima vediamo se siamo d'accordo»; diceva «Di questo è meglio che parliamo a voce, no?».

Alla fine ha messo giù la cornetta, senza dirmi niente è tornato nella mia stanza a testa bassa, come se avesse bisogno di un passaggio di decompressione prima di tornare a respirare normalmente.

«Allora?» gli ho detto. «Allora?»

«Allora la vuole» ha detto Raimondo. «La vuole *da morire*.»

«Davvero?» ho detto; se non avessi assistito alla telefonata avrei anche pensato che era una delle sue storie inventate.

«Non sta nella pelle» ha detto lui. «Ha il terrore che io possa venderla a qualcun altro.»

«E come siete rimasti d'accordo?» ho detto.

«Che ci vediamo domani sera alle sette» ha detto Raimondo. «Alla casa editrice.»

Ci guardavamo e guardavamo di lato, ci veniva da ridere e cercavamo di restare seri. L'ho scosso per le spalle, gli ho detto «Sei stato grande, madonna».

«Non sono stato malissimo, no?» ha detto lui.

«Sei stato incredibile» ho detto. «Incredibile.» Ho detto «*Bernie* si è fidato di me, come sempre».

«Mi è venuta così» ha detto Raimondo. «Sul momento.»

Camminavamo dal muro alla finestra e viceversa, con la stessa identica miscela di incredulità e convinzione assoluta, sgomento e voglia furiosa di andare avanti.

Io e Raimondo abbiamo passato tutta la mattina e tutto il pomeriggio del giorno dopo a fare gli ultimi test, saggiare gli ultimi possibili punti deboli. Gli facevo domande a raffica come se fossi Diamantini, sul suo lavoro e sulla sua vita privata, il suo passato, i suoi spostamenti, i suoi contatti. Nessuno di noi aveva la minima idea di quali verifiche avrebbero fatto, quali informazioni gli avrebbero chiesto a corredo dell'intervista. L'idea di riuscire a riprodurre in persona gli effetti della telefonata del giorno prima ci sembrava inattaccabile o fragilissima a seconda di come variava la nostra prospettiva, e variava di continuo. Un momento eravamo travolti da un'improvvisa ondata realistica, il momento dopo ci scambiavamo frasi di rassicurazione con la più grande fiducia del mondo.

Raimondo provava e riprovava frasi e mezze frasi; diceva «Quando parlavo con Mick...»; diceva «L'ultima volta che ho sentito Bob...; diceva «Il mese scorso a casa di Paul, in Scozia...».

«Lasciali *cadere*, i nomi» dicevo io. «Non ti colpiscono più, però sai che colpiscono gli altri, però vuoi fare vedere che non ti colpiscono più.»

«Il mese scorso a casa di Paul in Scozia...» ha detto lui.

«Così» ho detto. «Così.»

Abbiamo provato quattro o cinque entrate da una porta principale, quattro o cinque saluti a una segretaria, quattro o cinque sedute davanti a una scrivania, quattro o cinque estrazioni di agendina dalla tasca della giacca, quattro o cinque annesse cadute di fiorini e di pacchetto di sigarette olandesi. Raimondo si è infilato la sua giacca con le frange alla Buffalo Bill, è andato in bagno a pettinarsi i baffi e i capelli, si è studiato a lungo nello specchio, ha tirato fuori una boccetta di patchouli e se n'è messo due gocce dietro le orecchie e due sui polsi, si è strusciato gli stivaletti sulle gambe dei pantaloni per togliere la polvere.

Poi mancava solo un'ora all'appuntamento; abbiamo messo l'intervista nella cartelletta olandese rossa che mi aveva dato Luna Avogadro, siamo scesi in strada e abbiamo preso la mia moto. Siamo andati lenti per il viale che segue un tracciato di mura cittadine scomparse chissà quando, ci siamo fermati davanti a un bar, all'angolo di una via che dà su viale Regina Giovanna, dov'era la casa editrice di Damiano Diamantini. Il bar era triste e quasi vuoto, ci siamo fatti fare due gin tonic per trovare lo spirito giusto. Eravamo nervosi: continuavamo a guardarci intorno per paura che qualcuno ci riconoscesse.

Raimondo ha vuotato il suo bicchiere in pochi sorsi; ha detto «E se invece mi sgamano?».

«Non ti sgamano» ho detto.

«Sì, ma metti che mi sgamano» ha detto lui.

«Pazienza» ho detto. «Ti dicono che la cosa non gli interessa, tutto finisce lì.»

«Sei sicuro?» ha detto Raimondo. «Non è che mi bloccano lì dentro e chiamano la polizia?»

«Ma va'» ho detto. «Per cosa?»

«Perché l'intervista è finta» ha detto Raimondo a

mezza voce; ha lanciato una brutta occhiata al barista che ci osservava.

«Non riuscirebbero a dimostrarlo» ho detto. «E non sarebbe comunque un grande crimine. È probabile che non lo sia per niente.» In realtà non ne avevo idea; mi chiedevo se non avremmo fatto meglio a raccogliere qualche informazione legale prima che fosse troppo tardi.

Ci siamo guardati per qualche secondo, con la stessa perplessità concentrata. Ma era già troppo tardi, lo sapevamo tutti e due; e sapevamo che avremmo potuto farci venire idee molto più illegali di questa, e molto più dannose nei confronti degli altri. Mancavano solo dieci minuti all'appuntamento, siamo usciti in strada. Non vedevamo l'ora di chiudere l'attesa, far fondere il piano dell'immaginazione con quello della realtà e vedere cosa succedeva.

Raimondo si è aggiustato il colletto della giacca con le frange, ha detto «Io vado».

«Vai» ho detto. «Ricordati che sono loro ad avere bisogno di te, non viceversa.»

Lui ha detto «Claro que si», a quel tempo una delle sue espressioni preferite.

«Sentiti sicuro» ho detto. «Padrone della situazione».

«Oh yeah» ha detto Raimondo. Era già tornato in pieno al suo personaggio; ha detto «Gli chiedo un milione, gli chiedo».

Gli ho dato un colpetto su una spalla, l'ho guardato camminare via lungo il marciapiede, verso viale Regina Giovanna. Si è girato solo una volta, subito prima di voltare l'angolo: mi ha fatto un gesto sospeso, come un segnale di ottimismo, troppo lontano e troppo poco illuminato perché potessi esserne sicuro. Poi è sparito nella sera di fine ottobre.

Ho preso la moto e ho fatto un giro lento lungo la

circonvallazione; non sapevo come far passare il tempo e non sapevo quanto ne sarebbe dovuto passare. Mi chiedevo quali sono i margini tra quello che potrebbe succedere e quello che succede comunque; mi chiedevo se io e Raimondo eravamo davvero già in cammino verso altri scenari, o saremmo dovuti tornare indietro con la coda tra le gambe allo scenario di sempre. Mi sono fermato a guardare le vetrine di alcuni negozi chiusi attraverso le saracinesche a maglie: vestiti, articoli di cartoleria, mobili da cucina, lampade. Mi sentivo terribilmente fuori gioco a non essere andato anch'io da Diamantini: mi sembrava di avere scelto la parte più pigra e vile nella divisione di ruoli che ci eravamo inventati, avrei voluto fare cambio con Raimondo.

Dopo forse un'ora sono tornato all'angolo della via stretta dove ci eravamo lasciati, e lui non c'era ancora. Non sapevo se era un buono o un cattivo segno; se aveva ragione lui quando temeva che potessero chiuderlo dentro e chiamare la polizia. Ho aspettato seduto sulla Bmw del 1959; sono sceso a camminare; ho guardato altre vetrine; ho guardato finestre e portoni chiusi, sono tornato alla moto. Era una sera fredda e nebbiosa, non c'era nessuno in giro a parte le macchine che passavano veloci.

Poi stavo cominciando a preoccuparmi davvero, e ho visto una figura che veniva lungo la via stretta, ed era Raimondo. Non camminava sul marciapiede come quando era andato via, ma al centro della strada, e non aveva più in mano la cartelletta olandese con l'intervista. Dopo qualche metro si è messo ad agitare le braccia e a fare salti e a correre come un pazzo, emetteva una specie di «*Eeeeeeeeeeeeeeh*» che non sembrava un vero e proprio suono umano.

Sono partito anch'io di corsa verso di lui: ci siamo fermati un istante prima di impattare, ci siamo girati intorno l'un l'altro in modo vorticoso.

«Allora? Allora? Com'è andata?» ho detto senza fiato.

«*Venduta!*» ha detto Raimondo. «Venduta venduta venduta!»

«Non è vero» ho detto, non riuscivo a crederci.

Raimondo muoveva le braccia e le gambe come in una versione molto esagerata dello sci di fondo; ha detto «E per quanto? Per quanto? Prova a dire?»

«Non lo so» ho detto.

«Prova a dire» ha detto Raimondo, ha fatto un altro giro su se stesso.

«Mezzo milione?» ho detto, per cercare di essere almeno un po' realistico in un contesto che si stava deformando rapidamente.

«*Due* milioni!» ha detto Raimondo; ha fatto altri due giri, un salto, slanciava in su e in giù le braccia.

Ho detto di nuovo «Non è vero», continuavo a seguirlo a curve e stop.

Lui ha tirato fuori un foglio da una tasca della sua giacca alla Buffalo Bill, me l'ha sventolato davanti ma non riuscivo a leggerlo.

Ho detto «Stai fermo», ho cercato di strapparglielo di mano.

Raimondo era troppo elettrizzato per stare fermo; ha detto «Ti rendi conto? Ti rendi conto? Gliel'ho sparata così, pensavo "tanto a questo punto perché dobbiamo essere minimamente ragionevoli?"».

«E Diamantini?» ho detto.

«Diamantini ha fatto una brutta faccia» ha detto Raimondo. «Ho pensato che volesse cacciarmi fuori a calci, e invece dopo cinque o sei secondi ha fatto di sì con la testa. Teneva l'intervista tra le mani come se avesse paura di vedersela portare via, ha detto "sì d'accordo va bene".»

«E ci fa un libro?» ho detto, perché la fusione così violenta e improvvisa tra immaginazione e realtà continuava a provocarmi lampi di entusiasmo e smarrimento.

«Certo che ci fa un libro» ha detto Raimondo. «Ci fa il libro dei suoi *sogni*. E gli ho promesso interviste con *tutte* le altre grandi rockstar del mondo, lui ha detto che se questa di Ohanian va bene me le compra tutte!»

Ho detto «Ti rendi conto?», perché io stesso non riuscivo a rendermi conto pienamente delle implicazioni.

«Sì che mi rendo conto» ha detto Raimondo. «Possiamo fare quello che vogliamo, Albert! Le nostre vite non saranno mai più le stesse!».

Non c'era speranza di parlarci da fermi o in un tono di voce normale; l'elettricità che ci attraversava produceva immagini e sensazioni in modo inarrestabile, ci faceva camminare lungo il marciapiede alla velocità della luce.

Bmw del 1959

Entrare nella testa e nel corpo di Bernard Ohanian per scrivere la sua intervista ha avuto una serie di effetti collaterali, alcuni dei quali durano ancora oggi. Il primo è stato quello di farmi venire una voglia incontrollabile di andare in America. Erano anni che sognavo di farlo, perché era da lì che venivano quasi tutti i libri e la musica e il cinema e la pittura che mi interessavano allora; ma adesso era diverso. Non era più una curiosità e nemmeno una necessità mentale, per quanto intensa: avevo un bisogno fisico di camminare nelle città e guidare le macchine e abitare le case e incontrare le persone e parlare la lingua e mangiare i cibi e guardare la televisione e ascoltare la radio di cui avevo scritto in dettaglio o solo di passaggio come se fossero stati miei. Mi servivano gli spazi e i paesaggi e le temperature e i sapori, i suoni. Milano ha cominciato nel giro di poco a provocarmi veri sintomi da deprivazione sensoriale; ero insofferente come un gatto in gabbia, da qualunque parte mi girassi sbattevo contro le sbarre.

Così un mattino mi sono alzato con una perfetta determinazione a partire. Sono andato all'università e ho appeso alla bacheca degli annunci nell'atrio un cartello per vendere la mia Bmw del 1959, nel quale sottolineavo il suo valore storico e la perfezione filologica del suo restauro. Due giorni dopo è venuto a vederla uno studente di economia e commercio ricco e maniaco dei motori, ha fatto un giro di prova intorno all'isolato e mi ha staccato un assegno senza neanche discutere la cifra che chiedevo. Era abbastanza per comprarmi un biglietto aereo per gli Stati Uniti e per restarci forse un mese, fino a che non fosse arrivata la mia parte dei soldi per l'intervista. Così la Bmw del 1959 che detestavo da quando mi aveva quasi fatto ammazzare in Jugoslavia mi ha permesso di andarmene in America. A volte penso al ruolo che alcuni oggetti hanno nella vita delle persone: spesso è sorprendente, se si tiene conto che non ci entrano spinti da una loro volontà.

I miei si sono preoccupati per l'università, mi hanno chiesto come pensavo di sopravvivere in America. Non potevo certo raccontargli della mia intervista-fiume falsa che sarebbe presto diventata un libro, gli ho risposto che mi sarei cercato un lavoro. Loro hanno detto «Fa' come vuoi»; credo convinti di vedermi tornare indietro dopo qualche settimana.

Raimondo Vaiastri invece mi ha incoraggiato nel suo modo ultraenergico: ha detto «Se non proviamo a fare adesso quello che ci siamo sognati, cosa cavolo dovremmo aspettare?». Ha detto che se non avesse dovuto restare a Milano per seguire l'uscita del nostro libro sarebbe venuto anche lui; ha detto che appena incassati i soldi di Diamantini mi avrebbe mandato la mia metà con un bonifico internazionale. Ha detto «Madonna, Alberto, vai nel paese più entusiasmante del mondo!».

La cosa più strana a pensarci adesso è che sono partito insieme a Cristina Castellino, quando non stavamo più insieme da un mese e ci detestavamo con grande intensità. Ma non sono mai stato uno che ama viaggiare da solo, e avevamo parlato così tante volte di andare in America, quando lei mi ha telefonato per dirmi che il suo ginecologo l'aveva scaricata ho sentito il dovere morale di chiederle se voleva venire con me. Lei ha detto subito di sì: senza nessuna confusione improvvisa di sentimenti, come se si trattasse semplicemente di cogliere in modo del tutto razionale un'occasione che passava.

La sera prima di partire siamo andati insieme a vedere un film tutto ambientato a New York, con un attore gigione agli inizi della sua carriera e intriso di una violenza senza senso. Quando siamo usciti dal cinema ero scosso dall'ottusità rabbiosa dei personaggi e dallo squallore senza speranza degli scenari, e raggelato dalla totale mancanza di comunicazione tra noi. Mi chiedevo se l'America era davvero il posto che mi ero immaginato e che avevo descritto a larghi tratti e in fine dettaglio attraverso le parole di Bernard Ohanian; mi chiedevo se aveva senso andarci insieme a Cristina Castellino. Sembravamo due nemici vincolati da una tregua che non cancella affatto le ragioni di ostilità; le nostre conversazioni erano puramente tecniche: calcoli dei tempi di spostamento, nomi di città, anticipazioni climatiche, distanze tradotte da miglia a chilometri. Ci muovevamo cauti, misuravamo i toni di voce; sapevamo che sarebbe bastato far filtrare un gesto o una parola sbagliati tra i nostri mezzi sorrisi a farci precipitare verso la guerra aperta.

Eppure il giorno dopo siamo partiti insieme, con l'idea di emigrare a tempo indefinito.

Yoko Williams

L'unico contatto che avevo negli Stati Uniti d'America veniva da Luna Avogadro. Quando le avevo detto del mio piano di emigrazione, lei ci aveva pensato su qualche secondo e poi aveva detto «A Boston c'è una mia fantastica amica che si chiama Yoko Williams! Sta con un gallerista armeno che ha trent'anni più di lei, hanno una casa bellissima nella zona dell'università e sono le persone più allegre e ospitali del mondo!». La sera stessa mi aveva telefonato traboccante di entusiasmo; aveva detto che Yoko Williams e l'armeno mi aspettavano e potevo stare da loro, mi aveva dettato a memoria indirizzo e codice postale e numeri di telefono.

In aereo mentre Cristina Castellino dormiva con la testa reclinata contro il finestrino mi chiedevo quanto affidamento c'era da fare sugli entusiasmi di Luna Avogadro. Potevo attingere dal passato una serie di episodi tutt'altro che incoraggianti; ma pensavo anche che da un punto di vista puramente statistico non potevo essere proprio l'unico suo amico accettabile, in un mare ininterrotto di errori di valutazione. Era anzi probabile che ci fosse almeno qualche altro caso in cui il suo entusiasmo aveva una piccola base; mi sforzavo di essere ottimista.

Quando siamo atterrati a Boston, i rapporti tra me e Cristina non erano affatto migliorati durante il volo. Ci siamo guardati intorno nell'aeroporto notturno in attesa delle nostre valigie, e nel chiarore irreale delle luci al neon abbiamo capito di non esserci messi in una bella situazione. Non eravamo un'ex coppia amichevole, in cui il dispiacere della rottura si è riassorbito e in luogo dell'amore c'è una meravigliosa facilità di comunicazione; eravamo allo stadio in cui nessuno dei due sopporta più i lineamenti o i toni di voce o le minime attitudini personali dell'altro. Ed eravamo insieme in un paese non nostro, con un solo contatto e quasi senza soldi, senza sapere esattamente cosa cercavamo né come cercarlo.

Siamo saliti su un vecchio taxi guidato da un grosso tipo nero, e appena lui mi ha chiesto qualche spiegazione sull'indirizzo mi sono reso conto di non capire quasi niente del suo accento. Ero così convinto di sapere l'inglese, dopo anni di canzoni imparate a memoria e libri e riviste letti con avidità, mi sconvolgeva scoprire quanto suonava diverso in un'applicazione non artistica o letteraria. Fuori nel buio lampeggiato di luci livide il paesaggio urbano mi sembrava squallido e minaccioso come quello del film che avevamo visto la sera prima; speravo solo che Luna Avogadro non mi avesse dato un altro bidone.

Quando siamo arrivati alla casa dell'indirizzo, c'è voluto un po' di tempo prima che qualcuno venisse ad aprire. Il taxista voleva andarsene ma gli ho detto di aspettare; per quello che si vedeva la casa non era brutta, con un giardino spoglio racchiuso da una staccionata di legno. Alla fine una tipa robusta di aspetto giapponese si è affacciata alla porta, ci ha guardati e ha guardato i nostri bagagli come se non si aspettasse proprio nessuno. Il taxista è ripartito alle nostre spalle, troppo di scatto perché riuscissimo a fermarlo.

Ho detto «Siamo gli amici di Luna. Luna Avogadro».

La tipa mi guardava: alla luce della lampada sopra la porta non mi sembrava che il suo sguardo fosse molto limpido. In un tono leggermente strascicato ha detto «Gli amici di Luna?».

«Sì» ho detto. «Gli amici di Luna. Vi ha telefonato la settimana scorsa.» Scandivo le parole nel mio inglese da laboratorio; ho detto «Tu sei Yoko Williams?».

Lei ha fatto di sì con la testa; ho provato sollievo all'idea che almeno il nome corrispondesse.

Ho detto «Luna ha detto che potevamo stare da voi per qualche tempo».

Yoko Williams ha detto «Avevo spiegato a Luna che questo è un periodo un po' difficile».

Ho guardato in fondo alla via: il taxi era sparito. Cristina Castellino mi fissava con una delle sue espressioni più prive di calore, tutta rigidezza ed estraneità. Mi è venuto l'impulso di cercare un telefono pubblico da qualche parte e chiamare Luna Avogadro e ricoprirla di insulti.

Ma poi Yoko Williams ci ha fatto un debole cenno di entrare; io e Cristina Castellino l'abbiamo seguita senza guardarci, abbiamo posato i bagagli sul pavimento del soggiorno. Avevo il tipo di ipersensibilità acustica e visiva e olfattiva che mi viene in un ambiente del tutto nuovo: registravo ogni scricchiolio del legno e ogni piccolo oggetto sugli scaffali, ogni sottile odore dalla cucina.

Yoko Williams si muoveva con una strana lentezza, invece di mostrarci la casa o portarci alla nostra camera o fare qualche altro gesto di ospitalità si è lasciata cadere in una grossa poltrona dallo schienale alto. Ha detto «Sono terribilmente stanca». Ho fatto qualche tentativo di conversazione, stanco e frastornato e impacciato dalla lingua com'ero, ma lei non raccoglieva nessun argomento, al massimo faceva di sì con la testa. Dopo un po' ci ha raccontato che il gallerista armeno con cui aveva vissuto dieci anni l'aveva lasciata per una diciottenne bionda e che di conseguenza le era venuto un esaurimento nervoso, aveva dovuto sospendere il suo lavoro al dipartimento di fisica dell'università e ancora adesso dopo quasi tre mesi non riusciva a vedere nessuno, fare anche le cose più semplici le costava una fatica incredibile.

Quando ha visto che io e Cristina Castellino stavamo per crollare a terra dalla stanchezza, ci ha detto che potevamo dormire in una camera in cima alle scale. Non ci ha accompagnati sopra, ha detto «Fate da soli».

Il tetto era spiovente sui due lati; c'era un letto a due piazze, casse e bauli, una cyclette con la carenatura rosa. Il letto aveva un materasso ad acqua, ondeggiava sotto di noi appena ci siamo sdraiati tutti vestiti e ci siamo tirati sopra la trapunta sintetica che avevamo trovato in un baule. Il sistema di riscaldamento elettrico dell'acqua non funzionava, e l'acqua era gelata. Anche la caldaia della casa doveva avere dei problemi, ed era un inverno estremamente freddo. Io e Cristina Castellino abbiamo provato a dormire sulla massa liquida instabile, tra brividi e ondeggiamenti e stanchezza estrema e ronzii da volo transoceanico, continui riaggiustamenti per mantenere una distanza fisica che corrispondesse alla nostra distanza mentale.

Boston, MA

Stavamo in giro per la città tutto il giorno, facevamo chilometri a piedi. Tutto quello che vedevo e sentivo mi affascinava, dai semafori agli incroci alle facce ai corpi della gente alle lavanderie a gettone alle mele giganti nei negozi di frutta alle insegne alle targhe delle automobili ai vestiti usati dell'Esercito della Salvezza ai cartelloni luminosi dei film ai frullati dei bar alle vecchie chitarre nelle vetrine dei banchi di pegno alle musiche sentite di passaggio al rosso dei camion dei pompieri al sapore dei cheeseburger mangiati camminando alle piccole librerie universitarie al fruscio delle biciclette degli studenti ai petti immensi dei tacchini pronti per il giorno del Ringraziamento alla trasparenza fredda dell'aria che dava a ogni forma e colore e suono un rilievo sorprendente. Era quello che mi ero aspettato, ed era tutt'altro, sfaccettato e moltiplicato in una varietà di forme e modi e tempi e ragioni che credevo di conoscere già e che invece non conoscevo affatto. Era come incontrare una persona dopo averne sentito parlare per anni e avere visto sue fotografie e film e avere letto i suoi diari e ascoltato la sua voce registrata: provavo la stessa oscillazione tra familiarità ed estraneità, comprensione immediata e distanza, la mia prospettiva cambiava ogni pochi minuti.

Per esempio, visto dall'Italia Bernard Ohanian mi era sembrato una specie di monolito che torreggiava spettacolare tra altri grandi monoliti nel paesaggio americano. Visto dall'America invece era solo uno delle migliaia di nomi e segni che punteggiavano il paesaggio in una moltiplicazione forsennata; non c'era niente che indicasse la sua esistenza mentre camminavo per la strada, nemmeno nei negozi di dischi era così automatico trovare subito i suoi. Il monolito era in realtà un sasso qualsiasi, in una spiaggia di infiniti sassi; l'intervista finta che gli avevo fatto sembrava un episodio minuscolo.

Ma sarei stato felice di correre da un punto all'altro e da una curiosità all'altra come un bambino in un luna park, se non fosse stato per Cristina Castellino. Non condivideva neanche una piccola parte delle sensazioni che provavo io, mi camminava di fianco attraverso la città con il suo sguardo che ormai mi sembrava una rappresentazione concentrata di insensibilità e disinteresse. Ogni volta che mi fermavo per osservare meglio qualcosa vedevo i suoi lineamenti tendersi in una piccola smorfia irritata; ogni volta che cercavo di comunicarle sorpresa o entusiasmo trovavo il vuoto. Non aveva fame, non aveva sete, non aveva nessuna voglia o bisogno. La guardavo, e mi sembrava uno snello predatore estremamente selettivo, che sopporta fasi lunghissime di digiuno ed esclude dal suo campo sensoriale qualunque cosa non riguardi in modo stretto la sua sopravvivenza.

Però continuavamo a fare tutto insieme, perché eravamo arrivati insieme e perché non conoscevamo nessuno a parte Yoko Williams e perché non sapevamo ancora cosa fare, e perché i sentimenti negativi possono legare due persone ancora più di quelli positivi. Dormivamo sul materasso ad acqua gelato con tutti i muscoli irrigiditi per non rotolarci addosso; di mattina lei beveva tè e guardava nel vuoto mentre io facevo colazione con latte e muesli alle nocciole e leggevo sulle confezioni le scritte che mi affascinavano.

Di giorno andavamo in giro, alla ricerca di informazioni e di spunti. Lei si era portata dietro una sua storia illustrata per bambini che sperava di riuscire a pubblicare. L'aveva dipinta a Milano nel mese in cui non ci eravamo visti, con una minuziosa competenza tecnica che non mi aspettavo e che doveva avere in qualche modo ereditato da suo padre ebanista. La trama rifletteva la sua generale mancanza di partecipazione alla vita, ma era abbastanza ben fatta da essere vendibile. Abbiamo cercato sull'elenco del telefono i numeri di tre o quattro case editrici, li ho chiamati per lei da una cabina visto che non parlava l'inglese. Le segretarie o le redattrici dicevano «Grazie, ma al momento non ci interessa», o «Non abbiamo in programma nuove acquisizioni», o «Non per il momento». Non è che Cristina diventasse molto più calorosa o comunicativa dopo questi rifiuti; riagganciavo e ci guardavamo in modo periferico, battevamo i piedi per scaldarci.

Da parte mia ho telefonato a Raimondo un paio di volte, per sapere se il libro-intervista a Bernard Ohanian era uscito o Damiano Diamantini gli aveva dato i soldi, o tutte e due le cose. Raimondo diceva «Ancora niente», mi chiedeva come andavano le cose in America. Gli dicevo «Benissimo» perché con Cristina Castellino a pochi centimetri non potevo parlare. Raimondo diceva «Divertiti anche per me, bastardo!». Io dicevo «Ci puoi contare»; quando mettevo giù pensavo che mi ero già dimenticato di come tutto in Italia si muoveva con una lentezza esasperante.

La sera Cristina se ne andava a dormire presto e io restavo nel soggiorno con Yoko Williams a guardare il wrestling alla televisione. Era l'unica cosa che le interessava, per qualche strano motivo. All'inizio non sapevo che le gomitate e gli schiacciamenti e gli strangolamenti fossero finti, ero allibito all'idea che si potesse assistere con tanta indifferenza a uno spettacolo così truculento. Ho chiesto decine di volte a Yoko Williams se i bestioni sul ring si facevano male davvero, lei diceva «Ahà». Ci tenevamo ognuno una coperta addosso, lei sulla sua poltrona dallo schienale alto e io su un vecchio divano; guardavamo i giganti gonfi di ormoni che digrignavano i denti ed emettevano grida gutturali e si facevano apparentemente a pezzi mentre i bambini tra il pubblico ridevano e agitavano buffi cartelli. Ogni tanto Yoko Williams mi raccontava un nuovo particolare sul modo ignobile in cui il suo gallerista armeno l'aveva lasciata per la diciottenne bionda. Io dicevo «È incredibile», scuotevo la testa senza togliere lo sguardo dallo schermo.

È cominciato a nevicare: la neve ha ricoperto le strade e le case e ha assorbito parte dei suoni e dei colori, la temperatura è scesa ancora. Era un inverno molto più impegnativo di quelli che conoscevamo, e né io né Cristina Castellino eravamo attrezzati in modo adeguato. Quando uscivamo ci mettevamo tre golf uno sopra l'altro, tenevamo le mani in tasca e camminavamo alzando molto le ginocchia, quando tornavamo a casa avevamo le scarpe fradice e le punte dei piedi mezze congelate, il naso e le orecchie che facevano male. In casa si stava poco meglio che fuori, perché Yoko Williams non aveva i soldi per riparare l'impianto di riscaldamento e il gallerista armeno non intendeva minimamente aiutarla malgrado tutte le telefonate che lei gli faceva. Anche in casa cercavamo di coprirci più che potevamo e di non stare fermi troppo a lungo; eravamo sempre in cucina a prepararci tisane calde, io consumato dalla fame e furioso per come Cristina nella sua inappetenza cronica riusciva sempre a impedirmi di comprare il cibo che volevo.

La piccola scorta di sicurezza che mi sembrava di avere accumulato mentre scrivevo l'intervista falsa a Bernard Ohanian si dissolveva giorno dopo giorno, nell'attrito con la mia ex ragazza ostile e nel freddo costante e nei soldi in rapida diminuzione, nella richiesta di propositi pratici e strumenti efficaci che sembrava provenire dallo scenario tutto intorno.

Yoko Williams nei suoi momenti più comunicativi diceva «Questo è un paese duro»; scuoteva la testa, affondata nella poltrona con la coperta di lana a scacchi verdi e gialli tirata su fino al collo.

Nella casa di fianco a quella di Yoko Williams c'era un tipo magro e lungo che si chiamava Dan Hightower, un giorno è venuto a chiedere in prestito una pala per la neve e si è messo a flirtare con Cristina Castellino. Lei gli ha dato corda: benché sapesse solo venti parole inglesi l'ho sentita ridacchiare all'ingresso, dire «He no boyfriend» riferita a me, dire «Yes, no, yes, yes», ridacchiare di nuovo. E anche se la detestavo e non avrei più voluto nessun genere di legame con lei, non mi faceva piacere. L'idea che si lasciasse corteggiare in modo così scoperto da qualcuno mi provocava anzi un fastidio acuto inspiegabilmente simile alla gelosia, che mi ha fatto uscire dalla cucina e salire le scale e scendere di nuovo e parlare con Yoko Williams senza ascoltare cosa diceva e tornare in cucina, spostare sedie in modo nevrotico. Non pensavo che mi potesse succedere: mi chiedevo se dipendeva dal fatto che era stata lei a lasciare me o dal fatto che era passato troppo poco tempo, dal fatto che la nostra situazione precaria avrebbe richiesto a tutti e due una minima lealtà di base.

Quando Dan Hightower se n'è andato con la sua pala per la neve, Cristina Castellino è venuta in cucina con uno dei suoi piccoli sorrisi compiaciuti. Ha detto «È simpatico, il vicino».

«Sì?» ho detto, facevo finta di essere molto interessato a un cartone di succo d'arancia che avevo già esaminato in dettaglio.

«Molto» ha detto lei, la sua voce aveva la stessa ottusità sadica di quando mi aveva telefonato per dirmi che si era messa con il ginecologo. Ha detto «Visto che siamo qua tanto vale che conosciamo qualcuno del posto, no?».

«Certo» ho detto. «Sono perfettamente d'accordo.»

La temperatura a casa di Yoko Williams continuava a scendere, le sue telefonate col gallerista armeno erano sempre più frequenti e aspre.

Cristina è uscita a cena con Dan Hightower, mentre io andavo pieno di sentimenti difficili da definire ma sgradevoli a mangiare un hamburger e a vedere un film da solo. Lui le ha dato il numero e l'indirizzo di un suo amico pittore che si chiamava Tony McVrie e che poteva ospitarci nella sua casa-studio a New York, e forse anche aiutare Cristina a trovare un editore per la sua storia illustrata. Non avevo nessuna fiducia negli amici di Dan Hightower e non ero nemmeno sicuro che Cristina avesse capito bene quello che lui le aveva detto: l'unica cosa sicura era che non potevamo restare nella situazione in cui eravamo. Così abbiamo ringraziato Yoko Williams e abbiamo preso tutte le nostre cose: le valigie e la borsa marrone a tracolla di Cristina con la sua storia illustrata e la grossa custodia nera della mia chitarra e la piccola custodia grigia della mia Lettera 22. Siamo saliti su un treno per New York.

Tony McVrie

A New York abbiamo preso la metropolitana per il Greenwich Village, ci siamo trascinati dietro i bagagli fino alla casa-studio dell'indirizzo che Dan Hightower aveva scritto su un foglietto per Cristina. Tony McVrie era un tipo molto pallido con i capelli corvini appiccicati a ciocche e i contorni degli occhi arrossati e le braccia straordinariamente lunghe, non mi è piaciuto fin da quando si è affacciato sulla porta e ha detto «Eh-hey!». La sua casa-studio era un ex magazzino o deposito nudo e malmesso, con grandi finestre dai vetri sporchi e tele in stile iperrealista appoggiate alle pareti, odore di pittura acrilica che impregnava tutto. Anche lì faceva freddo: c'erano dei caloriferi industriali alti fino al soffitto ma non funzionavano quasi, al massimo diventavano tiepidi. Forse anche per questo Tony McVrie non stava mai fermo e teneva varie bottiglie di whisky del Kentucky sparse in giro, a intervalli ne buttava giù una gollata.

Dan Hightower doveva avergli descritto Cristina Castellino come una possibile preda sessuale, perché lui ha cominciato subito a girarle intorno con aria appiccicosa, ogni tanto mi faceva un sorriso di complicità come se non avesse dubbi che a me non dava fastidio. Muoveva le braccia in un modo che doveva sembrargli attraente: faceva gesti e andava avanti e indietro, trafficava con un vecchio stereo dalle casse giganti, trafficava con una lampada a stelo, con un candeliere alto da chiesa gotica. Parlava di Andy Warhol e di Roy Lichtenstein come di suoi pari, parlava di Michelangelo e di Leonardo, di Firenze e di Roma dov'era stato per alcuni mesi e dove a sentire lui aveva mille fantastici amici. Cercava di fare colpo su Cristina e presentarsi come un grande artista sregolato; accendeva spinelli e beveva bourbon a canna e passava in giro, ci illustrava le sue tele come se leggesse da un trattato di arte contemporanea saltando una riga ogni due, scandiva le parole come se parlasse a due poveri selvaggi più che a due stranieri.

Cristina Castellino metteva in atto con lui lo stesso genere di scimmiottamenti che mi avevano colpito quando ci eravamo conosciuti: fumava e beveva, faceva domande e si mostrava sorpresa dalle risposte, inclinava la testa e si raccoglieva i capelli, li scioglieva e scuoteva la testa per farli brillare alla luce. Era animata da una fiammella minima come sempre; e potevo sentire che le dava gusto avermi lì come spettatore. Pensavo che avrei fatto meglio ad andarmene da un'altra parte al più presto, se non volevo finire stritolato in un meccanismo di sentimenti guasti.

Poi lei si è messa a cercare la sua borsa marrone con la storia illustrata per farla vedere a Tony McVrie, e si è resa conto di averla dimenticata sul treno. Si è messa a piangere e a buttare per aria i nostri bagagli, a gridare che era tutta colpa mia e delle custodie che mi portavo dietro. Potevo capirla, perché aveva investito nella storia illustrata molte delle sue speranze di riuscire a far qualcosa in America, ma lo stesso non era piacevole, nella casa-studio fredda e satura di fumo e di odore acrilico, con uno sconosciuto artefatto e presuntuoso che le faceva la corte sotto i miei occhi. I nostri equilibri erano estremamente instabili, per quanto ci sforzassimo di fare i viaggiatori internazionali che passano disinvolti da un continente all'altro; bastava poco a precipitarci nel panico del non-riconoscimento e dell'estraneità pura.

Tony McVrie ha fatto gesti di rassicurazione con le sue braccia lunghissime: ha detto «Uoh, uoh, uoh! Non c'è ragione di disperarsi, adesso risolviamo tutto».

Cristina gli ha detto «Grazie» tra le lacrime, come una povera naufraga salvata da un eroe.

Tony McVrie si è fatto descrivere la borsa, poi ha telefonato all'ufficio informazioni della Amtrak e si è messo a elaborare sulla descrizione. Diceva «Una borsa color *Sienna*»; diceva «Sì, *Tierra de Sienna*».

Anche se non avevo molta familiarità con gli impiegati delle ferrovie americane mi sembrava improbabile che capissero di cosa parlava; gli ho detto «Marrone. Digli marrone». Ma lui mi ha fatto cenno di stare zitto, era tutto preso dalla sua recita a uso di Cristina: il grande pittore che non riesce a prescindere dal suo rapporto speciale con i colori neanche in un momento di emergenza.

Cristina si è associata ai suoi cenni di zittimento, però man mano che il tempo e le spiegazioni scorrevano senza risultati ha cominciato a filtrare nei suoi lineamenti il sospetto che McVrie non fosse abbastanza aggressivo o determinato.

Alla fine McVrie ha messo giù, dopo aver sommerso di sfumature cromatiche vari addetti della Amtrak. Ha scosso la testa, ha detto «Per ora niente, forse domani».

Potevo leggere la delusione negli occhi di Cristina, e anche se mi dispiaceva per la sua storia perduta ero contento che avesse trasferito a McVrie almeno parte della colpa.

Abbiamo mangiato biscotti cinesi della fortuna e

bevuto altro bourbon per riscaldarci, camminavamo avanti e indietro sulle tavole grezze del pavimento. Tony McVrie mi ha chiesto in un tono condiscendente cosa facevo nella vita. Gli ho detto che scrivevo interviste. Lui ha detto «Interviste a chi?».

Gli ho detto «Ne ho appena fatta una a Bernard Ohanian, sta per uscire in un libro».

Lui ha fatto di sì con la testa, sembrava colpito. Ha detto «E ti pagano bene?».

Ho detto «Molto». Ma la storia del libro-intervista aveva ormai perso quasi tutta la sua consistenza: era diventata un piccolo episodio semi-immaginario che non modificava per niente la vaghezza preoccupante delle circostanze.

New York, NY

Siamo rimasti una decina di giorni nella casa-studio di Tony McVrie al Village, dormivamo sul pavimento sopra due materassini piatti e duri da ginnastica, vestiti e con due vecchie coperte addosso, senza smettere di tremare per il freddo. La borsa color terra di Siena con la storia illustrata di Cristina non è stata ritrovata, il che ha compromesso irrimediabilmente l'immagine di McVrie e le sue possibilità di avere una magnifica storia di sesso e autogratificazione con lei. Cristina lo considerava corresponsabile della perdita, e mi ha detto a più riprese che non le piacevano le sue braccia senza fine; quando lui una notte le ha chiesto se voleva infilarsi nel suo letto per stare più comoda gli ha detto «No grazie» abbastanza secca.

La città era carica di energia, con il suo aspetto da grosso cimitero monumentale dei primi del Novecento ammodernato qua e là e sospinto a un ritmo industriale scandito da sbuffi di vapore e martellamenti e cigolii e vibrazioni senza sosta. Non avevamo la minima idea di quali mezzi usare per affrontarla, dove trovarli, da quali angoli provarci. Tutte le attività e le offerte che avevamo davanti sembravano rivolte a persone con una determinazione feroce e una conoscenza affinata dei percorsi da seguire, o almeno una capacità robusta di difendere i propri spazi di sopravvivenza. Non sembrava un posto dove uno può aggirarsi con calma fino a che gli vengono delle idee, almeno non nella nostra condizione senza soldi né capacità accertate né serenità sentimentale né solidarietà da amici. Pensavo a come avevo fatto parlare Bernard Ohanian di New York nella mia finta intervista: alla miscela di familiarità e arroganza e piccola mitologia personale, nostalgia recitata per le sensazioni di quando il suo rapporto con la città non era ancora soffice e insonorizzato dai vetri di una limousine o di un appartamento con vista su Central Park.

Ho telefonato di nuovo a Raimondo da un telefono pubblico, per sapere cosa succedeva con Diamantini. Lui ha detto «Ancora niente. Gli sto addosso, ma lui continua a rimandare l'uscita e il pagamento». Sembrava esasperato quanto me dall'attesa, ma almeno era nel suo territorio invece che in una via spazzata dal vento gelido e dal rumore meccanico e da un flusso continuo di persone sideralmente lontane.

Tony McVrie ha ricevuto una telefonata dalla sua padrona di casa che gli diceva di sgomberare entro una settimana perché aveva deciso di ristrutturare e vendere. Non ho capito se era davvero così, o si era inventato tutto per liberarsi di noi, visto che le sue speranze di conquistare Cristina erano ormai azzerate. Lui comunque ha recitato la parte dell'ex ospite desolato fino in fondo, ci ha accompagnati a una specie di ostello per poveri dove secondo lui avremmo potuto dormire in attesa di sistemazioni migliori. Ma non c'era posto, oppure non rientravamo nella categoria di quelli che venivano accettati; il portiere seduto dietro la griglia di protezione ha scosso la testa. McVrie ha detto «Va be', avete ancora sei giorni per trovare qualcosa».

Ero sempre stato convinto di non avere nessun attaccamento particolare a un luogo o a una casa o alle loro qualità protettive e rassicuranti, ma non mi era mai capitato di esserne del tutto privo. Mi venivano in mente espressioni tipo «non avere un tetto sopra la testa», o «ritrovarsi in mezzo a una strada»: mi rendevo conto per la prima volta in vita mia che non erano metafore astratte.

Io e Cristina Castellino ci aggiravamo per New York come due animali braccati, assorbivamo segnali e sollecitazioni fino a esserne saturi; il freddo era così intenso e cattivo che non riuscivamo a camminare per più di qualche isolato senza doverci tuffare in un bar o in un negozio per recuperare una temperatura accettabile. In un magazzino di vestiti militari usati mi sono comprato un giaccone blu scuro da marinaio, ma si è rivelato subito molto più pesante che caldo. Tenevo il bavero sempre alzato; io e Cristina non ci parlavamo quasi, cercavamo di capire cosa fare.

Siamo andati a bere un cappuccino bollente con quattro cucchiaini di zucchero in un bar del Village che si chiamava Caffè Bella Roma, ho chiesto a uno dei due baristi italiani se per caso non c'era bisogno di aiutanti. Lui ha detto che ne avrebbe parlato con il proprietario, di tornare il giorno dopo.

Il proprietario era basso e tozzo e con uno strano ciuffo bianco, ci ha presi in prova tutti e due. Sembrava blandamente divertito all'idea di metterci alla prova; e non rischiava molto perché non ci pagava quasi niente, diceva che i soldi si guadagnavano con le mance. Appena ci siamo messi a trafficare con tazze e piattini e bicchieri e spazzole saponate e ordinazioni è stato chiaro che né io né Cristina avevamo una vera vocazione per quel tipo di lavoro. Ci muovevamo goffi tra il bancone e le due salette, pensavo che ci sarebbero volute settimane per acquisire una minima disinvoltura. I due baristi non ci lasciavano passare un solo gesto sbagliato, stavano tutto il tempo a dirci tra i denti «Si fa così», «Non si fa così». Era un'esperienza del tipo di quelle che mi avevano affascinato nei libri di Kerouac o nelle canzoni di Bernard Ohanian, ma adesso che c'ero dentro non mi sembrava così suggestiva. Forse ero io che non riuscivo a trovare lo spirito giusto, o forse dipendeva dalla mia continua tensione con Cristina; forse non capivo come avrebbe potuto nascerne una catena di incontri e coincidenze abbastanza significativa da costruirci sopra una leggenda poetica.

I frequentatori abituali del bar facevano parte di una specie di circolo mafioso minore, amichevole e perfino protettivo. Quando Tony McVrie è sparito dalle nostre vite e ci siamo ritrovati in strada con i nostri bagagli, uno di loro particolarmente elegante e forbito che si chiamava James Contrato si è detto disposto a ospitarci a casa sua per qualche tempo. Ha fatto questa offerta in uno strano tono sospeso, come se ci fosse sotto qualche implicazione sessuale o gangsteristica. Ma appena ha visto che io e Cristina ci eravamo irrigiditi si è affrettato a spiegare che sua moglie era un'ex cantante di jazz e soffriva di una forma fobica ossessiva, il suo psichiatra aveva suggerito di portarle gente in casa come tentativo terapeutico. Abbiamo accettato, perché eravamo desolati e perché non volevamo bruciare i nostri pochi soldi in una camera d'albergo, e perché seguivamo il piano inclinato delle circostanze.

James Contrato stava in un appartamento al quarantaseiesimo piano sul fiume Hudson; appena ha aperto la porta ci è arrivata addosso un'ondata di aria torrida. Lui ci ha sospinti avanti, in un grande soggiorno tutto vetrate sulla città piena di luci che fino a quel momento avevamo visto solo dal basso. C'erano tappeti chiari e una palmetta e due grandi ficus benjamina in vaso, l'insieme sembrava un grande terrario per rettili tropicali.

L'ex cantante di jazz è arrivata poco dopo, aveva un turbante azzurro in testa e sembrava pronta a scattare: appena ha visto che sfioravo i tasti del pianoforte a coda ha detto in un tono duro «Non toccarlo che me lo scordi».

Suo marito prima di farci entrare in casa ci aveva ripetuto un paio di volte di sorriderle sempre e parlare a bassa voce e muoverci lenti, non andarle mai più vicini di un paio di metri. Io e Cristina cercavamo di seguire le istruzioni, malgrado la stanchezza per il lavoro al bar e per la sindrome da senzatetto.

James Contrato ci ha fatti sedere su un divano, a una buona distanza da dove era seduta sua moglie. Si sforzava di farci apparire inoffensivi e amabili e divertenti agli occhi di lei: diceva «Alberto e Cristina sono venuti in America per la prima volta»; diceva «Non è una cosa romantica?»; diceva «Guarda come sono carini»; diceva «Non ci si accorge neanche di avere degli ospiti». Appena lei non lo guardava ci faceva cenno di sorridere di più, muoverci più lenti, parlare più piano. L'ex cantante jazz non sembrava affatto entusiasta, controllava ogni nostro movimento con occhi feroci.

La cosa è andata avanti per quasi una settimana, benché non funzionassimo molto come terapia. In compenso stavamo diventando pazzi anche noi, costretti com'eravamo a recitare tutto il tempo la parte della giovane coppia amabile. I Contrato non ci davano neanche da mangiare, perché l'ex cantante jazz non sopportava di condividere il frigorifero con altri. A ore tarde io trangugiavo un panino al tonno e uova che mi ero portato dal lavoro e Cristina mordicchiava qualche biscotto secco; stavamo seduti sui nostri lettini nella stanza degli ospiti, senza guardarci per non rischiare di dire cose irritanti. La notte non riuscivamo quasi a dormire, perché eravamo troppo stanchi e nervosi e perché James Contrato e sua moglie litigavano in modo selvaggio e scaraventavano oggetti in giro, si minacciavano reciprocamente di chiamare il dottore o la polizia.

Di giorno al bar cercavamo di migliorare le nostre capacità di lavatori di tazzine e asciugatori di bicchieri e portatori di vassoi, senza grandi risultati. Però uno dei due baristi ogni tanto mi autorizzava a usare la macchina del caffè, ed era una cosa che mi sognavo fin da bambino. Ho potuto anche azzardare qualche esperimento, come fare un cappuccino anziché un caffè macchiato o usare quattro o cinque volte di seguito la stessa miscela pronta senza che i clienti se ne accorgessero.

Poi una sera che eravamo usciti prima dal lavoro Cristina ha avuto l'idea di comprare da un venditore di strada una penna di pavone, per regalarla alla padrona di casa. Gliel'abbiamo data con gesti e inchini sulla porta della grande cucina molto attrezzata; lei ha allungato la mano e l'ha presa con un sorriso molto teso, e trenta secondi dopo si è messa a spaccare piatti e tazzine e bicchieri, urlare come un'aquila che l'avevamo toccata e offesa e presa in giro. James Contrato è arrivato di corsa; ci ha detto di prendere le nostre cose, che per la notte ci avrebbe pagato un albergo ma l'esperimento era da considerarsi chiuso.

Il giorno dopo abbiamo ringraziato il proprietario del bar, ci siamo fatti dare i pochi dollari che ci doveva. All'angolo della strada io e Cristina ci siamo guardati, con le nostre borse e custodie ai piedi; ho pensato che se fossimo riusciti ad abbracciarci o almeno a sorriderci sarebbe stato un sollievo incredibilmente intenso.

Qualcuno mi aveva parlato delle agenzie driveaway, che affidano a chiunque abbia una patente una macchina da consegnare in altre città per conto di loro clienti. È un modo di viaggiare quasi gratis, l'unica cosa che devi pagare è la benzina. Ho cercato i numeri sull'elenco del telefono; ho detto che mi andava bene qualunque destinazione abbastanza a sud o a ovest da essere fuori dalla fascia della neve. Al quarto tentativo mi hanno detto che avevano una macchina da portare a Santa Barbara, in California. L'unica complicazione era che la macchina non si trovava presso l'agenzia ma a Syracuse, in custodia degli ex vicini di casa del proprietario. Ho detto che non c'era problema, sarei andato a prendermela.

Sergei e Ada Rastolkoff

Abbiamo preso un autobus della linea Greyhound. Il viaggio fino a Syracuse era lungo, allungato ancora più da fermate in posti come Dunmore e Binghamton e Homer. Anche con gli autobus Greyhound avevo una familiarità indiretta che mi veniva dai libri e dalle canzoni, e anche in questo caso mi sembrava che la suggestione si riducesse di molto, a starci seduti dentro. Era solo un mezzo di trasporto lento e triste, per gente povera che guardava con aria assente il paesaggio congelato o sonnecchiava; nessuno parlava con nessun altro, tanto meno per raccontare storie straordinarie o stabilire relazioni affascinanti.

Quando siamo arrivati a Syracuse era buio, c'erano muri di neve ai lati delle strade e intorno alla stazione degli autobus dove la gente si muoveva con passi da pattinatore per non scivolare. Stavo pensando a quanto era desolante arrivare in una sera d'inverno in un posto sconosciuto dove nessuno ti aspetta, e ho visto una coppia con un cartello su cui era scritto il mio nome. Mi è sembrato una specie di miracolo: gli sono andato incontro nel gelo e nella luce bianca dei fari, come se non fossi sicuro della loro consistenza.

Erano gli ex vicini di casa dei proprietari della macchina, si chiamavano Sergei e Ada Rastolkoff. All'agenzia mi avevano dato il loro indirizzo, ma non mi ero immaginato che la pratica del drive-away implicasse contatti umani di questo genere: mi era sembrata un'operazione perfettamente neutra, fatta di caselle sbarrate e moduli firmati e indicazioni da seguire e chiavi da ritirare. Invece eravamo lì nel parcheggio con due persone gentili che ci sorridevano e ci chiedevano com'era andato il viaggio, ci aiutavano a caricare i bagagli sulla loro macchina.

I Rastolkoff erano russi americanizzati di seconda generazione, sentimentali e molto tristi all'idea che i loro vicini di casa e unici amici se ne fossero andati per trasferirsi sulla costa ovest. Sergei continuava a scuotere la testa mentre guidava verso casa; ha detto «È una perdita grave. Ti lascia un senso di vuoto».

Ada ha detto «D'altra parte era un'occasione troppo buona per la carriera di Jim, non poteva dire di no».

«Lo so» ha detto Sergei. «Ma così, nel pieno dell'inverno.»

Quando siamo arrivati a casa loro ci hanno detto che non potevano lasciarci partire di notte con una macchina che non conoscevamo ancora, ci hanno offerto la loro stanza degli ospiti. Avevano anche preparato una cena meravigliosa a base di tacchino e patate arrosto e birra in lattine giganti e piccoli dolci fatti da Ada con bianco d'uovo e pezzetti di mandorle.

Cristina non ha toccato quasi niente ed è stata quasi zitta come al solito, ma io mangiavo e bevevo e parlavo e ascoltavo come se assorbissi nettare comunicativo allo stato puro. Mi rendevo conto di quanto ne ero stato deprivato nelle ultime settimane; avevo i nervi che quasi mi facevano male per il conforto, mi venivano le lacrime agli occhi appena i Rastolkoff parlavano di nuovo della perdita dei loro vicini.

Ci facevano anche domande sul nostro viaggio, erano curiosi. Gli ho detto che non era un viaggio, ma un'emigrazione. Loro hanno fatto di sì con la testa, sapevano di cosa parlavo. Ada ha descritto il suo lavoro in un colorificio, dov'era addetta al controllo di qualità. Sergei di colpo mi ha preso per un braccio e mi ha detto «Non so se ti rendi conto di cosa sia la solitudine in un paese come questo».

Gli ho detto «Un po' me ne sono già reso conto».

Lui aveva gli occhi lucidi, beveva. Ha detto «La gente cambia lavoro e cambia casa e cambia vita e si sposta tutto il tempo da un punto all'altro, il che è bello. Ma i fili che ti ci tenevano attaccato si rompono, così»: ha fatto un gesto per indicare rottura e allontanamento.

Ada ha detto «Di colpo è come se non ci fosse mai stato nessuno».

Sergei ha detto «Tutto quello che ti rimane è un numero di telefono provvisorio, che dopo un paio di settimane non corrisponde più a niente».

Più tardi Ada ha tirato fuori una piccola fisarmonica e Sergei una chitarra, hanno suonato una melodia triste e ripetitiva. Ho preso anch'io la mia chitarra e gli sono andato dietro: era sempre lo stesso giro di tre accordi, ma abbiamo continuato per quasi un'ora con sottili variazioni.

Al mattino Sergei Rastolkoff mi ha portato a vedere la macchina che dovevo guidare. L'aria era ancora più fredda e pungente che a Boston e a New York; scivolavamo sul vialetto ghiacciato. La casa degli ex vicini aveva tutte le finestre chiuse, sul prato coperto di neve era piantato un cartello con scritto "Vendesi", mezzo coperto di neve anche quello.

Sergei Rastolkoff ha tirato su il portellone basculante del garage, è entrato: mi ha fatto vedere una macchina bassa e lunga color marrone, piena di buchi rugginosi sui parafanghi e lungo le fiancate. Sergei ha detto «Plymouth Fury II Coupé, elaborata da Pal Harrington. Otto cilindri, fasatura e distribuzione integralmente rivisti, 420 cavalli effettivi»; sembrava orgoglioso.

Ho detto «Ma è tutta buchi», non mi sembrava che avrebbe mai potuto farcela per i cinquemila chilometri fino a Los Angeles.

Sergei ha detto «È il sale che buttano sulle strade per sciogliere il ghiaccio, corrode le lamiere. Ma la macchina va alla grande, non aver paura».

Mi ha spiegato come funzionavano i comandi principali e mi ha fatto vedere un treno di gomme normali già pronto nel bagagliaio, ha detto che appena fuori dalla zona della neve dovevo sostituirle a quelle chiodate. Gli ho chiesto perché; lui ha detto «Be', perché si buca l'asfalto, no?». Aveva un'espressione di tristezza rassegnata, adesso che era ormai giorno e anche l'ultima traccia dei loro amati ex vicini di casa stava per scomparire.

Ho caricato la mia valigia e quella di Cristina e la custodia della chitarra e quella della macchina da scrivere, poi Sergei ha messo in moto la Plymouth Fury II Coupé e l'ha portata fuori nella strada. È sceso e mi ha fatto un cenno formale di sedermi al volante. Ha detto «Buona California, buon sole».

Ada Rastolkoff ha detto «Buona primavera che non finisce mai».

Plymouth Fury II Coupé

Mi sono bastati i primi metri di strada ghiacciata e coperta di neve per capire che non avevo mai guidato una macchina così potente in vita mia. Toccavo con la punta del piede l'acceleratore e la Plymouth Fury II Coupé scattava avanti con un rombo feroce, schiacciava me e Cristina contro gli schienali. Toccavo il freno e le ruote chiodate si bloccavano, la macchina sbandava e noi volavamo in avanti. Cristina ha detto «Non fare l'idiota, che ci ammazziamo!».

«Non sono io» ho detto. «È la macchina.» Ho sintonizzato la radio su una stazione che trasmetteva *Let It Bleed* degli Stones, ho alzato il volume. Cristina ha gridato «Abbassa!», siamo usciti da Syracuse in direzione ovest litigando come pazzi.

Non eravamo molto più attrezzati per una traversata in macchina da costa a costa di quanto lo fossimo stati per il viaggio in moto in Grecia l'estate prima. Non avevamo guide né mappe stradali dettagliate, il nostro unico riferimento era una carta degli Stati Uniti che avevo trovato acclusa chissà quando a un numero del "National Geographic" e mi era servita spesso per localizzare le città di cui parlavano libri o canzoni. Non era proprio una carta a cui affidarsi per viaggiare, con la sua scala di 1 a 4.561.920, 72 miglia per pollice e mille solchi e lacerazioni tra le piegature, però mi piaceva perché aveva un'aria familiare, e perché dava una buona visione d'insieme.

Ho cercato di coinvolgere Cristina nella scelta tra due o tre possibili itinerari, ma lei aveva tutti i lineamenti smussati dalla non-partecipazione, ha detto «Fai tu». Così ho puntato verso Buffalo lungo la Highway 90, con l'idea di costeggiare il lago Eirie e a Cleveland prendere la 77 verso sud. Avevamo sette giorni per consegnare la macchina a Santa Barbara; visualizzata sulla carta del "National Geographic" era la traversata più lunga che avessi mai tentato.

Viaggiavamo tra la neve e gli schizzi delle altre macchine, nel paesaggio spogliato e scolorato e avvelenato dall'inverno. Il motore a otto cilindri produceva un rombo da caccia militare che invadeva l'abitacolo insieme al soffio del riscaldamento e agli spifferi dai buchi nelle lamiere e al *tric tric tric tric* continuo delle gomme chiodate. Io e Cristina non ci parlavamo, ogni tanto tendevamo l'orecchio a un frammento di canzone dalla radio che riusciva a filtrare tra gli altri rumori. Sembravano tutte canzoni tristi, non miglioravano l'atmosfera tra noi. Cercavo di guidare con attenzione, ma la leggerezza dello sterzo e la mollezza delle sospensioni si combinavano con la potenza del motore in una strana sensazione di non coinvolgimento. Mi sembrava di essere risucchiato in modo automatico dal percorso, miglio dopo miglio attraverso contee e stati alla velocità uniforme a cui scorrevano le altre macchine e camion. I nomi delle città affioravano ai lati della strada come rapide allucinazioni geografiche: Geneva,

Batavia, Hamburg, Dunkirk, Ashtabula, di nuovo Geneva, Parma, Canton, Dover.

A sud di Marietta, quasi al confine tra l'Ohio e la West Virginia, la Plymouth Fury II Coupé ha avuto un vuoto: ho sentito il grande motore che si fermava per una frazione di secondo e subito riprendeva. Ho fatto finta di niente, perché solo l'idea di dover uscire dal flusso di movimento continuo e addentrarmi nel territorio in scala 1 a 1 per controlli o riparazioni di cui non riuscivo a immaginare i limiti mi sembrava insopportabile come la morte. Potevo vedere me e Cristina in piedi davanti a un capannone di meccanico in qualche via periferica desolata, di nuovo intrisi di freddo umido fino alle ossa mentre l'ultima luce del giorno se ne andava. Avevo una determinazione accanita ad andare avanti e consumare distanze finché potevo; dopo qualche minuto è stato come se non fosse mai successo niente di strano.

A Charleston, West Virginia, ho preso verso ovest, e poco dopo aver passato una cittadina che si chiamava Nitro la macchina ha avuto un altro vuoto. Era come una bolla di stasi in una sequenza convulsa di azioni meccaniche, ha aperto un nuovo varco a ogni genere di immagini e sensazioni angosciose. Come la prima volta il motore ha ripreso subito; siamo andati avanti senza rallentare e senza che Cristina se ne fosse neanche accorta. Ma a ovest di Huntington è successo di nuovo: per un istante l'acceleratore non ha ottenuto nessuna risposta sotto la pressione del mio piede, un istante dopo tutto è ripreso come prima. Non avrei più dovuto avere dubbi sul fatto che qualcosa di serio non andava; eppure dopo una decina di miglia ero già riuscito a convincermi di avere solo avuto un'impressione sbagliata. Temo che questo sia sempre stato il mio atteggiamento verso i pensieri faticosi: non fermarmi e guardare oltre e riprendere la velocità di crociera, consumare strada.

Fuori non c'era più neve e il paesaggio sembrava cambiato, ma non lo guardavo quasi: guardavo l'asfalto davanti al cofano, pensavo solo a macinare miglio dopo miglio.

Poi quando era già buio e avevamo passato da un po' Versailles nel Kentucky, il motore ha avuto un nuovo vuoto e subito dopo un altro vuoto più lungo, ha ripreso il suo rombo per altri cinque minuti e poi si è spento. Lo sterzo è diventato di colpo troppo pesante da girare, il pedale del freno troppo duro; la Plymouth Fury II Coupé è scivolata avanti lungo una leggera inclinazione della strada e si è fermata. Cristina ha detto «Cosa succede?», già con l'aria di considerarmi responsabile.

Ho detto «Ne so esattamente quanto te»; e davvero ormai detestavo la sua voce, il suo modo di guardare e non guardare, la forma del suo naso, tutto. Ho girato la chiave di accensione fino quasi a scaricare la batteria, ma il motore non ripartiva. Avevo preso una strada secondaria con l'idea di arrivare prima alla Highway 65; non passava nessuno. Ho provato a guardare la carta del "National Geographic": i nomi erano troppo piccoli per leggerli alla luce fioca della plafoniera.

Sono sceso, nel silenzio del non-movimento e nel paesaggio cancellato dalla notte; per un secondo o due ho avuto paura di dissolvermi nel nulla che mi circondava. Ma poi ho visto delle luci non lontanissime più avanti, e ho visto che la lieve inclinazione della strada continuava. Così ho detto a Cristina di mettersi al volante, ho spinto la grossa macchina pesante verso le luci.

Forse mezz'ora dopo siamo arrivati a uno slargo dove c'era una stazione di servizio e un bar-ristorante con la scritta "Ronnie's Grill" al neon azzurro. C'erano una dozzina di macchine e di pick-up fermi, musica country che filtrava fuori. Il tipo della stazione di servizio aveva un cappello da cowboy in testa e la mandibola molto pronunciata e occhi stretti come fessure, quando gli ho chiesto se poteva dare un'occhiata al motore della Plymouth Fury II Coupé ha fatto di sì con la testa. Gli ho detto «Se non è troppo complicato, perché ho pochi soldi e la macchina non è mia».

Lui ha detto «Se è troppo complicato non lo faccio comunque», o qualcosa del genere; aveva un accento strascicato difficile da capire.

Io e Cristina siamo entrati nel bar-ristorante, ho chiesto due cheeseburger e due bicchieri di Coca-Cola. Era una specie di grossa baracca di legno; gli uomini seduti ai tavoli e al bancone e vicino al juke-box avevano forti mandibole e occhi stretti come il tipo della stazione di servizio fuori. Ci osservavano con una forma di diffidenza che conoscevo bene per averla vista nelle stesse identiche sfumature in decine di film: i movimenti della testa, i mezzi sorrisi e gli ammiccamenti. La situazione era ancora una volta una miscela di estraneità e familiarità. Ho pensato che i due piani avevano subìto una contaminazione definitiva.

Quando siamo tornati fuori, il tipo della stazione di servizio era seduto sul motore della Plymouth Fury II Coupé e dava grandi colpi di martello alla luce di una lampada a pinza. Mi sono visto bloccato lì per giorni e giorni; ho camminato avanti e indietro guardando il cielo buio e il vuoto del paesaggio tutto intorno, cercavo di figurarmi i possibili sviluppi. Cristina stava ferma in un punto, con il mento basso e le mani nelle tasche del giaccone, come una piccola statua vivente dedicata alla non-comunicazione. Mi sembrava incredibile che non le venisse uno slancio relazionale nemmeno in un momento come questo: anche solo un impulso puramente utilitaristico in cerca di calore umano. Potevo già immaginare la notte che avremmo passato zitti e rigidi in qualche motel di Versailles, ammesso di trovare qualcuno che ci portasse fin lì; le attese in qualche officina il giorno dopo, gli scuotimenti di testa di altri meccanici dagli occhi stretti, le telefonate all'agenzia del drive-away.

Invece a un certo punto ho visto il tipo della stazione di servizio che rientrava nell'abitacolo e ho sentito il rombo del motore della Plymouth che ripartiva. Sono corso da lui, ho detto «Grande! Fantastico!». Sorridevo, avrei voluto dargli delle pacche sulle spalle ma non ho osato.

Lui ha detto «Ci avete trafficato di brutto, con questo motore. Non vi sembrava abbastanza potente, così com'era?».

Gli ho detto che non ero stato io a farlo elaborare, ma lui aveva l'aria di non ascoltarmi. Ha chiesto solo una decina di dollari per il suo salvataggio miracoloso; ha detto «Portala da un meccanico vero appena puoi. E cambia queste gomme chiodate, che buchi tutte le strade».

Gli ho detto «Certo certo certo, grazie grazie grazie»; non vedevo l'ora di rimettermi al volante e rituffarmi nel flusso di movimento continuo, tornare alla scala 1 a 4.561.920, 72 miglia per pollice.

Non ho portato la Plymouth Fury da un meccanico vero, e non ho cambiato le gomme chiodate; pensavo solo a guidare e guidare e guidare. La notte mi fermavo a un motel lungo la strada quando proprio non ci vedevo più dalla stanchezza, di giorno mi fermavo solo per fare benzina o fare pipì. Avevo paura che qualunque sosta o rallentamento potesse guastare l'equilibrio precario del grosso motore elaborato; cercavo di tenerlo sempre su di giri, stavo aggrappato al volante e mi sforzavo di non anticipare mentalmente nessun nuovo vuoto improvviso. I paesaggi cambiavano, ed erano tutti paesaggi che conoscevo bene e non conoscevo affatto. Ogni nome di città o piccolo centro evocava qualcosa nella mia memoria, ma Cristina Castellino ormai era l'ultima persona al mondo con cui avrei potuto condividere divertimento o smarrimento. Stava seduta tutta rigida alla mia destra con lo sguardo fisso davanti a sé; abbiamo continuato a parlarci esclusivamente per rapidi scambi di informazioni tecniche, attraverso il Tennessee e l'Arkansas e l'Oklahoma e il Texas e il New Mexico e l'Arizona.

Il quarto giorno la strada è uscita dal territorio desertico e ha cominciato a scendere tra colline coltivate ad aranci, eravamo in California.

Joe Barrick

Al mattino io e Cristina Castellino ci siamo svegliati nel motel di Santa Barbara a cui eravamo approdati la notte tardi senza neanche più la forza di scegliere tra le decine di insegne colorate. Era un motel del tutto ordinario, vicino alla superstrada costiera da cui eravamo arrivati, ma visto alla luce morbida del giorno era costruito in una specie di stile coloniale spagnolo abbastanza gentile, e c'erano piante rampicanti fiorite sopra gli archi bianchi dei bungalow e della reception. C'erano uccellini che cantavano sui rami, anche, e l'aria aveva una mitezza primaverile di cui mi rendevo conto con gradualità incredula.

Siamo andati a fare due passi sulla spiaggia, per sgranchirci le gambe dopo quattro giorni ininterrotti di macchina. Cristina non era più cordiale, né io la vedevo più simpatica, ma la differenza di clima e di luce era così stupefacente che non siamo riusciti a fare a meno di scambiarci qualche commento. Le ho indicato il mare quasi piatto sopra cui volavano i gabbiani, ho detto «L'Oceano Pacifico, ti rendi conto?».

Lei ha guardato il sole che intiepidiva l'aria, ha detto «Non erano balle, quello che dicevano della California».

Ci restavano tre giorni prima di dover consegnare la Plymouth Fury II Coupé, così abbiamo fatto qualche giro in macchina attraverso Santa Barbara. Era una piccola cittadina residenziale, con un centro tutto costruito nello stile coloniale del motel dove avevamo dormito e vie dai nomi spagnoli, case con giardini rigogliosi. Le automobili scorrevano lente lungo le strade ordinate, si fermavano alle strisce pedonali, le persone che attraversavano sorridevano. Tutti erano vestiti con abiti leggeri, si muovevano senza fretta. Sembrava un luogo tranquillo e rilassato in modo quasi irreale, infinitamente lontano dal disperato attrito meccanico della costa est.

Ho guidato lentamente lungo le vie sulle colline che salivano poco lontano dalla costa; l'aria tepida e profumata entrava dai finestrini aperti. Mi chiedevo cosa avremmo dovuto o potuto fare, visto che non avevamo alcun legame o connessione con quello scenario, per quanto sollievo ci potesse suscitare. Guardavo le case di legno dai colori tenui e guardavo i giardini con una strana forma di nostalgia, e a un certo punto in una via costeggiata di olivi ho visto un tipo che suonava un basso elettrico seduto su una piccola terrazza ricavata sul tetto di un garage. Sembrava che lo considerasse un semplice passatempo mentre prendeva il sole, ma era bravo: faceva scorrere le dita sulla tastiera fretless e con la mano destra ricavava suoni lunghi e note più elastiche che saltavano fuori in un ritmo libero.

Gli ho fatto un cenno, mentre scivolavamo oltre nella Plymouth tutta buchi rugginosi. Lui aveva gli occhi socchiusi ma mi ha visto lo stesso, ha detto «Ehi, come va?».

«Bene!» ho gridato. Pensavo che avrei dato qualunque cosa per essere al suo posto; ho gridato «Sei bravo!».

Lui si è portato una mano all'orecchio per far capire che non sentiva; aveva una maglietta da baseball blu con i bordi gialli e la scritta "Dos Pueblos".

Ho fermato la macchina, ho gridato più forte «Mi piaceva, quella musica!». Cristina guardava fuori dal suo finestrino, non era interessata né divertita.

Il tipo con il basso mi ha detto qualcosa ma adesso ero io a non sentire; ho spento il motore, aperto la portiera. Cristina ha detto «Cosa fai?».

Ho detto «Gli parlo».

Il tipo con il basso si chiamava Joe Barrick. Mi ha detto che prima suonava la chitarra ma aveva deciso di cambiare dopo avere sentito Jaco Pastorius in un concerto dei Weather Report. Abbiamo chiacchierato di musica, lui sulla sua terrazzina-garage e io nella via costeggiata di olivi, mentre Cristina seduta in macchina continuava a guardare dall'altra parte. Joe Barrick mi ha chiesto cosa facevo; gli ho detto interviste a grossi personaggi della musica rock. Lui ha detto «Wow», nel suo modo rilassato e incurante. Mi ha chiesto come mai ero in California; gli ho raccontato del freddo terribile a est e dell'agenzia drive-away. Mi ha chiesto dove pensavo di andare adesso; ho detto che non ne avevo la minima idea. Ho detto che Santa Barbara sembrava una specie di sogno, almeno a vederla così. Lui ha indicato la grande casa bianca di legno alle sue spalle, ha detto «Se vi interessa, un tipo che stava qui se n'è andato la settimana scorsa, c'è una stanza libera».

Sheila Thompson

Gli altri che vivevano nella grande casa bianca oltre a Joe Barrick erano una ragazza alta e mora di nome Sheila Thompson, una ragazza minuta dalla faccia tonda di nome Patty Threet che aveva un cane sanbernardo di nome Louis, e un tipetto magro dagli occhi piccoli e svegli che si chiamava Tim Hotchinsky. Non erano particolarmente amici tra loro; si limitavano a occupare ognuno uno spazio nei tre piani che un tempo erano appartenuti a qualche numerosa famiglia da sogno americano, e a condividere il soggiorno e la cucina e il giardino sul retro affollato di erbacce e fiori lasciati a se stessi tra alberi di arancio.

Io e Cristina abbiamo avuto una stanza al primo piano, con finestre che davano sul prato davanti a casa e sul garage-terrazza e sulla via costeggiata di olivi. Era grande e piena di luce: ognuno di noi due l'avrebbe apprezzata tantissimo, se non fosse stato che l'idea di dormire tra le stesse pareti ci era diventata insopportabile. Ma era l'unica stanza libera e riuscivamo a malapena a dividerci le spese per qualche settimana, non potevamo certo metterci a cercare altro. Abbiamo comprato due materassi di gommapiuma grezza e li abbiamo posati sul pavimento contro pareti opposte; cercavamo di alzarci e andare a dormire e fare qualunque altra cosa in orari non concordanti.

Così è cominciato il periodo di Olive Street, nel modo apparentemente casuale in cui iniziano i periodi nelle vite delle persone, e nella mia in particolare. A pensarci adesso, è certo che tutto sarebbe stato diverso se quella mattina non avessi girato a quella specifica ora in quella specifica strada e Joe Barrick non fosse stato sulla terrazza sopra il garage a suonare il suo basso. Ma se uno comincia a ragionare in questi termini, non c'è una sola porzione significativa della sua vita che non dipenda da una catena di coincidenze grandi o piccole. Basta eliminare una qualunque di queste coincidenze, e tutta la catena salta; ed è un esercizio mentale perfettamente ozioso.

La casa era piacevole e la cittadina era piacevole e la geografia era piacevole e il clima era piacevole; io e Cristina Castellino eravamo scivolati in una dimensione piacevole della vita, a parte il fatto che ci detestavamo e dormivamo nella stessa stanza e i nostri pochi soldi si stavano esaurendo a una velocità paurosa.

Ho telefonato a Raimondo in Italia per dargli il mio nuovo indirizzo e chiedergli che novità c'erano sul versante Diamantini. Lui ha detto che l'uscita del libro-intervista era stata rinviata per problemi con l'impaginazione o con la stampa delle foto. Ha detto «Albert, sei in California!».

Ho detto «Sì, ma non ci potrò restare molto, se quello non ci paga».

«Gli sto addosso!» ha detto Raimondo. «Tu resisti lì, che presto sei un uomo ricco!»

Ogni tanto Joe Barrick mi prestava la vecchia Fender Jaguar bianca che ormai non usava più, suonavamo insieme qualche improvvisazione blues. Non ci veniva male, ma quando gli dicevo che avremmo potuto cercare un batterista e preparare un repertorio minimo e trovare un ingaggio da qualche parte lui diventava ancora più vago del solito. I suoi avevano una grossa impresa di costruzioni, e una residenza regale a Encino con cavalli e cani dalmata e automobili d'epoca; la loro ricchezza era passata nel sangue del figlio in forma di una capacità di concentrazione attenuata e incostante. Qualunque cosa Joe Barrick facesse, aveva sempre l'aria di poterla lasciar perdere al minimo accenno di noia, per farne un'altra con gli stessi risultati brillanti e del tutto transitori. Era un tipo spiritoso e allegro; bastava non metterlo alle strette con richieste incalzanti di amicizia o di impegni concreti a lungo termine.

Con Sheila Thompson ho avuto una storia di tre giorni. Il suo ragazzo Marc era andato da solo a fare un viaggio in Messico con il suo pulmino Volkswagen e lei era furiosa perché si sentiva scaricata. Da parte mia, mi sarei messo credo con chiunque pur di uscire dal campo di sentimenti deteriorati con Cristina Castellino. La storia di tre giorni con Sheila Thompson è servita a ricordarmi che c'erano anche altre donne al mondo, e che per un puro dato statistico alcune di loro potevano trovarmi non del tutto detestabile.

Nello spazio di tre giorni siamo andati a correre sulla spiaggia e a camminare attraverso i boschi sulle colline, abbiamo mangiato in un paio di posti in città e perfino visto un vecchio film di fantascienza in un drive-in. La seconda sera Sheila Thompson ha detto che non avrebbe mai avuto legami sentimentali con uno con cui condivideva la casa, mi ha colpito per come sembrava in possesso di un sistema di regole molto precise. Però quando più tardi siamo tornati a casa mi ha baciato di slancio nella cucina, mentre Louis il sanbernardo di Patty Threet emetteva mugolii e ci saltava intorno. La terza sera abbiamo bevuto quattro margarita a testa in un bar sulle colline dove suonavano una musica messicana sempre più concitata; al ritorno siamo quasi rotolati fuori dalla sua piccola Ford, saliti in camera sua a fare l'amore come se fosse una forma un po' confusa di ginnastica.

La quarta sera Sheila Thompson è venuta nel soggiorno dove stavo guardando un programma di quiz alla televisione insieme a Joe Barrick, mi ha detto «Ti devo parlare».

Siamo andati in cucina, più o meno nel punto dove ci eravamo baciati due sere prima, e lei mi ha spiegato che il motore del pulmino Volkswagen del suo ragazzo Marc si era fuso in Messico e dato che era un usato ricondizionato in garanzia lui lo aveva fatto estrarre dal pulmino e legare su una base di legno e in due giorni di autostop era riuscito a tornare a Santa Barbara per farlo riparare.

Mi sono messo a ridere; avevo un paio di immagini di Marc che alzava il pollice a lato della strada, con il suo motore Volkswagen di fianco.

Ma Sheila Thompson era seria. Ha detto «Tra noi due non è mai successo niente. Siamo solo due che condividono la casa, ok?».

«Ok» ho detto.

Cristina Castellino nel frattempo aveva trovato degli elementi di fascino in Tim Hotchinsky.

Tim Hotchinsky

Tim Hotchinsky era in uno stato costante di irrequietezza: parlava con una vocetta aspra e rapida, si muoveva a scatti, si sedeva e si alzava, leggeva i giornali e guardava la televisione nel modo più frammentario, entrava e usciva di continuo. Abitava nella mansarda al terzo piano, dove aveva un suo bagno e un suo telefono e anche un suo piccolo frigorifero in cui teneva cibi e bevande che non voleva esporre a possibili incursioni nel grande frigorifero comune in cucina. Spesso diceva cose spiritose e acute, e aveva una visione d'insieme che gli altri tipi della casa non avevano: sapeva per esempio dov'era l'Europa e conosceva la storia e aveva letto una discreta quantità di libri, parlava perfino qualche parola di francese. Stava per laurearsi in legge; citava spesso strane norme del diritto americano o meccanismi dell'ordinamento giudiziario e di quello amministrativo, si addentrava in dettagli sulle operazioni delle lobby di interessi e sulle strategie perverse delle multinazionali.

Dato che Cristina Castellino era il suo opposto, ne è stato attratto dal primo momento in cui l'ha vista. Credo che lo stuzzicasse anche il fatto che lei non conosceva quasi la lingua, ed era quindi una facile vittima di battute e riferimenti crittati, allusioni a film o canzoni difficili da cogliere. La corteggiava in un modo pungente, da predatore sofisticato; le faceva domande e complimenti ironici, rideva quando lei sbagliava una parola, imitava la sua pronuncia. Cristina all'inizio si irritava, ma dopo un paio di giorni ho cominciato a vederli sempre più spesso insieme dentro e fuori casa, sempre più intenti a scambiarsi parole e sorrisi e sguardi ravvicinati. Questo mi dava ancora una specie di assurdo piccolo dolore tra il cuore e lo stomaco, e ne ero furioso.

Ma Tim Hotchinsky mi incuriosiva anche, per come sembrava in possesso di informazioni non largamente accessibili. A sua volta lui era incuriosito da me, per come non corrispondevo allo stereotipo di emigrante italiano che malgrado la sua sofisticatezza aveva in testa. Lo stupiva per esempio il mio lessico inglese abbastanza ricco rispetto alla mia scarsa familiarità con la lingua parlata; a volte mi prendeva in giro nel suo modo, diceva «È frust*rrr*ante», come gli sembrava che dicessi io. Ci studiavamo a distanza, quando ci parlavamo eravamo rigidi e sospettosi, con le espressioni facciali sorvegliate.

Una sera Tim Hotchinsky mi ha invitato a cena fuori insieme a Cristina; non sono riuscito a dire di no perché la mia storia di tre giorni con Sheila Thompson era appena finita e non mi ero ancora ripreso dallo sconcerto. Siamo andati in una specie di bar-taverna ungherese dove si mangiava gulasch in piatti di plastica su tovagliette di carta, lui ha ordinato per tutti e tre come se si sentisse un benefattore di poveri.

Era sveglio e sgradevole, sottile: dopo un paio di bicchieri di vino si è messo a raccontarci alcuni degli espedienti che conosceva per sopravvivere e anche prosperare nelle zone di confine tra legalità e illegalità. Per esempio, era riuscito a pagarsi due anni di università con i soldi dell'assicurazione di uno che lo aveva tamponato lievemente con la macchina. Per sostenere in modo più convincente di avere riportato danni alle vertebre cervicali aveva studiato testi clinici nella biblioteca universitaria ed era andato in giro per due mesi con un collare rigido. Diceva «La cosa più bella era che avevo diritto a un trattamento speciale nei viaggi aerei. Una volta sono andato a trovare i miei a Minneapolis, e le hostess mi hanno fatto scendere *in sedia a rotelle*. I miei erano nella sala arrivi ad aspettarmi, quando mi hanno visto si sono presi un accidente!».

In base alle istruzioni di una rivista alternativa si era costruito un congegno abbastanza semplice che faceva girare all'indietro il contatore della luce nella sua mansarda. Diceva «Gli altri non hanno voluto perché sono dei vigliacconi figli di mamma, altrimenti lo avrei attaccato volentieri al contatore centrale della casa. È un tale godimento vedere quei piccoli numeri che ti *diminuiscono* sotto gli occhi!». Con l'aiuto di un suo amico della At&t era riuscito anche ad avere un collegamento fantasma per la sua linea telefonica, grazie al quale poteva fare tutte le chiamate gratis che voleva, ma non riceverne. Diceva «Nessuno ti può rompere l'anima ma tu puoi rompere l'anima a chi ti pare, anche in Giappone, e non ti costa niente!».

Sosteneva che nessuna di queste iniziative era una vera e propria truffa: faceva un gesto con l'indice e il pollice tenuti molto vicini, diceva «Il punto è muoverti nello spazio intermedio tra quello che *non dovresti* fare e quello che *potresti* fare». Diceva «Nessuno che sia diventato davvero ricco è mai stato totalmente onesto, in questo o in qualsiasi altro paese. Il massimo che può succederti se sei totalmente onesto e tutto ti va molto bene è guadagnare un po' di soldi, ma finisce lì».

Cristina beveva le sue parole e i suoi atteggiamenti, inclinata verso di lui attraverso il tavolo; dal suo sguardo era chiaro che Tim Hotchinsky era il tipo di uomo che aveva sempre cercato.

Mi sono chiesto se la mia intervista finta a Bernard Ohanian apparteneva allo spazio intermedio di cui parlava Tim Hotchinsky, ma mi sembrava di no. Mi sembrava di avere selezionato le informazioni con rigore e lavorato con passione autentica. Malgrado i presupposti traballanti, per quanto mi riguardava era un'operazione onesta; e non avevo mai pensato di usare la mia intervista come primo scalino per diventare davvero ricco. Ho pensato che probabilmente era per questo che si era dissolta nel nulla, come se non l'avessi mai scritta.

Un paio di giorni dopo io e Tim Hotchinsky ci siamo incrociati nel soggiorno e lui ha detto «Aspetta aspetta Alberto, ho una cosa per te». Ha tirato fuori di tasca una scatolina di cartone e ne ha preso una pillola bianca, ha detto «Tieni, regalo».

«Cos'è?» ho detto, pieno di diffidenza perché quello era il sentimento principale che lui mi ispirava.

«Quaalude» ha detto Tim Hotchinsky.

«È una specie di allucinogeno?» ho detto, già pronto a ridarglielo.

«No» ha detto lui. «È il miglior modellatore di umore che esiste al mondo.»

«In che senso?» ho detto; guardavo la pillola a breve distanza, aveva una R stampata al centro.

«Nel senso che scioglie i nodi interiori e rende fluide le sensazioni, lascia venire fuori tutto quello di meglio che hai dentro» ha detto Tim Hotchinsky. Ridacchiava, ha detto «Pensavo che fossi un tipo più avventuroso, accidenti».

Ho detto «È che di allucinogeni non ne voglio sapere, ho un tipo di cervello già troppo predisposto in quel senso».

«Non è un allucinogeno» ha detto lui. «Lo prendono quelli della televisione e quelli della musica, lo prendono tutti, ok? E *lavorano*, accidenti, non cascano mica sul pavimento. Fino a un paio di anni fa era un farmaco perfettamente legale per la cura delle depressioni.»

«E adesso non lo è più?» ho detto.

«No» ha detto Tim Hotchinsky. «È troppo buono per essere legale.» Se n'è andato via come un furetto; sulla porta ha detto «Prova a prenderlo con un po' di acqua tiepida, aumenta l'effetto. Se invece vuoi andare proprio fuori bevici su dell'alcol. Ma stai attento perché così vai proprio *fuori*».

Ho provato a prendere il Quaalude, e aveva più o meno l'effetto che diceva Tim Hotchinsky. Stavo camminando sulla spiaggia: nel giro di qualche minuto ho cominciato a sentirmi fluido e caldo e aperto verso il mondo, con i polpastrelli morbidi e un senso meraviglioso di leggerezza. Mi sembrava che avrei potuto comunicare facilmente con chiunque, rivolgere la parola a ragazze sconosciute senza provare il minimo imbarazzo, farmi degli amici, esporre i miei lati migliori e le mie migliori intenzioni, mettere in gioco quello che avevo senza dovermi nascondere o proteggere dietro schermi. Mi dispiaceva solo aver scelto un luogo così isolato per provarlo, e nello stesso tempo ero in uno stato di benessere troppo intenso per dispiacermi di qualsiasi cosa. Avevo solo sensazioni piacevoli dai contorni smussati, tutti i miei nodi interiori erano sciolti; camminavo sulla sabbia senza neanche provare a guardarmi dal di fuori.

Quando sono tornato a Santa Barbara l'effetto era già quasi svanito, si era convertito in un vago senso di torpore. Nel giro di un'ora sono stato perfettamente lucido di nuovo, ed era come tornare a terra dopo aver scoperto di saper volare: provavo lo stesso senso di peso riacquistato, distanze riallungate, barriere ristabilite.

Un paio di giorni dopo sono salito alla mansarda di Tim Hotchinsky per chiedergli se aveva qualche altro Quaalude da vendermi. Lui ha sorriso nel suo modo da predatore sofisticato, ha detto «Allora avevo ragione?».

«Abbastanza» ho detto, anche se non mi faceva piacere riconoscerlo.

Lui ha detto «Ahà»; è andato a frugare nel bagno per qualche minuto. È tornato con un sacchetto di plastica che conteneva forse una dozzina di pillole bianche, ha detto «Diciotto dollari, perché sei un amico».

Ho detto «Non ce li ho».

Lui ha detto «Me li dai dopo, quando ce li hai».

Ho detto «Ne volevo solo un paio».

Lui ha detto «Mica devi farteli fuori tutti in una volta. Così hai una minima scortina, no?».

Quando è stato chiaro che era o tutto o niente, ho preso il sacchetto.

Dieci giorni più tardi Tim Hotchinsky e Cristina Castellino hanno lasciato la grande casa bianca di Olive Street, sono andati a vivere insieme in un condominio vicino all'oceano dove lui era riuscito a ottenere un appartamento quasi gratis con un inghippo. Ho guardato dalla finestra della nostra ex camera comune la testa bionda di Cristina che si infilava nella Corvette di lui e mi è venuto un senso di smarrimento, come succede quando una storia che sembrava già finita da un pezzo finisce davvero.

Patty Threet

Il 18 dicembre Patty Threet mi ha gridato dalle scale «Alberto! Telefono!»: il suo timbro cartilaginoso passava senza difficoltà attraverso le note di *Hotel California* degli Eagles sullo stereo di Joe Barrick.

Sono corso di sotto, nell'anticamera dove lei era tornata al grosso telefono nero per dire «Resti in linea». Le ho preso la cornetta di mano, e dall'altra parte c'era Raimondo che gridava «Chi era, la tua segretaria o una californianina meravigliosa che ti sei già trovato?».

«Nessuna delle due» ho detto; mi chiedevo se erano i disturbi sulla linea o la distanza transoceanica a farlo gridare così.

Lui ha gridato «Mi stai facendo spendere una fortuna ma non potevo non darti la notizia il più in fretta possibile! Reggiti forte: il libro-intervista è uscito! Te ne ho spedito una copia stamattina per posta aerea, ci ho messo sopra un sacco di francobolli! E ho qui in mano anche l'assegno di Diamantini, domattina ti faccio mandare un vaglia telegrafico internazionale per la tua metà!».

Non ero affatto preparato a queste due notizie; nel giro di un secondo ho sentito il mio equilibrio chimico interiore che si modificava in modo sostanziale. Ho detto «E com'è?».

«È fantastico!» ha gridato Raimondo. «È il libro più incredibile nella storia dell'editoria mondiale! Dovresti vedere la copertina!»

«Com'è?» ho detto. Mi sentivo una specie di esule su un altro pianeta a non poterlo vedere e toccare subito.

Raimondo ha gridato «C'è una foto di Bernie Ohanian in bianco e nero e sopra c'è il titolo e sopra ancora c'è il mio nome in rosso, un po' più piccolo del titolo ma è sempre il mio nome! Avevi ragione con la storia della A puntata, fa un effetto incredibile. "Raimondo A. Vaiastri", non riesco a crederci, a vederlo scritto lì sopra! Ce l'ho davanti agli occhi adesso! Mi sembra ancora una cosa che ci siamo immaginati io e te, e invece è assolutamente vera ed è già in giro per tutta l'Italia, in chissà quante copie! In tutte le librerie, Alberto!».

«Il titolo qual è?» ho detto; parlavo anch'io a voce estremamente alta, per contagio.

«*Bernard Ohanian, poeta in musica*» ha gridato Raimondo. «Non è un gran che, ma chi se ne frega, tutto il resto è fantastico! Le foto e tutto! Anche la mia foto nel risvolto di copertina!»

«E l'intervista?» ho detto. «Che effetto fa, a leggerla?»

«Stupenda!» ha gridato Raimondo. «Aspetta solo a vederla!»

«I caratteri di stampa come sono, medi o piccoli da farti cavare gli occhi?» ho detto.

Raimondo ha gridato «Senti, non posso parlare delle ore, anche se stiamo per diventare ricchi! Tra pochi giorni lo vedi!».

Avrei voluto chiedergli mille altri particolari per ricostruire in modo virtuale l'esperienza di avere il libro davanti, ma lui ha gridato che doveva mettere giù e che mi avrebbe scritto una lettera; ci siamo salutati.

Patty Threet era in cucina con in mano un sandwich

di pane integrale con tofu e germogli di alfalfa, il cane Louis che le faceva la posta: quando sono entrato a prendere qualcosa da bere mi ha guardato con aria perplessa. Ha detto «Voi italiani gridate sempre, siete così *esuberanti*».

«Non è vero» ho detto. «Gridiamo solo quando c'è uno straordinario motivo di eccitazione.»

«Come adesso?» ha detto lei.

«Come adesso» ho detto. In parte mi irritava, in parte dovevo pur condividere con qualcuno il bisogno di movimento veloce che avevo dentro. Ho detto «Lascia stare quel panino, ti invito a mangiare fuori».

«Dove?» ha detto lei.

«Dove vuoi tu, dove vuoi tu!»; la stavo già trascinando verso la porta.

Vaglia telegrafico internazionale

Joe Barrick mi ha aiutato ad aprire un conto presso la sua banca, dove lo trattavano con grande riguardo per via di suo padre, e a farmi accreditare il vaglia telegrafico internazionale che mi aveva mandato Raimondo.

Anche tolte le tasse italiane e le spese di trasferimento e di conversione, era molto più di quanto avessi mai posseduto. Di colpo mi vedevo davanti una gamma sorprendente di possibilità aperte: spostamenti, luoghi, oggetti. Pensavo che era solo l'inizio di un cambiamento che avrebbe potuto estendersi fino a chissà dove: mi immaginavo decine di altre interviste a veri nomi della musica, decine di libri nella collana di Diamantini, decine di vaglia telegrafici internazionali. Sentivo un'elettricità da scopritore di vene aurifere: avevo solo voglia di mandare avanti il lavoro di scavo, le possibilità mi si moltiplicavano nella testa.

Ho invitato i tipi della casa di Olive Street in un bar sulle colline, ho offerto tartine al salmone e spumante californiano. Mi sono comprato un giubbotto di pelle da aviatore che avevo ammirato per settimane in una vetrina. Ho cominciato a fare la spesa in un meraviglioso piccolo supermarket di cibi naturali, dov'era esposta una varietà di succhi di frutta fresca e muesli e datteri e formaggi di capra e germogli di ogni tipo.

Ho rilevato l'ex mansarda di Tim Hotchinsky, visto che era rimasta vuota e nessun altro la voleva. Ho provato il telefono per vedere come funzionava la famosa linea fantasma, ma non dava alcun segnale: lui doveva aver staccato tutto prima di andarsene. Ho ridipinto di bianco il legno del pavimento e delle pareti, ho comprato un materasso di gommapiuma a due piazze al posto di quello singolo, e stoffe indiane arancioni e gialle per contrastare l'effetto di deprivazione cromatica.

Ogni tanto di notte sognavo Damiano Diamantini tutto rosso in faccia che inveiva contro Raimondo Vaiastri trascinato via in manette da due carabinieri; mi svegliavo con il respiro affannoso e il cuore che batteva veloce, pensavo che ci eravamo cacciati in una situazione illegale senza avere mai riflettuto davvero sulle possibili conseguenze. Mi sentivo in colpa verso Raimondo per avergli affidato il ruolo più esposto; mi chiedevo se sarebbe stato abbastanza attento o prima o poi si sarebbe lasciato travolgere dalla sua tendenza a estendere in modo incontrollabile i suoi mondi fantastici.

Poi invece mi sembrava che non ci fosse niente di così preoccupante in quello che avevamo fatto; tornavo a vedere la storia delle interviste come un lavoro quasi legittimo, nato da una buona intuizione e da buone capacità applicate, con buoni risultati per tutte le parti coinvolte. Rimettevo la testa sul cuscino, indirizzavo i miei sogni verso scenari promettenti.

Milano, 3 febbraio

Caro Albertone bastardone incaliforniato di brutto
qui le cose vanno alla grande che più alla grande non si potrebbe neanche ad avere più immaginazione di quanta ne abbiamo avuta io e te finora. Il libro ha bruciato già quattro tirature di cinquemila copie l'una il nostro buon Diamantini ne ha già ristampata un'altra di ottomila e la distribuzione gliene chiede ancora con tutto che il periodo dopo Natale a sentire loro normalmente è quasi morto quindi figurati un po'. Solo per darti un'idea i tre libri sui cantautori italiani che aveva già pubblicato hanno venduto intorno alle milleottocento-duemila copie ciascuno così puoi immaginarti con che entusiasmo forsennato il buon Diama mi sta addosso in questo periodo. Dice che bisogna battere il ferro finché è caldo che vorrebbe fare uscire un libro ogni due mesi su un grosso nome del rock che mi compra tutte le interviste a personaggi del calibro di

Bernie Ohanian che sono in grado di portargli. All'inizio per mandarlo al calor bianco ho fatto un po' il prezioso che ha mille altri programmi che non sa se vuole prendersi un impegno del genere etc. etc. Ma poi naturalmente gli ho detto di sì anche perché mi era venuta paura che lui andasse a chiedere a qualcun altro. Il Diama per concretizzare tutto mi ha già fatto un contratto in bianco per la prossima intervista mi ha già dato un ANTICIPO PER METÀ DEI SOLDI ti mando domattina la tua parte con il solito vaglia telegrafico! Dunque buttiamoci avanti a tutta forza perché siamo entrati nella pasticceria diamoci sotto ad arraffare pasticcini su tutti gli scaffali Albert mi vedo già tra un paio d'anni in una residenza meravigliosa su qualche isola da sogno è difficile tenere sotto controllo le idee che ti fa scattare in testa una storia come questa. È chiaro che più puntiamo alto per il personaggio da intervistare meglio è tanto se devo andare in galera preferisco che sia per un'intervista a un vero gigante colossale del rock piuttosto che a un gigante di seconda linea così vedi un po' tu chi ti ispira meglio ma mettiti a lavorare appena puoi lì credo che non avrai problemi a trovare materiale no? Basta che mi dici al più presto chi hai deciso così io qui comincio a preparare il terreno con Diamantini comincio a raccontargli

che ho preso i contatti preliminari che sto preparando il viaggio lo intontisco con un po' di descrizioni con un po' di piccoli particolari di quelli gustosi. Poi devo cominciare a raccontare balle ai miei anche a Margherita (una tipa con cui ho una specie di storia l'ho conosciuta a una mostra di pittura in centro dov'ero andato solo per il cocktail abbastanza carina ma ancora non so non chiedermi niente lei naturalmente è convinta che l'intervista a Bernie Ohanian sia tutta vera etc. etc.) in pratica a tutta la gente che conosco poi devo prepararmi a far finta di essere via per un periodo adeguato (per fortuna posso usare la mansardina di mio cugino che è partito per il militare mi ha lasciato le chiavi) etc. etc. La cosa fondamentale è che tu ti sbrighi a scegliere il gigante del rock che preferisci purché sia un gigante gigante che ti sbrighi a scrivere l'intervistona super completa che ti sbrighi a spedirmi tutto al più presto via aerea non vedo l'ora di assestare il secondo colpo poi non vedo l'ora che ci buttiamo subito sul terzo libro-intervista poi sul quarto mi sembra ancora un sogno mi sembra di camminare per aria mi sembra di avere in mano le chiavi del mondo hanno finito di tenerci chiusi fuori davvero Albert mamma mia!
Cerca comunque di non divertirti troppo di non farmi troppa invidia per non es-

sere lì anch'io tra spiagge oceano palme belle californianine tipo quella che mi ha risposto al telefono quando ti ho chiamato potevo già vedermela bastava sentire la voce anche se non capivo quasi niente di quello che diceva bastava sentire l'accento etc. etc.
Hasta la vista
Raimondo

Hencott Paper Co.

Naturalmente era vero che in California era molto più facile raccogliere materiale per un libro-intervista su un gigante del rock. Ho scoperto una libreria all'università e un'altra in uno shopping center con sezioni di musica estremamente fornite. Ho frugato tra gli scaffali e sfogliato e leggiucchiato per scegliere il personaggio su cui volevo lavorare, poi quando ho deciso ho comprato tutti i libri e le riviste che sono riuscito a trovare su di lui.

Non era il più grande di tutti perché avevo in mente un percorso per arrivare a lui libro-intervista dopo libro-intervista, ma certo era uno dei giganti principali. Era un passo oltre rispetto a Bernard Ohanian, che con le sue aspirazioni di romanziere e il suo stile da intellettuale internazionale non si era rivelato poi tanto inaccessibile; qui entravo nello spazio interplanetario delle superstar ben difficili da avvicinare. Ma la sfida mi stimolava, e Raimondo aveva ragione quando diceva che non c'era un solo motivo al mondo per dedicarci a un gigante di seconda linea. Non dovevamo fare i conti con nessuno dei limiti organizzativi o dei problemi caratteriali di un'intervista a un personaggio in carne e ossa; tanto valeva puntare alto.

Ho seguito lo stesso metodo dell'intervista a Bernard Ohanian, con la sicurezza crescente di uno che si impadronisce di un mestiere. Ormai sapevo selezionare e ordinare il materiale quasi senza esitazioni, prendevo appunti e tracciavo scalette in base a un istinto acquisito. Poi mi sono messo a scrivere, e riuscivo a trovare il ritmo giusto tra domanda e risposta, facevo venire fuori il carattere del personaggio e calibravo i suoi toni a seconda degli argomenti, lavoravo sulla gamma di sfumature tra cose dichiarate e cose accennate e cose omesse.

L'idea che quello che scrivevo sarebbe stato letto da alcune migliaia di persone mi dava un senso di responsabilità, mi spingeva a essere più attendibile che potevo. Molte delle interviste che avevo trovato erano superficiali o generiche o addirittura fasulle, messe insieme dagli uffici stampa delle case discografiche o dai fan club o dagli agenti. Altre erano tagliate in una prospettiva troppo specifica per essere utilizzabili senza compiere un plagio. Mi affidavo al mio istinto acquisito per capire cosa prendere e cosa lasciare, cosa ricostruire meticolosamente e cosa inventare in modo plausibile per colmare le piccole lacune che restavano.

Non era più facile della prima intervista; era un lavoro più ricco e più complesso, ne ricavavo più soddisfazione.

Avevo anche trovato un tipo di carta per macchina da scrivere che mi piaceva molto: era bianca e sottile e resistente due volte più di quelle che usavo prima. La vendevano in confezioni da cinquanta o cento fogli, dentro scatole di cartoncino rosso con la scritta "Hencott Paper Co.". Mi dava un gusto incredibile portarmene a casa un paio di confezioni e aprirne una e tirare fuori un foglio e infilarlo nella Lettera 22, cominciare a battere sui tasti, veder affiorare sul bianco i caratteri neri dai bordi pieni.

Ogni tanto Joe Barrick o Sheila Thompson o Patty Threet mi vedevano tutto intento a ticchettare nel soggiorno o fuori al sole sulla terrazzina sopra il garage, mi chiedevano cosa stavo scrivendo. Dicevo «Un'altra storia».

Loro dicevano «Il primo libro quando ce lo fai vedere?».

Dicevo «Quando mi arriva»; non potevo spiegargli che non c'era il mio nome in copertina.

Non ho mai provato a definire in modo preciso le ragioni per cui mi sono messo a scrivere la prima volta, anche perché mi sembra che analizzare una passione sia un po' come mettersi a fare radiografie ed esami del sangue a una persona di cui sei innamorato. Comunque uno dei motivi è di sicuro il fatto di potermene andare via da qualsiasi posto ed essere altrove, come quando ero bambino e divoravo libri di viaggi e la mia vita reale passava in secondo o terzo piano. È lo stesso altrove dove se ne va uno che legge, quando le pagine che ha davanti lo prendono davvero; solo che uno che scrive ci può restare più a lungo. Un altro motivo è l'idea di attingere alla moltitudine infinita di nomi e segni e selezionarne alcuni che diano il senso del resto. Era quello che facevo con le interviste false ai giganti del rock: cercavo di ricomporre una piccola fetta di mondo in tratti leggibili. Poi c'è un motivo più semplice e anche più strano: l'incantamento che creano le parole quando si materializzano su un foglio bianco e formano una frase: il gioco di suoni e di immagini, i ritmi interni.

Quando ho finito la seconda intervista falsa, l'ho riletta e corretta e ribattuta finché non ho avuto una pila di bei fogli Hencott ordinati e croccanti, poi l'ho infilata in una busta e ci ho scritto sopra l'indirizzo di Raimondo Vaiastri a Milano e sono andato alla posta e l'ho spedita.

La sera ho preso mezzo Quaalude e sono andato con Patty Threet a sentire il concerto di un cantante che faceva musica da spiaggia. Anche se Tim Hotchinsky mi aveva detto che c'era gente che prendeva due o tre Quaalude alla volta e ci beveva sopra dell'alcol, avevo scoperto che mi bastava mezza pillola per avere un vero effetto. Mi sentivo così fluido e leggero e comunicativo che mi sembrava di essere seduto tra centinaia di amiche e amici, avrei voluto dire qualcosa di affettuoso a tutti. Perfino Patty Threet appariva carina e desiderabile; le ho dato due o tre baci rapidi su uno zigomo tra una canzone e l'altra. Poi mentre tornavamo a casa l'effetto del Quaalude era finito e l'ho rivista seduta alla mia destra con il suo aspetto ranocchiesco di sempre; le ho dato la buonanotte nel soggiorno come se avessi la più grande fretta del mondo.

Plymouth Fury III berlina

Ho comprato senza quasi provarla una Plymouth Fury III berlina verde di quarta mano trovata su un giornale di annunci gratuiti. Joe Barrick mi ha accompagnato di sera con la sua Mustang convertibile alla villetta suburbana dove viveva la famiglia che la vendeva. Abbiamo fatto un giro intorno all'isolato, con Joe che guardava fuori con aria svagata, la proprietaria e suo figlio dodicenne seduti dietro un po' apprensivi. Sembrava un vecchio filobus dai riflessi lenti, senza traccia dell'aggressività feroce della Fury II Coupé dalle gomme chiodate della mia traversata costa a costa. Ma non avevo voglia di cercarmene un'altra, e Joe Barrick quando gli ho chiesto un parere ha detto «Se ti va bene, prendila» come se tutta la faccenda non lo riguardasse affatto; così l'ho presa.

Giravo per le strade di Santa Barbara nella mia immensa macchina americana; il grande motore frusciava al minimo dei giri, il cambio automatico passava da una marcia all'altra. Era una macchina che creava equivoci, come quasi tutte le macchine che ho avuto: a seconda di come la si guardava poteva sembrare un'interpretazione in grande ritardo del sogno americano, una conquista patetica da emigrante, una provocazione ironica da autore-ombra di interviste ai giganti del rock. Di fatto era soltanto una scelta pigra e fatalista, compiuta in base all'idea che ci sia una ragione ogni volta che un oggetto o una persona tra milioni di oggetti e persone diventano miei.

A pensarci adesso, la Plymouth Fury III rappresentava abbastanza bene il rapporto che ho con il mondo materiale: l'avevo trovata senza cercarla davvero e con in mente una macchina del tutto diversa, e mi aveva lasciato perplesso fin dal primo momento in cui l'avevo provata, eppure mi era sembrato che fosse stata sospinta nella mia vita da qualche flusso di fondo non contrastabile; non avevo pensato di cercarne un'altra. Avevo continuato a convivere con la mia Plymouth Fury III trovata in base al fatalismo e alla pigrizia e a un puro equivoco sul nome, come se fosse la macchina che il destino mi aveva dato.

Fiat 1100

Mio padre ha comprato la sua prima automobile quando avevo tre anni. È un ricordo che posso datare con precisione perché ero appena tornato da Trieste dove mi avevano spedito con una cugina di secondo grado a trovare mio nonno per qualche giorno. Anche del viaggio a Trieste mi è rimasta una memoria in forma di alcune sequenze, luminose nell'oscurità del prima e del dopo come pesci elettrici in un mare profondo. In una di queste io e mio nonno camminiamo lungo un marciapiede e un ragazzo esce di corsa pazza da un portone e quasi ci travolge, mio nonno dice «Zuzzurellone!» in un tono indignato. Io gli chiedo «Cosa vuol dire?», mio nonno me lo spiega. (Vestito di grigio con la più grande proprietà, occhialini dalla sottile montatura dorata, cappello ben poggiato sulla testa. L'ho visto in tutto quattro o cinque volte nella mia vita, perché abitavamo in città diverse e mia madre detestava le riunioni di famiglia.) In un'altra sequenza io striscio di schiena sul pavimento della stanza che divido con la mia seconda cugina: come se fosse un innocente gioco infantile le passo tra le gambe per vedere qualcosa sotto la sua gonna, ma non vedo niente.

Quando al ritorno da Trieste sono sceso dal treno alla stazione di Milano, mio padre e mia madre erano lì ad aspettarmi e sembravano curiosamente eccitati.

Appena fuori mi hanno indicato una 1100 Fiat azzurra di seconda mano, tutta linee tonde e piccoli finestrini. La loro prima macchina, e dovevano avere allora trentasette o trentotto anni.

Il mio primo mezzo di trasporto personale è stato un motorino Dingo Cross usato. Aveva gomme scolpite da fuoristrada e un serbatoio verde militare che gli davano un aspetto più aggressivo di quanto non potesse sostenere il suo piccolo motore da 50 cc. Per qualche mese grazie al mio Dingo Cross ho avuto la sensazione di essere passato a un'altra fase della vita, in cui il rapporto tra spazio e tempo era totalmente diverso da prima. Le ruote artigliate mi strappavano avanti da un punto all'altro come se volassi, via dallo squallore statico di ogni muro e tratto di asfalto che a piedi ero costretto a contemplare per minuti interi. Era lo strumento di locomozione più vicino ai cavalli che da bambino avevo sognato guardando una lunga successione di film western: aveva la stessa natura mite pronta a scattare al servizio di avventure altrui. Correvo veloce attraverso la città, salivo e scendevo dai marciapiedi; mi chiedevo come avevo potuto passare la maggior parte della mia vita precedente invischiato nella lentezza intollerabile.

Poi la notte di sabato grasso il Dingo Cross mi è stato rubato dal sottoscala di una casa alla periferia nord-est della città dove lo avevo lasciato per salire a una festa. Alla festa suonavano *Light My Fire* dei Doors: la lunga introduzione ipnotica di organo elettrico mi aveva affascinato quanto gli sguardi delle ragazze più grandi di me che ballavano intorno. Le ragazze ridevano; il padrone di casa metteva su il disco di continuo, di continuo. Quando alla fine ho sceso le scale con la musica e le risa ancora nelle orecchie, il mio motorino verde con le ruote artigliate non c'era più. Ho impiegato minuti interi in questa constatazione, nel sottoscala grigio impregnato di tutta la tristezza di una vita triste. Sono tornato a casa a piedi, attraversando la città da nord-est a sud-ovest nella notte quasi vuota, dolorosamente consapevole di ogni singolo metro di distanza umida e fredda da percorrere passo dopo passo.

Meno di due anni dopo un mio amico mi ha portato da un meccanico che vendeva motociclette Guzzi a un prezzo molto più basso del normale. Il prezzo era basso perché le moto erano destinate ad altri mercati, ma questo l'ho scoperto solo molto dopo, quando avevo già percorso migliaia di chilometri misurati con uno strumento che era in realtà un contamiglia. Le moto avevano il serbatoio rosso e una linea tozza: emanavano un fascino da strumenti solidi e affidabili, costruiti per ragioni adulte. Ho continuato a sognarmene una per mesi, con l'aiuto di un dépliant dov'era fotografata da diverse angolazioni, tutte le caratteristiche tecniche elencate a fianco. Era la terza o forse quarta volta in vita mia che sognavo di possedere un oggetto: mi bastava guardare le foto del dépliant per sentire il suo odore di metallo e benzina e grasso per guarnizioni, il suono del motore a quattro tempi intonato dalla marmitta cromata.

Quando finalmente sono riuscito ad averla, ci ho fatto un viaggio con due amici lungo la costa ovest d'Italia, con una piccola tenda canadese legata al portapacchi. I due amici erano un compagno di scuola geniale e nichilista e un ragazzo che conoscevo fin da bambino. Il mio compagno stava dietro di me sul sedile della Guzzi, l'altro amico aveva una Lambretta 125, che gli dava uno stile di viaggio diverso e provocava scherzi e conflitti ricorrenti. Siamo scesi lungo la costa ligure e poi lungo quella toscana, con l'idea di arrivare fino alla punta più meridionale dell'Italia e forse addirittura fare il giro dell'intera penisola. Ma era un agosto rovente, e presto l'asfalto ha cominciato a sciogliersi sotto i nostri piedi, ci ha fatti fermare poco a sud di Grosseto. Eravamo pigri, anche; e ci sembrava che il piacere di viaggiare in moto consistesse nel viaggio più che nei luoghi da raggiungere. Assorbivamo le variazioni di umidità e di odore nell'aria mentre attraversavamo i paesaggi, rallentavamo o acceleravamo a seconda della temperatura. Ci fermavamo dove ci pareva, senza deciderlo prima e senza motivi razionali. Non avevamo nessuna intenzione di visitare città né monumenti, né di fare qualcosa di particolare: tutto quello che ci interessava era respirare l'aria densa dell'estate, raccogliere sensazioni, parlare, sognare.

Il terzo amico aveva alcuni codici di comunicazione assimilati probabilmente da suo padre. Per esempio parlava con la erre moscia, diceva frasi del tipo «Mi sono permesso di...». In un ristorante dove avevamo ordinato un fritto misto che si era rivelato scadente, aveva alzato la mano e aveva detto «Cameriere, questo pesce è marcio». Non era stato preso sul serio, perché avevamo sedici anni e un aspetto da vagabondi, ma mi era venuto da pensare a quanto i codici assimilati possono rendere più semplice (e banale) la comunicazione con il mondo. Mi ero anche reso conto di come nessuno me ne aveva mai forniti: né mio padre che era troppo preso dal suo lavoro né mia madre che era troppo selvatica e asociale. Oggi ne sono contento, ma allora era faticoso.

Una sera ci siamo fermati in una pineta dove campeggiavano i ragazzi e gli istruttori di un'organizzazione alternativa. Abbiamo passato lì un paio di giorni; un istruttore leggermente squilibrato e orgoglioso del suo soprannome di Demoniu mi ha insegnato a lanciare il coltello usando un tronco di pino come bersaglio. Mangiavamo e facevamo il bagno al mare con i ragazzi e le ragazze dell'organizzazione, tra cui c'era una ragazza dai capelli rossi magretta e vivace. La facevo tuffare dalle mie spalle sostenendola con le mani, ridevamo e nuotavamo sott'acqua.

Una notte tardi mentre tornavamo verso un'altra spiaggia dove avevamo piantato le tende ci siamo fermati al baracchino di un venditore di cocco e fette di anguria che era inspiegabilmente illuminato, e abbiamo visto su un piccolo televisore in bianco e nero un astronauta americano scendere sulla luna.

La prima automobile che ho comprato era un Maggiolino Volkswagen blu di quarta mano. Aveva una carrozzeria massiccia e tutta curve: onde di metallo ottuso e rassicurante. Ci mettevo mille lire di benzina alla volta, e non durava niente. Ma era una casa su ruote, quando la prospettiva di avere una casa mi sembrava ancora lontanissima e poco plausibile. Se mi ci concentro abbastanza, riesco a ricordarmi il suo odore leggermente muffoso. Dato che non solo non avevo una casa ma nemmeno una città o una regione o un paese che consideravo miei, usavo il Maggiolino Volkswagen blu per muovermi di continuo, al minimo pretesto; è stato allora che ho sviluppato la tendenza a guidare per ore e ore senza fermarmi.

A un certo punto ho venduto la Volkswagen blu per comprare una Bmw del 1959 che aveva fatto parte della guardia motorizzata del presidente francese De Gaulle, ridipinta color bordeaux con sottili filettature d'oro lungo i contorni dei parafanghi e del serbatoio.

Milano, 7 aprile

Caro California Albert
evviva evviva evviva forse puoi sentire fin lì i rullanti che rullano trionfali perché il secondo libro sta andando ancora più alla grande del primo che già aveva fatto impazzire tutti un po' perché il gigante è ancora più gigante un po' perché è venuto ancora meglio l'intervista le foto l'impaginazione il titolo tutto il resto perfino il mio nome è più bello! Damiadiama (lo chiamo così ormai) mi telefona un giorno sì uno no per dirmi delle reazioni entusiastiche che ha da tutte le parti dirmi quanto è felice anche se gli fa rabbia che con i suoi altri libri normali vale a dire i romanzi i libri di poesia le altre puttanate tra virgolette serie che pubblica non può neanche sognarsi di arrivare a queste tirature ma spera che il successo della collana sulla musica finisca per riverberarsi anche sulle altre collane francamente ho i miei dubbi ma lasciamolo sperare. La cosa sicura è che continuo a incontrare gente che ha letto il

primo o il secondo libro che mi fa complimenti che mi dice che di interviste così complete così ricche non ne aveva mai trovate neanche in America o in Inghilterra una tipa (anche parecchio carina) che ho incontrato in un negozio di dischi mi ha detto che le faceva l'effetto di vedere un filmato di vedere i movimenti sentire la voce invece che leggere una cosa scritta tanto ero stato bravo a rendere l'atmosfera a rendere il tono di voce i gesti tutto il resto etc. etc. Oppure un tipetto abbastanza spaccapalle sai di quelli che sanno tutta la discografia dei loro preferiti con tutte le date di uscita a memoria la settimana scorsa quando sono andato con il Damiadiama a fare un giro di librerie per tastare come si dice la situazione mi ha detto che gli sembrava di leggere un romanzo autobiografico tanto c'era una ricchezza di dettagli pensieri osservazioni etc. etc. Il che naturalmente è una cosa che mi fa piacere mi fa tirare un po' su la cresta anche se cerco di restare tranquillo normale non ti preoccupare non faccio follie ma non è tanto facile non è che capita spesso di diventare una star del giornalismo rock internazionale da un giorno all'altro con questo genere di risposte entusiastiche accidenti Albert. Comunque la fama è ormai stabilita il nome è diventato una garanzia tutti non fanno che dire ancora ancora dacci di più quindi aspetto con impazienza muoviti con la nuova intervi-

sta fammi fare ancora più buona figura che con le prime due visto che tutta questa storia sta diventando una specie di fenomeno esplosivo incredibile Albert non possiamo più deluderli.
Va be' la lettera è diventata fin troppo lunga adesso ti saluto perché ho promesso a una tipa che vedo si chiama Margherita (ma forse ti avevo già raccontato qualcosa di lei non mi ricordo succedono troppe cose in questo periodo) di portarla a mangiare fuori poi al cinema visto che quando uno diventa ricco diventa famoso le donne si aspettano un sacco di cose da lui sia grandi sia piccole di tutti i tipi (forse anche se resta povero se resta sconosciuto ma mi sembra che adesso tutto sia diverso proprio tutto Albert il mondo mi si sta trasformando intorno a una velocità supersonica).
Un abbraccio extrastrong dal tuo ormai quasi leggendario
Raimondo A. Vaiastri

Così è iniziata la fase in cui Raimondo ha cominciato a credere davvero di essere una star del giornalismo rock internazionale. In ogni lettera che mi scriveva potevo sentire come si era fatto trascinare di un altro piccolo tratto in questa direzione: il suo tono era sempre più euforico e convinto, aveva sempre più riscontri e testimonianze da citare.

Ogni volta che gli rispondevo cercavo di farlo tornare a terra, fargli capire quanto era rischioso esaltarsi per quello che succedeva o esporsi più di come già non facesse firmando i libri-intervista con il suo nome. Ma sapevo che non c'era verso di frenarlo: la sua fantasia iperattiva di abitatore di mondi paralleli aveva troppo materiale su cui lavorare, dopo non averne quasi avuto per anni e anni. E gli piovevano addosso abbastanza conferme da frastornare anche qualcuno con un rapporto molto più realistico con il mondo.

L'unico aspetto che mi rassicurava era la sua cautela nei periodi in cui avrebbe dovuto essere all'estero a intervistare i giganti del rock. Telefonava a Damiano Diamantini e gli raccontava che stava per partire per New York o Londra o la riviera francese, dove avrebbe iniziato i lunghi preliminari e le bevute e le fumate e le guidate in Ferrari e i ciondolamenti fino all'alba e gli ascolti di musiche e gli scambi di confidenze e le riflessioni a ruota libera da cui avrebbe alla fine ricavato la sua straordinaria lunghissima intervista esclusiva. Poi faceva la valigia e salutava i suoi e la sua ragazza Margherita e i vicini di casa, si faceva portare in taxi alla piccola mansarda di suo cugino in via Magolfa dove nei giorni prima si era preparato una scorta di cibo per il corpo e per la mente. Chiudeva la porta a quattro mandate, passava anche due settimane a leggere classici russi e francesi e fumetti e riviste di automobili e mangiare tonno in scatola e formaggio e cracker e dormire, senza mai chiamare nessuno né rispondere al campanello né mettere piede fuori neanche di notte. Quando il tempo che aveva stabilito per il suo viaggio era passato, sgusciava fuori dalla mansarda di via Magolfa e tornava dai suoi con la valigia piena di vestiti sporchi e anche qualche regalino straniero che era riuscito a trovare da qualche parte prima di rinchiudersi. Trovava la busta con l'intervista che io gli avevo spedito nel frattempo, si leggeva e rileggeva tutto un paio di volte in modo da sapere di cosa parlare quando telefonava a Diamantini per dirgli che tutto era pronto.

Stare nascosto nella mansarda non era un sacrificio per Raimondo, e nemmeno una semplice forma di prudenza; credo che fosse soprattutto un modo per credere davvero di essere andato in America o in Inghilterra o in Francia, annullare la piccola ma sostanziale parte di realtà che continuava a non corrispondere alla sua immaginazione.

Malgrado la lucidità che la distanza fisica mi dava rispetto alla storia dei libri-intervista, neanch'io ero in una situazione mentale tanto normale. L'unico impegno concreto che avevo era raccogliere il materiale e scrivere; per il resto mi lasciavo galleggiare in una sensazione di benessere indefinito, tra orizzonti sgombri. Vivevo come uno che ha un hobby redditizio: avevo lo stesso tipo di distacco dalle preoccupazioni quotidiane che fanno affannare in giro la gente. Ogni tanto mi rendevo conto di come non dovermi preoccupare della sopravvivenza mi disincentivasse dallo stabilire rapporti concreti con il mondo; ma poi tornavo a considerarlo un regalo delle circostanze, di cui godere finché c'era. Dormivo fino a tardi, mi concentravo su questioni molto minute o molto estese, mi guardavo intorno, riflettevo, cercavo modi di impiegare il tempo.

Di giorno facevo lunghi giri in macchina. Costeggiavo i grandi ranch sulle colline, tra i canyon e i boschi di eucalipti; provavo a immaginare di essere dall'altra parte delle recinzioni. Guidavo lungo l'oceano, camminavo sulla spiaggia. A volte lasciavo la macchina nel parcheggio del campus dell'università e giravo per i vialetti. A volte entravo nei corridoi delle facoltà, e provavo un senso di esclusione a vedere gli studenti entrare e uscire dalle aule con i loro libri e i quaderni di appunti sottobraccio, tutti presi in giochi di sguardi e sorrisi e nomi e frasi rapide e collegamenti e conoscenze e ragioni per essere lì. Mi chiedevo se avrei potuto iscrivermi anch'io; pensavo che sarebbe stato un buon modo di conoscere ragazze e farmi degli amici e stabilire contatti significativi con il luogo e scoprire finalmente cosa volevo o sapevo fare nella vita. Ma ero troppo pigro e vago per andare a informarmi davvero; e mi sembrava di avere già un lavoro, creativo e specializzato e molto ben pagato per di più. Tornavo in città e parcheggiavo nella Main Street, scendevo a guardare le facce e registrare gli atteggiamenti della gente che camminava, entravo nelle librerie a sfogliare libri di storia e dizionari di sinonimi.

Di sera restavo a casa a guardare la televisione con gli altri della casa oppure andavo al cinema. Ogni tanto c'era un concerto, nel teatro Arlington che dentro era fatto come un pueblo messicano, con le casette bianche in rilievo alle pareti e tutta la volta blu scuro del cielo stellato dipinta sul soffitto tondo. Chiunque suonasse, andavo a sentirlo; cercavo di assorbire i dettagli delle entrate e delle uscite e delle mezze frasi tra le canzoni; raccoglievo materiale per il mio lavoro-non lavoro.

Ogni tanto Joe Barrick mi proponeva di andare con lui a bere qualcosa e ascoltare musica in qualche bar sulle colline. Quando lo facevamo riuscivamo ad attaccare bottone con ragazze abbastanza carine e a sederci ai loro tavolini o a farle venire al nostro, a volte anche a portarcele a casa più tardi. Ma come ho già detto Joe Barrick non aveva nessuna intenzione di accettare legami di amicizia o impegni su basi non transitorie; la maggior parte delle sere se ne rimaneva chiuso nella sua stanza oppure usciva per conto suo senza dirmi niente. Sheila Thompson aveva un fidanzato, e Patty Threet era bruttarella; spesso mi capitava di sentirmi solo e senza collegamenti, sospeso al di sopra della vita di un luogo piacevole che non era mio più di qualunque altro posto.

Una sera ho portato Louis il sanbernardo a fare una passeggiata sulle colline, anche se la sua padrona era fuori e non mi aveva affatto autorizzato. Ma pensavo che fosse una gentilezza verso il cane; e camminare con un sanbernardo al guinzaglio mi faceva sentire molto più parte dello scenario che camminare da solo.

A un certo punto sono passato davanti a un bar che si chiamava El Encanto dove ero andato con Joe Barrick qualche volta, e ho sentito una coppia che litigava tra le macchine nel parcheggio. Lei diceva «Vai al diavolo!», lui diceva «Vai al diavolo tu!»; lei diceva «Sei villano e insensibile!», lui diceva «E tu sei una povera pazza nevrotica!». C'era odore di gelsomino, dal bar arrivava la voce flautata di un cantante soft che lavorava lì quasi ogni sera, su arpeggi di chitarra acustica. La voce della ragazza ha detto «Non voglio vederti mai più!»; la voce del ragazzo ha detto «Lo vedi che sei pazza?».

Nel buio riuscivo solo a distinguere due ombre confuse vicino a una macchina ferma; poi una delle due ombre è venuta veloce verso l'insegna luminosa del bar, ho visto che era una ragazza abbastanza carina con un bel vestito a fiori chiari. Il tipo che litigava con lei ha gridato «Jeannette?! Come cavolo pensi di tornare a casa?!». Jeannette non gli ha risposto, ha accelerato il passo lungo la strada in pendenza. Il tipo ha gridato «Ehi, torna qua!».

Ho aspettato qualche secondo per vedere se lui si decideva a inseguirla oppure lei cambiava idea e tornava indietro, ma lui è rimasto nell'ombra e lei ha continuato a camminare a passo svelto. Così ho tirato per il guinzaglio Louis il sanbernardo e sono andato anch'io giù per la discesa.

Avevo l'impulso di raggiungere la ragazza Jeannette e dirle una frase del tipo "Mi permette di scortarla verso casa con il mio cane?". Ne avevo in testa due o tre variazioni, complete di un accento mentale da giovane gentiluomo britannico dell'Ottocento. Ho sempre avuto la tendenza a reagire in un modo antiquato a una specifica gamma di situazioni, e questa situazione era ai primi posti nella gamma. È una tendenza che ho ancora: non so da cosa mi venga, ma i libri che ho letto negli anni della mia formazione hanno avuto di sicuro un ruolo. Basta la sollecitazione giusta, e frasi e gesti e comportamenti mi saltano fuori in modo automatico.

Però la ragazza Jeannette era già andata troppo avanti lungo la strada in pendenza e non bastavano pochi passi eleganti per esserle di fianco; dovevo forzare l'andatura e inseguirla, con il rischio di darle l'impressione di uno sciacallo da esterni di bar. L'unica idea che mi è venuta è stata mettermi a correre come se volessi far esercitare il cane. Louis il sanbernardo ha cominciato a galoppare nel suo modo goffo e potente, mi trascinava avanti a tutta velocità. In tre minuti siamo stati all'altezza della ragazza Jeannette che camminava a passo sostenuto sui suoi tacchi alti da sera, con lo sguardo fisso davanti a sé e il naso in alto. Aveva un naso dritto e un profilo nobile, ma non sono riuscito a vedere molto perché quando ho cercato di fermare Louis lui ha continuato a trascinarmi a strattoni lungo la discesa. Ho gridato «Ferma! Stop!», ho tirato il guinzaglio a tutta forza e puntato i piedi; alla fine si è fermato.

La ragazza Jeannette adesso era forse venti metri a monte rispetto a noi, e non mi sembrava di poterle rivolgere la parola senza fare la figura di quello che aspetta al varco nel semibuio. Ho fatto finta di allacciarmi una scarpa; ho dato qualche pacca sulla testa di Louis. La ragazza è arrivata verso di noi, sempre guardando oltre.

Ho detto «Mi permette di scortarla con il mio cane?».

Lei mi ha guardato con un'espressione sorpresa, anche perché ansimavo per la volata e l'accento da gentiluomo britannico dell'Ottocento mi era venuto abbastanza caricaturale.

Ho detto «Visto che è notte e non c'è nessuno in giro?»; cercavo di aggiustare il tono, riprendere fiato, camminarle di fianco a un ritmo naturale.

La ragazza Jeannette ha fatto per rispondermi, ma nello stesso istante ci sono arrivati addosso i fari di una macchina che ha frenato di colpo; il tipo con cui lei stava litigando prima si è affacciato a dire «Dai, sali che ti accompagno a casa».

La ragazza Jeannette non gli ha risposto, continuava a camminare. Il tipo l'ha seguita con la macchina; si è allungato ad aprirle la portiera, ha detto «Dai, Jeannette, per piacere». Lei mi ha dato un'occhiata, come se oscillasse per un istante tra due possibilità; poi è salita e ha chiuso la portiera; la macchina è ripartita.

Sono rimasto fermo con il cane Louis a guardare i fanalini di coda che si allontanavano fino a sparire nel buio della strada in discesa, e intanto cominciavano ad affiorarmi due o tre belle frasi che avrei potuto dire al tipo della macchina, per farlo sentire ignobilmente rozzo e colpire in modo irreversibile la sensibilità di Jeannette. Ho pensato che questo genere di reazioni mi arrivavano sempre troppo tardi, forse per la loro origine letteraria, cioè da testi elaborati in riscritture successive; ho pensato che erano di ben scarsa utilità nella vita quotidiana. Avevo un catalogo intero di occasioni perse a causa della mia mancanza di prontezza: sguardi e gesti e accenni di parole andati per sempre.

Quando sono tornato, Patty Threet era sul prato di fronte a casa in uno stato di estrema agitazione; appena mi ha visto arrivare con Louis il sanbernardo si è messa a gridare «Chi diavolo ti ha autorizzato a portare fuori il cane senza dirmi niente? Pensavo che fosse scappato o lo avessero rapito! Dove diavolo lo hai portato?».

«Su a El Encanto» ho detto.

Lei non badava neanche alle feste che Louis le stava facendo, ha gridato «Non ti sognare mai più di prendere iniziative del genere! La prossima volta ti faccio causa!».

Milano, 28 aprile

Albert abbronzato surfato santabarbarato
stai a sentire questa l'altro giorno mi telefonano a casa dei miei che è l'unico recapito che ho lasciato al Damiadiama perché naturalmente gli ho detto che nella casa-barca a Amsterdam il telefono non ce l'ho naturalmente quello della mansarda di mio cugino non l'ho dato a nessuno comunque non lo uso mai be' mi telefonano c'è una voce abbastanza familiare che dice "Sto cercando Raimondo Vaiastri". Gli dico "Per cosa lo cerca?" abbastanza sulle mie come ti puoi immaginare il tipo dice "Sono Luigi Zuccatore volevo invitarlo giovedì sera qui alla radio per una puntata speciale di 'Battito Giovane' dedicata ai Beatles ci terremmo moltissimo ad averlo da noi". Capito Albertone a che punto di celebrità sono arrivato il signor Zuccatore con tutti i suoi modi da alfiere ufficiale dei giovani si scomoda ad alzare il telefono di persona invece che farmi chiamare da una se-

gretaria o assistente avresti dovuto sentire che tono aveva metà rispetto metà sospetto comunque tutto sbrodolante di complimenti per la completezza per l'estensione per l'accuratezza incredibile dei miei libri etc. etc. Sono rimasto incerto se accettare o no per tutto quello che dici sempre tu sullo stare ultrattento e ultraschiscio sul tenersi fuori dalla mischia continuare a fare il prezioso fare quello che non c'è etc. etc. anch'io naturalmente avevo paura che potesse saltare fuori qualche casino tipo domandine maliziose o coincidenze strane cose di questo tipo ma alla fine ho deciso di andare perché è un modo di dare conferma al Damiadiama del fatto che sono davvero quello che lui paga infatti quando gli ho telefonato per dirgli che ero stato invitato a "Battito Giovane" è diventato pazzo di eccitazione mi ha ripetuto dieci volte di citare il titolo preciso dei libri anche di quello che deve uscire a maggio soprattutto di pronunciare il nome della casa editrice in modo chiaro perché ormai ho un accento quasi da straniero dopo tutti gli anni che ho passato all'estero come vedi dopo tutte le prove che abbiamo fatto mi viene alla grande ormai è assolutamente credibile. Comunque non ti preoccupare perché alla radio sono stato ultrattento ultraschiscio fuori dal microfono non ho quasi parlato con gli altri ospiti che poi erano il fior fiore dei cosiddetti esperti di rock anche se come sappiamo per la metà del tempo non hanno neanche idea di cosa parlano avresti dovuto vedere come mi fissavano tutti attenti tutti gelosi per capire da dove cavolo viene fuori questo Raimondo A. Vaiastri che ha fatto tre libri-intervista come loro se li possono soltanto sognare. Li capisco anche poveretti se solo penso che i veri giganti del rock loro riescono a vederli con il cannocchiale in una sala stampa piena di gente se gli va proprio bene possono fargli una domanda o due a distanza attraverso il traduttore poi ricevere una o due risposte standard chiusa lì di colpo vedono uno (io) che invece può parlare da pari a pari con i giganti del rock tutto il tempo che vuole di tutti gli argomenti che vuole come un amico come un confidente più che un intervistatore uno che può fargli raccontare della loro infanzia della loro vita sentimentale fargli raccontare come gli è venuta l'ispirazione delle loro canzoni più famose fargli ricostruire tutti i passaggi in quel modo semplice senza atteggiamenti etc. etc. Ci credo che mi guardano come una specie di extraterrestre non riescono a capire come cavolo ho fatto gli viene un'invidia che li consuma mi danno sai quel tipo di occhiate per dire chi cavolo è questo qui come si permette di scavalcarci in questo modo però nello stesso tempo fanno i gentili

perché non si sa mai potessi essergli utile una volta che hanno bisogno di un contatto o di un numero di telefono etc. etc.
Adesso lo so già che ricomincerai con la tua manfrina che è rischioso esporsi troppo che non bisogna farsi vedere troppo in giro che non bisogna lasciare troppe tracce etc. etc. però ti assicuro che non vado in giro da cani e porci vado solo alle occasioni interessanti sto attento a quello che dico non è che vado a sputtanarmi come un cretino però è anche vero che se uno diventa una star del giornalismo rock internazionale deve godersi almeno qualcosa di quello che gli viene altrimenti non si capisce davvero che cavolo di gusto ci sia in tutta la faccenda a parte i soldi ma lo sai meglio di me che i soldi non sono certo l'unica ragione di fare le cose allora per favore non scrivermi ancora una volta come se avessi a che fare con un povero esaltato sprovveduto che non sa muoversi mi sembra finora di essermi mosso abbastanza bene se no adesso non staremmo neanche a parlarne non ti pare? Quindi Alberto cerca di goderti la vita lì in California non preoccuparti di niente che qui è tutto sotto controllo sbrigati soltanto a mandarmi la nuova intervista perché il Damiadiama mi sta addosso ha sempre paura di vedere la miniera che gli si esaurisce sotto gli occhi non ha ancora capito che non ci sono limiti ai con-

tatti di Raimondo A. Vaiastri alle sue capacità di combinare incontri far parlare analizzare ricostruire le più belle canzoni della storia come nessuno aveva mai fatto prima.
Hasta la vista
il tuo
R.A.V.

Jeannette Rice

Un pomeriggio stavo frugando tra gli scaffali della sezione di musica di una libreria sulla Main Street, e ho visto la ragazza Jeannette che qualche sera prima avevo tentato in modo così inefficace di scortare a casa con il cane. Aveva in mano una raccolta di canzoni dei Fleetwood Mac; non l'ho riconosciuta subito perché era vestita in jeans e maglietta, ma il suo naso dritto mi sembrava familiare.

Siamo stati per un po' vicini, intenti alle nostre ricerche parallele, ci controllavamo a brevi occhiate periferiche; a un certo punto i nostri sguardi si sono incontrati. Lei ha sorriso, ha detto «Il cane dov'è?».

«A casa» ho detto; ho fatto un gesto generico. «È un po' troppo grande per portarlo nei negozi. Un po' troppo goffo.» Avevo rinunciato del tutto all'accento da gentiluomo britannico dell'Ottocento, parlavo con l'accento che mi veniva.

Lei ha detto «Comunque grazie per l'offerta».

L'ho guardata come se non capissi di cosa parlava: di nuovo la mia lentezza di elaborazione.

Lei ha detto «L'altra sera», ha fatto un cenno all'indietro.

Ho detto «Ah, niente». Le ho porto la mano, ho detto «Mi chiamo Alberto Scarzi».

Lei me l'ha stretta, ha detto «Jeannette Rice».

Siamo usciti e abbiamo camminato per qualche isolato sulla Main Street, ci siamo fermati a prendere un frullato di frutti esotici; prima che ci salutassimo lei mi ha dato il suo numero di telefono.

Jeannette Rice viveva con due amiche in un canyon a sud-est di Santa Barbara. La sera che sono andato a prenderla per uscire a cena mi ha fatto fare un breve giro del giardino, dove c'era una vasca da idromassaggio in legno di cedro che sembrava una grande botte da vino e alcune piante di aloe vera che secondo lei avevano proprietà miracolose.

Quando l'ho fatta salire sulla mia Plymouth Fury III verde ha inclinato la testa e ha sorriso, come se anche a lei sembrasse una scelta eccentrica. Di nuovo mi ha chiesto dov'era il cane; le ho detto «A casa». Mi rendevo conto che era un equivoco stupido continuare a parlare di Louis il sanbernardo come se fosse mio, ma mi sembrava già un po' tardi per dirle che l'avevo solo preso in prestito per una sera.

L'ho portata in un piccolo ristorante sulle colline dove facevano una buona trota alla griglia. Era una specie di capanna da pionieri di legno grezzo, con tavoli vicino alle finestre e un angolo con microfono dove dalle dieci di sera in poi qualcuno suonava. Jeannette mi ha raccontato che quando aveva detto a suo padre che sarebbe uscita con me lui le aveva detto «Stai attenta che quello ti pizzica il sedere». Pare che quando era stato in Italia dopo l'università avesse visto spesso italiani che pizzicavano il sedere alle donne, per la strada e sui tram. Jeannette non sembrava particolarmente inquietata da questo avvertimento: sorrideva, ha detto «È vero?».

«Non tanto» ho detto.

«No?» ha detto lei; il suo naso era fin troppo dritto, sembrava puntare a conclusioni predefinite.

Ho detto «Gli italiani tendono a fare gli occhi da lumaca, a girare la testa e dire volgarità o fischiare, però la storia dei pizzicotti non è così frequente».

«No?» ha detto di nuovo Jeannette; il suo piccolo sorriso le creava due fossette sulle guance.

Ho cercato di raccogliere informazioni su di lei, come faccio quando non so neanche se esiste un linguaggio comune in base a cui scambiarsi segnali. Mi ero pentito di non aver preso un mezzo Quaalude prima di uscire, continuavo a pensare a come avrebbe sciolto e semplificato la situazione. Non ero semplicemente a disagio, avevo paura della non-comunicazione e della non-conoscenza, dei mille altri non che c'erano tra noi. Jeannette mi ha raccontato che studiava all'università ma lavorava part-time per il marito di sua sorella più grande. Le ho chiesto che lavoro era; lei ha detto «Un lavoro particolare».

«Particolare come?» ho detto. Non era uno scambio facile: tutti e due stavamo recitando una parte, sorvegliavamo i nostri gesti e le nostre espressioni facciali, prendevamo sorsi troppo piccoli di vino bianco.

Jeannette mi ha raccontato che il marito di sua sorella aveva scoperto a quindici anni di saper riconoscere e intonare con accuratezza assoluta qualsiasi nota musicale. A scuola questa sua capacità lo aveva reso famoso, veniva messo di continuo alla prova dagli altri ragazzi e dai professori. Gli suonavano una nota su un flauto o su una chitarra o su un'armonica a bocca e gli chiedevano quale fosse, lui non sbagliava mai. A volte invece gli dicevano «Canta un La bemolle» o «Fischia un Fa diesis» e appena controllavano sul pianoforte vedevano che era perfetto. Così appena finito il liceo lui aveva creato un metodo che si chiamava "L'Orecchio Infallibile" e lo aveva registrato all'ufficio brevetti ed era riuscito a farsi finanziare da suo padre la produzione di un cofanetto con un libro e tre audiocassette che vendeva per corrispondenza o nel corso di dimostrazioni in pubblico.

Ho detto «*L'Orecchio Infallibile* di Steven Culligan?». Avevo visto varie volte un inserto pubblicitario a doppia pagina su qualche rivista di musica, dove si raccontava tutta la storia e c'era anche una foto di Steven Culligan con i capelli a onda e un sorriso a trentadue denti.

Jeannette ha detto «Ahà». Mi ha spiegato che insieme a sua sorella si occupava di organizzare appunto dimostrazioni del metodo Culligan, in scuole o università o librerie o grandi magazzini. Ha detto «Papà non approva molto, ma è un modo di guadagnare un po' di soldi per conto mio».

«Perché non approva?» le ho chiesto.

«Perché nessun Rice si è mai occupato di faccende così banali» ha detto lei, con un'imitazione del tono pomposo di suo padre, e un gesto angolato della mano. Ma era almeno in parte compiaciuta del tono, e del gesto angolato, e del padre dietro al tono e al gesto.

Una tipa alta e magra con la coda di cavallo si è messa a suonare la chitarra e a cantare alcune canzoni folk lagnose, nello stesso identico ordine delle altre due volte che ero andato lì. La gente ai tavoli applaudiva alla fine di ogni pezzo, ma Jeannette si è allungata a dirmi «Awk! Farebbe bene a seguire il nostro corso».

Poi mi ha chiesto che lavoro facevo. Le ho detto che scrivevo libri su grossi musicisti rock. Lei ha detto «Davvero?».

«Ahà» ho detto. Continuavo a bere vino bianco californiano a piccoli sorsi, speravo che mi sciogliesse ma non mi scioglieva. La trota alla griglia questa volta era venuta leggermente bruciacchiata, ma Jeannette in compenso faceva un buon lavoro di sliscamento. Mi chiedevo se il nostro incontro fuori da El Encanto era stato il primo anello di una catena di eventi voluti dal destino, o era un puro evento casuale tra milioni di eventi casuali senza conseguenze. Mi chiedevo se facevo bene a raccogliere segnali e tracce tutto il tempo, cercare di capire dove potevano convergere. Ho detto «Va be', abbiamo a che fare tutti e due con la musica, no?».

«Sì» ha detto lei. Ha detto «Sono pubblicati in America, i tuoi libri?». Non mi guardava sempre negli occhi; guardava anche verso gli altri tavoli, guardava i camerieri che passavano con il cibo.

Ho detto «No, solo in Italia, per ora. Te li farò vedere». Di nuovo mi è venuto in mente che invece non potevo farli vedere a nessuno perché il nome in copertina era quello di Raimondo Vaiastri; ho detto «Comunque non sono niente di speciale. Sono solo un modo per guadagnarmi da vivere».

«E cosa vorresti fare, invece?» ha detto Jeannette. «Nella vita.»

«Non lo so» ho detto. «Magari qualcosa con la musica. Oppure con il cinema. O scrivere, non lo so.» Ho bevuto altro vino bianco, la bottiglia era quasi finita e ancora non mi sentivo sciolto. Ho detto «E tu?».

«Non lo so» ha detto lei, con lo stesso gesto angolato della mano di quando aveva imitato suo padre. «A parte credo finire Pedagogia all'università e poi sposarmi e mettere su una famiglia eccetera.»

Ho riso; non capivo se parlava sul serio o no.

Lei ha detto «Cosa intendi, "qualcosa con la musica"?». Faceva un'imitazione di accento italiano ma non era il mio, doveva averlo sentito in qualche film sulla mafia.

«Non lo so» ho detto. «Suono un po' la chitarra.»

«Cosa suoni?» ha detto Jeannette Rice. I suoi occhi erano molto azzurri ma piccoli, con le pupille strette anche nella luce bassa. Era il tipo di bionda legnosa che non mi era mai piaciuto molto, se appena la guardavo senza tenere conto del caso e delle coincidenze e delle suggestioni romantiche del nostro primo incontro.

Ho detto «Mah, blues, improvvisazioni strumentali, così. O anche canzoni».

«Tipo?» ha detto lei.

«Non so, tipo Bernard Ohanian» ho detto.

Lei ha detto «Ahà», faceva di sì con la testa. Poi si è alzata, ha detto «Mi scusi un attimo?».

La tipa con la coda di cavallo stava facendo una pausa, beveva una birra seduta su uno sgabello del bar. Jeannette è andata da lei e le ha detto qualcosa; la tipa si è girata a guardarmi, ha fatto di sì con la testa. Jeannette è tornata al tavolo, mi ha detto «Le ho chiesto se potevi suonare un pezzo, ha detto di sì».

«Ma non ne ho voglia» ho detto. «Non adesso. Non sono nello spirito giusto. Ho la trota sullo stomaco.»

Ma Jeannette Rice aveva un tipo di insistenza privo di dubbi, e la cantante con la coda di cavallo è andata ad accendermi il piccolo impianto di amplificazione, ha detto nel microfono «Signore e signori, Alberto».

Così sono andato a sedermi sullo sgabello e ho preso la chitarra, ho suonato un piccolo blues in Mi. Non mi è venuto benissimo, perché il vino che avevo bevuto mi allungava i riflessi e le corde della chitarra erano ultrasottili, però quando ho finito la gente ai tavoli ha battuto le mani. Dato che Jeannette mi faceva cenno di continuare ho suonato anche *Key To The Highway*, che mi è venuta leggermente meglio. La cantante con la coda di cavallo sembrava irritata; appena ho finito le ho ridato la chitarra.

Mentre la riaccompagnavo verso casa, Jeannette ha detto «Ti devo presentare mio cognato».

«Per farmi diventare meno stonato?» ho detto.

«Perché ti interesserebbe» ha detto lei. Costringermi a suonare nel posto delle trote aveva avuto l'effetto di rompere alcuni dei filtri che c'erano tra noi, ma ne restavano ancora tanti.

Quando ho fermato la macchina davanti al cancello di legno di casa sua e ho spento il motore, lei ha detto «Non bacio mai al primo appuntamento». Mi ha colpito, anche perché non avevo nessuna intenzione di baciarla, né avevo fatto o detto niente che potesse suggerirlo.

Milano, 30 maggio

Alberto Scarzi esimio
come va la tua ininterrotta vacanza californiana tra gli olivi gli aranci le palme le spiagge le belle ragazze abbronzate che fanno il surf che bevono margarita che sorridono con i loro denti bianchi bianchi mannaggia a te che rabbia mi fai? Neanch'io però me la passo male anche se sono ancora nella nostra Italietta meschinetta miseretta nella nostra Milanazza grigiazza squallidazza comunque è chiaro che prima o poi ti vengo a trovare anche perché a furia di dire che vado in America almeno una volta ci devo andare davvero così posso spedire un po' di lettere con i francobolli a strisce rosseblu posso spedire un po' di cartoline con i tramonti sull'oceano anche se ho abituato tutti che quando sono in missione non mando proprio niente non mi faccio neanche vivo etc. etc. Comunque adesso anche qui ormai è quasi estate sai quando l'aria è calda densa quando tutte le ragazze girano vestite leggere

vedi gambe braccia colli pelle nuda chiara o già un po' abbronzata vedi sorrisi vedi modi di muoversi più lenti più seducenti etc. etc.
Se penso solo al novembre scorso mi sembra più o meno una decina di anni fa mi sembra un secolo fa mi sembra la preistoria Albert mi chiedo come cavolo facevo prima senza il mio nome sulle copertine senza la mia foto nei risvolti delle copertine senza l'attenzione senza i soldi senza la gente che mi riconosce quando vado nei posti se guardo indietro mi sembra di vedere qualcun altro di vedere uno che non aveva un cavolo di niente che nessuno se lo filava a parte proprio la famiglia stretta a parte proprio qualche amico tipo te è un periodo lontano continua ad allontanarsi a una velocità incredibile sembra che in realtà non sia nemmeno mai esistito. Adesso Albert dovresti vedere come mi si filano tutti mi mandano inviti a presentazioni di dischi mi mandano inviti a concerti con i posti in prima fila mi telefonano per chiedermi un parere su un gruppo su un cantante su qualche nuova tendenza musicale che si sono inventati o che hanno sbirciato su qualche giornale straniero però se vogliono invitarmi io certo non mi tiro indietro finché c'è da portarsi a casa dischi gratis finché c'è da bere c'è da mangiare c'è da ballare con le belle ragazze negli appartamenti nei palazzi con i giardini in-

terni nascosti etc. etc. Tanto il meccanismo l'ho capito basta fare i preziosi basta fare quelli che sanno già tutto quelli che sono avanti di sei mesi almeno quelli che non ci sono quasi mai quelli che pensano ad altrove anche quando sono qui basta fare finta di non conoscere neanche i nomi di quelli di qui per quanto importanti credano di essere basta far finta di conoscere solo i veri giganti internazionali è incredibile l'effetto Albert sono tutti lì che pendono dalle tue labbra che ti danno ragione che ti guardano come se fossi un dio dell'intervista cosa che sono davvero dato che ho fatto i più bei quattro libri sul rock che siano mai usciti in questo paese (anche fuori). Ogni volta che mi metto a raccontare dei posti dove sono stato insieme ai miei amici ultrafamosi lascio cadere qualche dettaglio di quelli che fanno drizzare le orecchie che fanno aguzzare la vista dovresti vederli basta dargli l'idea che non sanno niente di quello che conta davvero basta dargli l'idea che hanno perso un treno che sono stati scavalcati anche se fanno tanto gli ultraggiornati gli ultrascafati di colpo ce li hai in mano completamente Albert è una cosa che mi fa morire dal ridere anche una cosa che mi fa un po' pena sta cominciando credo a venirmi l'atteggiamento dei giganti delle mie interviste sai quando vedi le cose da sopra la mischia quando cominci a non sopportare più la meschineria di quelli che sono sempre lì ad aspettarsi qualcosa da te ad aspettarsi spiegazioni aspettarsi istruzioni aspettarsi indicazioni aspettarsi direzioni etc. etc. Ah quasi dimenticavo: la settimana scorsa sono andato al Flying Elephant perché c'era un cocktail per una rivista c'erano un sacco di cosiddette celebrità nostrane del cinema della televisione della musica cioè i nani della provincia patetica del mondo ero lì un po' scazzato anche se mi ero bevuto un paio di cuba libre per tenermi su a un certo punto la capa della rivista viene da me mi tira per un braccio mi presenta SAMANTHA HOGSON che è lì tutta minigonnata stivalata sgambata tettuta boccuta capelluta meglio che nella foto sulla copertina della rivista la tipa della rivista le dice "Questo è Raimondo Vaiastri che ha scritto dei libri-intervista straordinari che hanno avuto un grandissimo successo". Samantha Hogson dice "Nice to meet you" sai con quella voce ultrafamiliare ma senza sai l'aria distratta che hanno di solito questi personaggi in queste situazioni ha una vera aria interessata mi guarda negli occhi capito Albert con tutta la gente intorno che ci fissa potevi sentire l'attenzione che ci premeva addosso sai quasi come essere su un palcoscenico essere sotto le luci etc. etc. Tu Albert avrai un bel dire che Samantha Hogson è un fenomeno pop una tontolona bambolona tutto quello che ti pare ti assicuro che averla a venti centimetri che ti guarda interessata è una cosa che ti dà una scossa che ti dà una conferma che sei interessante ti dà una conferma che sei allo stesso livello se poi ti dice un sacco di cose carine a parte che io capivo forse una parola su cinquanta ma naturalmente non lo facevo vedere dicevo "Yeah, yeah" ridevo quando lei rideva la cosa più importante è che non mi facevo proprio nessun problema ad avere una ultrafamosa davanti perché anch'io sono famoso anche se non ancora ultra ma ci sto arrivando intanto cavolo se Samantha Hogson era così interessata così divertita vuol dire che ho qualcosa che le interessa vuol dire che le mie interviste ai giganti del rock li fanno sembrare ancora più giganti magari potrei fare la stessa cosa anche con una gigantessa del pop come lei potrei scrivere un pezzo spettacolare che la rende più interessante a un pubblico più difficile più sofisticato chissà non lo so cosa le passava per la testa ma poteva essere anche questo. Comunque il tocco da maestro è stato che mi sono sfilato via io prima che si sfilasse via lei capito prima che si rituffasse tra la gente sai come fanno questi ultrafamosi che alle feste si spostano di continuo non si fermano mai nello stesso punto più di qualche minuto continuano a sorridere a salutare a dire nomi a guardare

oltre ma in questo caso lei era già rimasta a parlarmi per dieci minuti buoni forse per un quarto d'ora non hai idea dell'effetto che ha fatto su tutta la gente intorno era come se avesse messo una freccia che puntava verso di me con scritto GIGANTE sai la consacrazione definitiva comunque io sul più bello appena ho fiutato che la situazione poteva rompersi da un momento all'altro che lei poteva andarsene ho detto "Mi dispiace ma devo scappare" capito dimmi che non è stato un tocco da maestro Albert mi sono guardato intorno sai come quello già tutto preso da altri pensieri da altri contatti però ci siamo scambiati i numeri di telefono anche se io le ho detto che in questo periodo non sono quasi mai a casa ad Amsterdam le ho dato il numero dei miei a Milano le ho spiegato che è solo provvisorio lei mi ha dato il suo numero a Londra ha detto di chiamarla quando vado lì così adesso ho il numero di telefono personale di Samantha Hogson mi sembra proprio il minimo Albert ragazzo mio proprio il minimo di numero di telefono che ti aspetti di trovare nell'agendina di uno come Raimondo A. Vaiastri detto R.A.V. non ti pare?
Comunque dopo ho pensato che se solo mi fossi sentito un po' meno handicappato con sto cavolo di inglese sarei stato ancora più disinvolto potevo vedere la gente intorno che mi stava a spiare per capire che accento avevo quanto bene me

la cavavo stai tranquillo che a vedermi dal di fuori me la cavavo alla grande però non capivo un sacco di cose che diceva Samantha sai le piccole sfumature capivo a grandi linee ma certo mi sarebbe piaciuto fare anche qualche bella battuta brillante dire qualcosa di intelligente anche se una come lei forse non si fa molto colpire da queste cose comunque ho deciso di prendere lezioni di inglese sarai contento tu che mi dicevi sempre che non ne potevo fare a meno che non potevo fare l'intervistatore internazionale che non sa l'inglese per fortuna che il Damiadiama lo sa ancora meno di me vale a dire zero comunque ho già preso tre lezioni sto già facendo progressi abbastanza spettacolari vedrai quando vengo in America penseranno che ho vissuto lì chissà quanti anni l'accento ce l'avevo già da prima lo sai adesso devo solo mettere insieme un po' di parole di verbi di modi di dire ma una volta che hai l'accento una volta che hai l'atteggiamento tutto il resto viene quasi da solo figurati che la tipa da cui vado a lezione è una tipa cieca del Galles è sposata con un impiegato della mia banca dovresti vedere che cavolo di situazione ha il cane-guida sempre di fianco una lupa grigiastra con degli occhietti gialli cattivi tipo vipera mi controlla tutto il tempo anche la padrona mi controlla anche se non mi può vedere riesce lo stesso a capire se sto attento o

se sto cercando di sbirciare le risposte più avanti sul libro degli esercizi non c'è verso di fregarla ha un udito ultrasensibile riesce a sentire il minifruscio delle pagine ogni volta mi dice "Non sbirciare" in un tono duro da far paura anche il fatto che sia cieca mi mette soggezione non so mi dà l'idea che sia più severa o qualcosa del genere così sono costretto a stare attento per forza sarai contento tu.
Va be' ho scritto troppo di nuovo è che questa macchina da scrivere elettrica mi prende la mano ogni volta con questo modo che ha di sparare i caratteri sul foglio perfetti che sembrano stampati in uno dei miei libri-intervista anche quando magari vorrei usare solo due o tre parole me ne fa usare dieci perché tanto non costano fatica (anche perché ci sono un sacco di cose da dirti naturalmente) vengono fuori così rapide c'è una specie di gusto perverso forse sta venendo anche a me la grafomania come dici che hai tu anche se in passato non riuscivo neanche a scrivere due righe però adesso è chiaro che essendo un famoso intervistatore-scrittore è diverso adesso è il mio strumento del mestiere etc. etc.
Un fuerte abrazo dal tuo
R.A.V.

Le lettere di Raimondo mi comunicavano un crescente disagio; ogni volta ci mettevo qualche ora o giorno a venirne fuori. Il disagio era screziato di una miscela di sentimenti: i principali erano preoccupazione per il suo stato mentale e per le possibili conseguenze del suo esporsi con sempre meno cautela, e invidia. Invidiavo il fatto che credesse sempre più di essere un grande giornalista rock internazionale, e invidiavo il fatto che lo fosse diventato davvero; invidiavo le sue descrizioni di azioni compiute e attenzioni ricevute, invidiavo il suo nome sulle copertine dei libri e le sue foto nei risvolti. Mi rendevo conto che era assurdo, e che avrei dovuto essere ben contento della nostra divisione di ruoli, ma non era così. Mi sembrava di avere scelto il ruolo sbagliato; di essermi condannato da solo a un esilio in un luogo dove nessuno riconosceva il mio nome o la mia faccia e nessuno aveva nemmeno idea di come mi guadagnassi da vivere. Pensavo che ancora una volta ero stato pigro e vile; che avrei dovuto avere il coraggio di fare tutto da solo, senza cercare un interprete per il personaggio che avevo inventato e lasciargli poi prendere tutto il merito della mia invenzione.

Poi tendevo a non pensarci più. Mi rimettevo a selezionare il materiale per il prossimo libro-intervista, ordinavo le note e gli appunti nel modo che avevo ormai perfezionato, scrivevo e riscrivevo per giorni e settimane fino a essere soddisfatto del risultato. Pensavo che non me ne importava poi molto della fama e dei riconoscimenti, soprattutto quando poggiavano su basi fasulle. Pensavo che in fondo avevo un buon distacco rispetto a tutta la faccenda; finché una nuova lettera di Raimondo non mi comunicava ancora più disagio di prima.

Decidevo in modo ricorrente che per superare il disagio avrei dovuto stabilire relazioni più concrete con il mondo. Ho chiesto un paio di volte a Joe Barrick se poteva farmi assumere nell'impresa edile di suo fratello maggiore, ma lui come sempre ha lasciato sospesa la questione fino a farla sfumare nel nulla. Ho messo un paio di annunci per trovare un bassista e un percussionista con cui suonare, ma i tipi che si sono presentati non mi convincevano o seguivano altre influenze musicali. Ho frequentato un corso di massaggio cambogiano e un corso di dietologia e un corso di manutenzione dei motori e un corso di spagnolo offerti dal comune di Santa Barbara, ma ogni volta dopo tre o quattro lezioni mi sono sentito un hobbista idiota e ho lasciato perdere. Mi sembrava di restare sempre a qualche centimetro dalle cose vere, trattenuto da una rete fine di fatalismo e timidezza e indifferenza e mancanza di praticità. Pensavo che alla fine quello che doveva capitare sarebbe capitato; che forse un giorno avrei trovato un metodo sicuro per far succedere le cose e controllarle una volta che succedono.

Una domenica pomeriggio sono andato alla festa di compleanno di un'amica di Patty Threet che si chiamava Rhonda Rawlings. Aveva un bel sorriso e una faccia da bambina con le lentiggini e una figuretta agile; mi era piaciuta subito la volta che era passata a prendere Patty Threet per andare al cinema. Avevo chiesto a Patty di combinare un'occasione per rivederla, ma lei aveva risposto in modo così vago da farmi pensare che non lo avrebbe mai fatto. Invece un sabato mi ha detto che il giorno dopo Rhonda Rawlings dava una festa di compleanno a casa dei suoi, ero invitato anch'io.

Così un quarto d'ora prima di uscire avevo inghiottito mezzo Quaalude e poi ero andato con Patty Threet alla casa della festa. Era una casa da media borghesia californiana, con il piccolo cancello d'ingresso e il prato ben curato sul davanti, il giardino sul retro con piscina e barbecue. Nel giardino c'era musica da uno stereo, ragazzi e ragazze che sembravano usciti da qualche serie televisiva degli anni Sessanta: le facce, le pettinature, i colori, i gesti, i nomi, le voci, le magliette, le gonne, i jeans, le scarpe.

Rhonda Rawlings era come me la ricordavo dal suo rapido passaggio nella casa di Olive Street: mi piaceva il suo modo di ridere agli auguri dei suoi amici e prendere in mano i pacchetti dei regali che le avevano portato, scartarli piena di curiosità. Mi ha salutato con un piccolo slancio allegro, poi è passata a salutare le altre persone che arrivavano, si muoveva leggera da un punto all'altro della festa. La guardavo a distanza, e pensavo che era mille volte più carina e semplice e naturale di Jeannette Rice con cui stavo scivolando in una specie di corteggiamento ufficiale per pura forza d'inerzia. Pensavo che era lei il tipo di ragazza che avrei voluto; anche se non ci eravamo quasi parlati potevo immaginarmi un'intera vita con lei: colazioni, passeggiate, sesso, letture, cibo, case, luoghi, viaggi, sorprese, figli, tempo, tutto.

Avrei voluto andare a dirle qualcosa, ma ero seduto sull'erba di fianco a Patty Threet con una lattina di birra in mano e lei mi sembrava sempre impegnata in altri contatti, ogni volta che stavo per alzarmi c'era qualcuno che attraversava la linea del mio sguardo. E Patty Threet ha cominciato a starmi addosso e dirmi cose all'orecchio, non capivo se per via della birra o perché avevo creato un equivoco la sera del concerto. Avrei voluto prendere una distanza visibile da lei, ma nel mio stato di fluidità comunicativa da Quaalude non era facile. Mi dispiaceva deluderla, e in un modo superficiale ero contento che si concentrasse su di me; i miei pensieri erano incostanti quanto le mie percezioni.

Poi qualcuno ha messo sullo stereo un boogie woogie frenetico e tutti hanno cominciato a ballare, e ho visto Rhonda Rawlings che si affacciava tra le risa e i gesti e le magliette colorate e con il suo sorriso incantevole mi faceva cenno di ballare con lei. E invece di schizzare in piedi come una molla e prenderla per mano e muovere le gambe a ritmo con il massimo dell'energia e sorriderle e dirle cose gentili e cose interessanti e cose profonde e cose allegre e mettere in gioco tutte le mie qualità disponibili e farla ruotare e farla volteggiare e complimentarla e abbracciarla e baciarla, sono rimasto seduto sul prato perché non ero sicuro che il suo sorriso e il suo cenno fossero rivolti proprio a me, e perché Patty Threet mi stava dicendo qualcosa di irrilevante all'orecchio.

Quando finalmente l'ho capito e sono riuscito a liberarmi da Patty Threet e mi sono alzato e ho attraversato la mischia frenetica di ballerine e ballerini, Rhonda Rawlings ormai ballava con un altro ed era offesa in modo irrimediabile. Non ha neanche risposto al mio sguardo o al mio sorriso disperato mentre le giravo intorno: persa per sempre.

Jeannette Rice mi ha telefonato per invitarmi a cena da sua sorella e suo cognato. I nostri rapporti si evolvevano secondo un automatismo assurdo, fatto di telefonate e domande e risposte e complimenti neutri e battute deboli, apparenti curiosità. A tratti mi rendevo conto di quanto fosse un comportamento privo di senso, in particolare se lo paragonavo al mio terribile ritardo di reazione con Rhonda Rawlings a cui avrei dedicato volentieri la mia vita. Ma il fatto che Jeannette Rice desse per scontato che ero interessato a lei mi spingeva a comportarmi come se lo fossi davvero; ero intrappolato in un gioco di richieste e offerte. Per un riflesso che non riuscivo a spiegare mi sembrava che Jeannette Rice fosse la vita reale, e Rhonda Rawlings solo un lampo suggestivo dell'immaginazione; mi lasciavo convogliare da una forma minore di destino.

Così la sera della cena mi sono messo la dinner jacket di tessuto sintetico verde pavone che avevo comprato in un negozio di vestiti usati e ho inghiottito mezza pillola di Quaalude e sono andato con la mia Plymouth Fury III a prendere Jeannette alla sua casa nel canyon. Lei non aveva ancora finito di prepararsi; si è affacciata sulla porta con un asciugamano in testa, mi ha detto di entrare un attimo. In cucina c'erano le due tipe con cui divideva la casa, quando le ho salutate ridacchiavano. Mi sembrava che il mezzo Quaalude non avesse fatto molto effetto, così ho inghiottito l'altra metà che mi ero portato dietro per quando l'effetto della prima metà fosse calato. Ho dato un'occhiata al soggiorno tutto vetri e legni rossastri e mobili contemporanei: era una casa da ragazze ricche, probabilmente di proprietà dei genitori di una delle tre.

Jeannette dalla sua stanza ha detto «Sono pronta»; ha chiuso il secondo orecchino a pendente, e il gancio di metallo le ha tagliato in due il lobo sinistro. Mi ha fatto uno strano effetto: parte orrore da incidente e parte sorpresa da numero di magia. Non le è uscito sangue, e lei l'ha presa con una strana noncuranza; ha detto «*Lo sapevo.* A furia di portare orecchini troppo pesanti». Non capivo se minimizzava perché c'ero io, ed era un altro degli atteggiamenti che aveva ereditato da suo padre, o davvero non le importava molto del suo lobo. Le ho chiesto se voleva che la portassi a un pronto soccorso o da qualche medico; Jeannette ha detto «Lascia perdere. Muoviamoci, o mia sorella sarà furiosa. Detesta la gente che arriva in ritardo».

In macchina continuavo a guardarle l'orecchio con la strana fessura lineare e a chiederle se le faceva male, ma anche se mi dispiaceva per lei non riuscivo a provare molta partecipazione. Al contrario, il suo lobo tagliato me la rendeva ancora meno attraente o vicina; eppure mi rendevo conto che i miei gesti e sguardi erano tutti interpretabili come manifestazioni di attaccamento. Pensavo che stavo ripercorrendo con lei gli stessi passaggi che anni prima mi avevano portato a mettermi con Minna Torre anche se non mi piaceva, e a restarci insieme per un secolo intero di noia. Pensavo a quanto è facile scivolare nella vicinanza e da lì nella familiarità senza un vero slancio o una vera convinzione, solo seguendo una deriva di bisogno totalmente generico di non essere soli.

Jeannette mi ha fatto fermare davanti a un cancello di ferro, è scesa a dire qualcosa al citofono. Il cancello si è aperto su un viale illuminato da una doppia fila di faretti, che portava a un edificio bianco e largo con colonne neoclassiche. Era una specie di residenza presidenziale in scala appena ridotta; Jeannette mi ha guardato rapida per capire se ero colpito.

La sorella di Jeannette si chiamava Henrietta, era simile a lei ma in una versione più adulta e compatta, con i capelli più corti. Mi ha dato un paio di brevi occhiate molto tecniche, cercava credo di rapportarmi alle descrizioni di sua sorella. Ci ha fatti entrare nel grande soggiorno e subito è arrivato Steven Culleghan, ha detto «Signore e signori buonasera». Era identico alla fotografia che mi ricordavo nella doppia pagina pubblicitaria della rivista di musica: compresi la giacca da smoking e il farfallino e i capelli a pelliccia di tasso e il sorriso a trentadue denti. In effetti sembrava una fotografia promozionale a tre dimensioni, più che una persona vera; c'era una strana omogeneità tra la stoffa dei suoi vestiti e la superficie della sua faccia. L'altra cosa strana era il suo modo di passare da un atteggiamento a un altro, in una gamma ugualmente innaturale: assumeva toni da uomo posato con sua moglie e faceva osservazioni da vecchio a Jeannette, poi di colpo scoppiava in una piccola risata acuta e si muoveva come un bambino di otto o nove anni.

Henrietta Rice aveva preparato una cena formale; ho capito quasi subito che era una specie di esame in cui vagliare i miei titoli a entrare in famiglia. C'era una cameriera messicana che andava e veniva con i piatti di portata e versava il vino; la padrona di casa diceva

«Grazie» in un mezzo soffio che doveva sembrarle elegante, seduta al suo posto più rigida che poteva. Ogni tanto scambiava uno sguardo con sua sorella; avevano lo stesso naso dritto anche se di lunghezze diverse, i loro occhi azzurri erano ugualmente piccoli, con le pupille ugualmente strette.

Steven Culligham aveva una forma di presunzione che doveva venirgli dalla capacità di identificare senza errore qualsiasi nota e dall'avere codificato e brevettato questa capacità; tendeva a spiegarmi tutto di tutto, dai meccanismi elettorali del Congresso agli effetti dei raggi solari sulla pigmentazione della pelle. Parlava e mangiava polpettone al pistacchio, sorrideva anche quando non ce n'era ragione, stava in costante contatto di sguardi con sua moglie Henrietta.

A un certo punto mi ha detto «Così scrivi libri sulla musica?».

«Sui musicisti» ho detto; cercavo di deglutire il polpettone al pistacchio.

«Ne ha già pubblicati quattro» ha detto Jeannette Rice. Sembrava leggermente incerta se essere orgogliosa o imbarazzata di me; guardava suo cognato come se si aspettasse un'indicazione in un senso o nell'altro.

«Quali musicisti?» ha detto Steven Culligham; mi guardava fisso, con appena una piccola traccia di sorriso.

Gli ho detto i nomi; ho detto «Sono delle interviste. Dei libri-intervista». I due mezzi Quaalude che avevo preso mi rendevano fin troppo morbido e vago per la conversazione, eppure non mi sembrava che riuscissero a farmi superare il disagio. Continuavo a berci sopra vino, malgrado gli avvertimenti di Tim Hotchinsky sugli effetti dell'alcol mescolato al metaqualone.

«Li conosco, tranne Ohanian» ha detto lui. «Siamo

buoni amici. Ho spedito a ognuno di loro *L'Orecchio Infallibile* in omaggio e mi hanno risposto con delle belle lettere di ringraziamento.»

«Sono appese di là nello studio» ha detto Henrietta Rice.

«Chi li pubblica qua in America, i tuoi libri?» ha detto Steven Cullighan.

«Nessuno» ho detto. «Sono usciti solo in Italia. Strettamente per il mercato italiano.»

«Perché?» ha detto lui; subito sotto il sorriso aveva un'espressione dura.

«Perché qui non venderebbero mai» ho detto. «Totalmente invendibili.» Mi sembrava di estendere troppo le vocali: di dire "Tootaalmeentee". Ma non ne ero sicuro; sapevo di non potermi fidare delle mie percezioni.

«La stessa cosa che diceva papà de *L'Orecchio Infallibile*» ha detto Henrietta Rice. «Quando ho fatto venire Steven a cena per presentarlo in famiglia e lui ha raccontato del suo metodo e dell'idea di venderlo per corrispondenza, papà ha detto "Figurarsi, vendere per corrispondenza un metodo per riconoscere *le note*"».

Steven Cullighan rideva; ha detto «Me lo dicevano tutti, non solo papà».

«Sì, ma papà lo sai com'è» ha detto Henrietta Rice. «"Puoi vendere attrezzi da giardinaggio o stivali di gomma per corrispondenza, non *note*."» L'imitazione del tono di suo padre era identica a quella che faceva Jeannette, compresi i gesti di accompagnamento.

Ho detto «Jeannette imita vostro padre nello stesso identico modo».

Lei e Jeannette si sono guardate rapide, senza sorridere.

Ho detto «Dovete esservi esercitate un sacco, tra di voi». Le parole mi si allungavano come elastici; sorridevo al punto che mi faceva male la bocca, eppure continuavo a essere a disagio.

Jeannette mangiava e stava zitta e controllava la situazione a sguardi, lasciava il campo libero a sua sorella e suo cognato.

Henrietta Rice ha detto «Però Steven non ha mai avuto il minimo dubbio che avrebbe funzionato. Mai».

«Be', perché ci credevo» ha detto Steven Cullighan.

Henrietta ha detto «La prima volta che sono andata nel suo appartamento, era pieno di cofanetti con i nastri e i libri già imballati e pronti da spedire. Ce n'erano credo diecimila».

«*Venti*mila» ha detto Steven Cullighan.

«In ogni caso non trovavi un angolo libero dove sederti» ha detto Henrietta Rice. «Quando li ho visti ho avuto paura che non glieli avrebbero mai ordinati tutti.»

«Coraggioso» ho detto, ma mi è venuto male: "Cowraugiousou".

«Sì. Mi ha anche aiutato Dio» ha detto Steven Cullighan.

«E quando ha cominciato a funzionare?» ho detto; mi stupivo che riuscissero a capire le mie parole.

Henrietta ha detto «Be', la vera svolta è stata quando è andato a *Big Night Out* ed è riuscito in cinque minuti a far riconoscere a Jerry Mooney la tonalità di un pupazzetto che aveva sulla scrivania».

«Era in Sol» ha detto Steven Cullighan. «Più facile di così! Chiunque ci sarebbe riuscito, con un minimo aiuto. Quando dici la fortuna.»

«Il giorno dopo è arrivata una valanga di ordini da tutto il paese» ha detto Henrietta Rice.

«La settimana dopo abbiamo dovuto affittare un magazzino» ha detto Steven Cullighan. «Non c'era più verso di far stare tutti i cofanetti nell'appartamento.»

Ho avuto paura che ricominciassero a farmi domande, così ho chiesto dov'era il bagno. Ci sono andato, ho inghiottito un altro Quaalude intero che mi ero portato come risorsa estrema nell'altra tasca della giacca.

Sono tornato a tavola come se camminassi sulla gomma, e Jeannette si è messa a raccontare in equilibrio sottile tra entusiasmo e cautela che oltre a scrivere libri sulla musica suonavo anche la chitarra e cantavo. Sua sorella e Steven Cullighan facevano di sì con la testa, continuavano a scrutarmi come due esaminatori. Io non riuscivo a sentire il sapore degli spinaci all'ananas che avevo davanti, mi muovevo male, bevevo ancora. Ho fatto urtare il bicchiere contro il bordo del piatto.

Steven Cullighan mi ha detto «Che nota era, quella?».

«Non ne ho idea» ho detto. La voce mi risuonava tra l'osso temporale e l'orecchio interno: qualcosa come "Nuoon hou iiideaah".

«Si bemolle» ha detto lui. Si è alzato di scatto e un istante dopo era seduto al pianoforte a coda a battere un dito insistente sul Si bemolle. Ha detto «Visto?». Sorrideva e sorrideva; ha detto «Adesso prova a cantarmi un Do diesis».

Non ero neanche sicuro che stesse parlando a me; ho provato a sorridere come faceva lui ma era un'azione che coinvolgeva troppi muscoli nella faccia, mi faceva perdere l'equilibrio.

Steven Cullighan ha detto in uno scoppio di voce «Alberto, un Do diesis. Cantalo».

«Non ci riesco» ho detto: "Nnuown ciiih rhieeschoou". Non riuscivo neanche a stare seduto dritto.

«Provaci» ha detto lui. «Provaci.»

Ho detto «Nuoun saahpreehii neehancqwee daah douwee koumiinchauree»; non mi sembrava che ci fosse più un rapporto diretto tra le parole che pensavo e i suoni che mi uscivano dalla bocca.

Le due sorelle Rice mi fissavano; mi chiedevo perché le loro pupille fossero sempre così strette, e i loro nasi così dritti. Steven Cullighan ha detto «Forza, dai. Forza forza forza».

Giusto per uscirne in qualche modo ho cantato «Dooooooooouuuh», con una specie di gesto da tenore moribondo e una voce che mi sembrava provenire da qualche altro punto del soggiorno.

Steven Cullighan si è messo a ridere nel suo modo infantile, sembrava avvicinarsi e allontanarsi a scatti anche se era sempre fermo sulla panchetta del pianoforte. Ha detto «Fuori tono, Alberto! *Miglia* fuori tono! Era un *La bemolle*!». Ha suonato e risuonato le due note, ha detto «Senti? Do diesis, La bemolle! Do diesis, La bemolle! Do diesis, La bemolle! Sei un sordo tonale, Alberto!».

«Eewiideehnteehmeenteeh» ho detto. Guardavo Jeannette in cerca di qualche tipo di aiuto, ma non era disposta a darmene, oppure incredibilmente non pensava che ne avessi bisogno.

«Ma puoi guarire!» ha detto Steven Cullighan. «Chiunque può guarire dalla sordità tonale! Abbiamo venduto quasi due milioni di copie de *L'Orecchio Infallibile* in tutto il mondo a persone tonalmente sorde che sono guarite! Adesso riescono a riconoscere qualsiasi tono anche loro! Subito! E a cantarlo!»

Ho bevuto altro vino; la cosa assurda è che ero del tutto fuso, e ancora continuavo a sentirmi troppo lucido e consapevole per la situazione.

Poi la situazione si è impastata in una successione di sguardi e gesti e parole che mi venivano incontro e mi passavano oltre senza che io riuscissi a registrarli o a reagire in nessun modo adeguato. Mi sembrava di nuotare in un acquario per pesci tropicali, illuminato e riscaldato e raddensato da sale o zucchero o qualsiasi altra cosa ci avessero versato dentro. Eravamo ancora seduti a tavola ed eravamo in piedi sul pavimento oscillante del soggiorno ed eravamo reclinati su divani che galleggiavano e ondeggiavano in avanti e all'indietro e da un lato all'altro; vedevo occhi e facce e bocche e dita in movimento, troppo lontano o troppo vicino. Parlavo a mia volta, e facevo gesti e guardavo, ma come se fossi un altro a una buona distanza da me stesso; ridevo e cercavo di toccare una testa o una spalla ma non ci riuscivo. Tutto andava avanti e indietro e avanti; era una situazione senza fine.

Poi invece io e Jeannette Rice eravamo fuori da casa Cullighan e nella Plymouth Fury III verde che miracolosamente seguiva la strada tra le colline senza quasi nessuna assistenza da parte mia. Apprezzavo moltissimo la sua natura di vecchio filobus dai riflessi lenti, il modo che aveva di procedere senza strappi o scosse lungo le curve e nei tratti dritti. Stavo reclinato all'indietro contro lo schienale e guardavo Jeannette alla mia destra: continuava a sembrarmi un'abitatrice di acquari tropicali, non avevo la minima idea di chi fosse o cosa pensasse.

Poi eravamo fermi davanti a casa sua e lei con un movimento lunghissimo mi è venuta addosso. Ha preso prima un lungo respiro, o così mi è sembrato: è andata leggermente all'indietro e ha detto forse qualcosa ma non ho capito cosa ed è precipitata avanti e mi ha premuto la bocca contro la bocca e la lingua contro la lingua con un'insistenza stupefacente. Mi sembrava di essere sul fondo dell'acquario tropicale, adesso: di essere una lumaca dei mari del Sud che si strusciava contro un'altra lumaca dei mari del Sud, per ragioni difficili da capire a meno di non essere degli specialisti.

Non riuscivo a distinguere in modo preciso tra

sensazioni gradevoli e sgradevoli; avevo solo una generica percezione di pressione e trazione e suzione, salinità sottomarina calda e scivolosa. Era come se non fossi propriamente lì, ma da qualche parte sopra o sotto o dietro il significato di quello che succedeva. E un istante dopo, o forse cinque o venti minuti dopo, mi è venuto da vomitare. Mi sono staccato con uno sforzo terribile da Jeannette, ho fatto mezzo giro angoscioso su me stesso, ho impiegato non so quanto ad aprire la portiera. Jeannette ha detto «Non vado a letto con uno subito dopo il primo bacio» o qualcosa di altrettanto stupefacente: non ero neanche sicuro che avesse parlato ma ho visto le sue labbra che si muovevano. Appena fuori dalla macchina ho vomitato e vomitato, alla base del lampione di fianco al suo cancello d'ingresso.

Poi mi ricordo solo di avere guidato lungo tutta la Main Street di Santa Barbara senza fermarmi a un solo semaforo. Vedevo gli incroci avvicinarsi e continuavo ad andare dritto come in un sogno abbastanza realistico senza neanche provare a frenare o rallentare, con una forma di distacco appena venata dalla speranza che non arrivasse nessuno in piena velocità da destra o da sinistra.

Al mattino mi sono svegliato sulla moquette biancastra del soggiorno di casa, con un mal di testa intollerabile e lo stomaco dolorante come se mi avessero preso a pugni. Patty Threet e Louis il sanbernardo mi guardavano perplessi; lei ha detto «Tutto ok?».

Sono salito alla mia mansarda e ho preso il sacchetto con i pochi Quaalude che mi rimanevano, li ho buttati nel gabinetto e ho tirato l'acqua.

La cosa più strana di tutte è che Jeannette Rice e la sua famiglia non avevano affatto avuto una brutta impressione di me. Lei mi ha telefonato nel pomeriggio con un tono brillante, ha detto «Mia sorella e Steven ti hanno trovato molto simpatico. Henrietta dice che hai proprio un'esuberanza mediterranea».

«Ringraziali tanto» ho detto. «Digli che anch'io li ho trovati simpatici.» Quando ho messo giù non riuscivo a crederci.

Milano, 28 giugno

Dearest Albert ·
come ti va come ti va? Qua posso solo dirti che VA come non potrebbe andare di più neanche ad avere un turboreattore incorporato un riflettore montato su un elicottero che mi segue dall'alto dovunque vado questa è semplicemente la vita che avrei dovuto sempre avere né più ne meno l'unica cosa che non capisco è perché non è cominciata qualche anno prima perché non è cominciata quando avevo sedici anni ma in fondo va bene così almeno riesco ad apprezzarla di più non ti pare? Comunque solo per dirtene una: sono andato a letto con SAMANTHA HOGSON yes Sir non metterti a scuotere la testa a fare tanto l'incredulo è la pura verità ci siamo rivisti perché eravamo ospiti di un nuovo programma della Rai televisione si chiama "Tutto Un Mondo" condotta da Fulvio Pascone quello non muore mai una cavolata senza fine ma ha non so quanti milioni di spettatori va in onda il giovedì in prima serata mi avevano supplicato di

andare a parlare del libro nuovo ma la cosa decisiva è stata quando mi hanno detto che tra gli ospiti c'era anche lei quando sono arrivato lì eravamo ancora dietro le quinte Samantha appena mi ha visto è venuta ad abbracciarmi come se fossi il suo più caro amico capito è stata lei a venire da me io non l'avevo ancora vista avresti dovuto vedere le facce degli altri ospiti italiani di tutti i tecnici della regista del programma delle assistenti etc. etc. Credo che si siano resi conto solo in quel momento di chi è Raimondo A. Vaiastri l'unico giornalista-scrittore italiano che invece di fare il guardone a distanza dei veri giganti ha a che fare con loro da pari a pari. Comunque altra bella coincidenza mandata dal cielo ci mettono seduti di fianco su un divanetto così abbiamo continuato a parlottare a ciancicare a ridere tutto il tempo che non eravamo inquadrati anche quando eravamo inquadrati ci sorridevamo o ci dicevamo una parola o due è stato fantastico aver studiato inglese con la cieca capivo tutto quello che lei mi diceva c'era una differenza abissale dalla prima volta sembrava proprio la mia seconda lingua il trucco è tutto nel fare un accento americano credibile accartocciato biascicato arranocchiato sai con le erre belle rotolate sta anche nel fare finta di essere perfettamente a tuo agio sai proprio senza il minimo minimo sforzo proprio

come se ti venisse fuori così proprio la cosa più facile più naturale al mondo. Comunque con Samantha stavamo appiccicati lì sul divano figurati che Fulvio Pascone con quella sua testa tonda del cavolo ha fatto anche un paio di battutine tipo "Non è che la bella Samantha subisce il fascino latino del nostro Raimondo Vaiastri?" capito già il fatto di dire "il nostro Raimondo Vaiastri" dava a non so quanti milioni di spettatori l'idea che sono proprio uno di loro capito uno dei VERI NOMI che basta dirli hai già detto tutto comunque Samantha si è messa a ridere sai con quel suo risolino che c'è alla fine di "Just Like Me" proprio lo stesso risolino sexy da morire come se desse ragione a Pascone madonna Albert ho sentito che potevo andare dritto avanti come un treno sarei stato un cretino imbecille senza palle a tirarmi indietro.
Comunque ho continuato a seguire la linea naturale capito la linea di quello che non è affatto emozionato non è neanche particolarmente colpito giusto attento gentile quanto basta a darle l'idea che lo so che è una bella donna che è una vera star etc. etc. Quando siamo usciti alla fine della trasmissione le ho chiesto se per caso aveva voglia di andare a bere qualcosa insieme lei ha detto "Yeah" sai in quel modo metà scherzo metà desiderio impossibile perché c'erano anche il suo agente la

sua segretaria il suo bodyguard l'assistente il responsabile del programma non è che Samantha Hogson se ne possa andare a bere qualcosa in un bar così come una comune cristiana non poteva neanche parlare tanto liberamente perché le stavano addosso sai proprio scortata ma siamo rimasti lo stesso qualche minuto lì in corso Sempione davanti alla Rai mentre aspettavamo la sua limousine gli altri erano tutti nervosi neanche fosse la fine del mondo due minuti di ritardo intanto lei mi ha detto che tornava in albergo ma l'ha detto in un modo sai come per farmi capire che c'era uno spiraglio sai quelle cose che senti se sei abbastanza sveglio se sei abbastanza attento così le ho chiesto che albergo era con aria di niente lei me lo ha detto intanto è arrivata la limousine lei mi ha abbracciato baciato ha detto "Bye bye" si è infilata nella limousine come se non dovessimo vederci più ma io quando la portiera era ancora aperta le ho detto "Ci vediamo" con appena un punto interrogativo in fondo sai per dare l'idea che era una domanda ma se lei non voleva vedere che era una domanda poteva fare finta di niente invece non ha fatto finta di niente perché mi ha guardato fisso negli occhi con quei suoi occhi enormi ha fatto appena di sì con la testa subito la portiera si è richiusa la limousine è andata via non credo di essermi mai sentito come in quel momen-

to preciso non hai idea di che cavolo di scossa ti può dare anche solo l'idea di una cosa del genere.
Comunque per fartela breve che se no sto qui fino a domani a raccontare il tuo Raimondo A. Vaiastri ha preso un taxi si è fatto portare in piazza della Repubblica è entrato nell'albergo di Samantha Hogson ma con tutta calma per non incontrare gente del suo giro è andato dritto alla reception ha chiesto una stanza matrimoniale anche se costava una cifra da farti venire la pelle d'oca Albert solo a sentirla avresti dovuto vedere il porcone rivestito lì della reception con che cavolo di faccia sospettosa mi guardava perché ero senza bagagli perché non avevo l'aspetto del loro cliente tipo (per fortuna mia) allora gli ho detto che se voleva gli facevo un assegno subito lui ha detto "Ma no ci mancherebbe naturalmente salda tutto alla partenza" gli ho detto di farmi portare in camera anche una bottiglia di champagne francese perché avevo preso l'onda giusta mi veniva tutto naturale non volevo fare proprio niente a metà anche se gli avrei sputato in faccia tanto era falsone porcone ma comunque non me ne poteva fregare meno di lui semmai mi sembrava un delitto buttare via tutti quei soldi per una notte ma dimmi un po' quante volte nella vita ti capita di passare una notte con Samantha Hogson mica la potevo invitare a casa dei miei

o nella mansarda di mio cugino che non ha neanche l'ascensore in più adesso che è estate è calda come un forno comunque lei non ci sarebbe venuta mai l'unica paura era che non ero proprio sicuro al mille per mille di cosa significava lo sguardo che mi aveva dato prima di infilarsi nella limousine però mi sono detto che cavolo si vive una sola volta oggi sono una star del giornalismo rock internazionale domani chissà anche se spero che domani sia ancora meglio naturalmente etc. etc. Comunque caro il mio Albertastro non avevo capito male proprio per niente perché la signorina Hogson appena l'ho chiamata dalla mia camera ha risposto tutta vezzosa friccicosa maliziosa gattosa non hai idea avevo il cuore che mi batteva a mille mi sembrava una specie di sogno più che una cosa vera mi sono scolato due bottigliette di gin che c'erano nel frigobar perché per lo champagne naturalmente volevo aspettare lei continuavo a camminare avanti indietro dopo forse mezz'ora ho sentito bussare alla porta ho fatto un salto sai da cartone animato fuori c'era proprio lei Samantha Hogson che ha venduto non so quanti milioni di dischi in tutto il mondo che ha vinto non so quanti Grammy Awards aveva addosso una specie di vestagliona di raso con il cappuccio non riuscivi neanche a vederla in faccia mi sono preso un mezzo accidente appena lei è entrata dentro la mia ca-

mera ha detto "Gimme something to drink" per fortuna avevo fatto la cosa giusta a chiedere lo champagne se no ti immagini la figura del miserabile a tirare fuori le bottigliette del frigobar che tra l'altro finivano per costarmi quasi uguale è incredibile quanto sono ladri in questi alberghi comunque avresti dovuto vedere come se l'è trincato in pochi sorsi neanche fosse acqua rideva tutta contenta mi ha presentato la coppa vuota per farsela riempire di nuovo in dieci minuti avevamo bell'e che finita la bottiglia ho dovuto ordinarne un'altra ho aspettato il cameriere fuori sul corridoio per non fargli sbirciare dentro a vedere chi c'era con me etc. etc.
Insomma Albert ti ci vogliono cinque minuti per abituarti a questo livello di vita ma una volta che ti ci sei abituato fila tutto come in un sogno perché quando sei ricco quando sei famoso magari alcune cose sono un pochino più complicate però la maggior parte delle cose sono incredibilmente più semplici è come scivolare anche in salita capito entri nei posti compri le cose prendi le camere di lusso ordini lo champagne francese te lo portano subito tutte le porte ti si aprono succede tutto come per magia sei in questo continuo movimento esaltante invece quando sei povero quando sei sconosciuto è incredibile come tutto è inchiodato fermo anche per anni di seguito non si smuove niente

non succede niente tranne proprio quello che non vorresti che succedesse etc. etc. Comunque ti tralascio quello che è successo dopo perché tanto sei adulto te lo puoi immaginare ti dico soltanto che forse non è stata proprio la performance erotica più spettacolare del tuo Raimondo A. Vaiastri perché non mi sembrava di essere proprio in controllo totale della situazione anche tutto lo champagne sopra la vodka non è che mi aiutasse tanto però ti assicuro che non devo nemmeno aver fatto proprio una figura orrenda perché poi Samantha alla fine mi ha detto "Sei dolce" mi ha detto "You're sweet" capito non aveva l'aria di quella tremendamente delusa sembrava abbastanza contenta certo se avessi avuto più tempo per prepararmi mentalmente poteva essere una cosa indimenticabile ma mica lo sapevo in anticipo mica ero uscito di casa con l'idea di finire a letto con Samantha Hogson la cosa importante è che lei non mi sembrava orrendamente delusa anche se è chiaro che avrebbe potuto essere meglio ci sono state delle volte che sono stato anche molto meglio mi fa rabbia pensare che magari ero con una di cui non me ne fregava molto comunque è sempre così ma in ogni caso Samantha ha detto che avevo un bel fisico ha detto che la facevo divertire il che credo sia una cosa che non le capita tanto spesso figurati che genere di vita fanno queste megastar tra agenti promoter interviste fans uno da fuori si immagina chissà cosa ma in realtà è uno stress continuo non è che hanno tanta libertà di movimento etc. etc. Comunque naturalmente lei se n'è tornata nella sua stanza nel mezzo della notte perché ha detto che il giorno dopo doveva essere riposata non voleva le borse sotto gli occhi non voleva mettere sospetti alla gente del suo seguito d'altra parte questi vanno in giro così non vanno mica in giro per conto loro hanno bisogno di essere scortati protetti coccolati tutto il tempo hanno bisogno di avere qualcuno per qualunque minima cosa che una persona normale fa per conto suo non sono neanche capaci di mettersi le scarpe da soli la cosa buffa è che quando uno arriva a questi livelli diventa una specie di invalido è una cosa buffa perché dal di fuori non ci penseresti io sono a un buon livello di fama ma non proprio a quel livello perché le scarpe preferisco mettermele ancora comunque sono disposto a disimparare quando ci arrivo. Comunque Samantha mi ha detto che forse potevamo rivederci la notte dopo perché doveva restare ancora un giorno a Milano per seguire delle sfilate però anche se ero tentato le ho detto che dovevo tornare ad Amsterdam perché pagare un'altra notte d'albergo pagare minimo altre due bottiglie di champagne francese voleva dire bruciare metà dei soldi dell'ultimo libro mi sembrava davvero un po'

troppo anche se la tentazione l'ho avuta mi sarebbe anche piaciuto lasciarle un'impressione un po' migliore della prima notte però oltretutto lei non era neanche sicura di poterlo rifare ha detto "Maybe" così magari prendevo la camera prendevo lo champagne bruciavo una valanga di soldi per restare magari lì da solo come un cretino tutta la notte.
A proposito di soldi quello che ti volevo dire già da un po' di tempo è che finora ti ho sempre mandato metà dell'assegno del Damiadiama meno le tasse come eravamo d'accordo all'inizio però adesso le cose sono diverse da com'erano all'inizio quando io non ero nessuno tu non eri nessuno c'eravamo buttati in questa storia alla pari senza neanche sapere se ne veniva fuori qualcosa o era solo un buco nell'acqua ce ne tornavamo a casa scornati abbacchiati etc. etc. Però adesso io ormai sono il più grosso giornalista rock italiano la storia con Samantha Hogson dovrebbe darti un'idea ma ti basterebbe anche solo sentire il telefono dei miei che suona di continuo sentire la gente che mi cerca la gente che mi vuole ti basterebbe dare un'occhiata ai giornali che citano le mie opinioni sulla musica sui giovani sull'America sull'Inghilterra su qualsiasi cosa di vagamente collegato alla musica mettono la mia foto in un riquadrino ti basterebbe vedere anche solo tutte le rivistine del

cavolo per giovani che rubacchiano pezzi dalle mie interviste che le citano tra virgolette forse da lì tu Alberto non te ne puoi rendere conto ma se ti facessi un giro qui capiresti come stanno le cose saresti d'accordo che non ha più senso dividere al cinquanta per cento i soldi dei libri. Ci ho pensato bene quello che ti posso proporre per la nuova intervista appena consegnata è il venticinque per cento a te il settantacinque per cento a me credo che sia una cosa giusta comunque sono dei bei soldini che ti arrivano senza nessuno sforzo renditi conto che continuare a fare a metà sarebbe una cosa abbastanza assurda sono sicuro che riesci a capirlo ci siamo sempre parlati da amici fin dagli inizi è solo che le cose cambiano adesso sono proprio cambiate per fortuna non credo proprio che dovremmo lamentarci.
Va be' questa lettera è venuta ancora più lunga del solito forse dovrei smetterla di usare questa cavolo di macchina da scrivere elettrica se scrivessi a mano sono sicuro che le lettere mi verrebbero più corte se non altro perché ci metterei molto di più a scrivere una parola dietro l'altra invece così in pratica la macchina fa tutto da sola comunque ti mando un grosso abbraccio adesso devo andare a Radio Extrasound dove fanno una retrospettiva sui Traffic naturalmente volevano il parere autorevole del tuo Raimondo A. Vaiastri

che li ha sentiti suonare nel loro primissimo concerto a Londra quando erano ancora quasi dei bambini ancora non li conosceva quasi nessuno ma ad avere orecchio lo si capiva da subito che avevano un futuro.
Sincerely yours
R.A.V.

La lettera di Raimondo del 28 giugno mi ha lasciato in uno stato di disagio che a differenza delle altre volte non si è dissolto dopo qualche ora, e neanche dopo qualche giorno. L'ho riletta tre o quattro volte, lunga com'era: mi colpiva come fosse ormai convinto di essere realmente quello che aveva fatto finta di essere. La fase della simulazione consapevole era passata, adesso non aveva più nessun dubbio di essere una vera star dell'intervista rock. Che le interviste fossero finte e che le scrivessi io erano due dati cancellati; quello che contava per lui erano solo i risultati clamorosi. Vista in questa luce, la sua proposta di modificare le nostre percentuali non era un gesto meschino; al contrario, il fatto che pensasse comunque di darmi qualcosa poteva essere letto come una dimostrazione di generosità. Raimondo doveva considerarlo un gesto quasi sentimentale, il sostegno a un amico che aveva condiviso un tratto ormai lontano del suo cammino.

A vederla invece in una luce più razionale, tutta la faccenda mi suscitava una rabbia furiosa. Pensavo allo scrupolo non riconosciuto e non apprezzato che infondevo nelle mie ricerche e nella scrittura, a tutti i pezzetti che dovevo mettere meticolosamente insieme per ottenere l'effetto di una conversazione abbastanza fluida e credibile e ricca di notizie da poter diventare un libro che la gente voleva comprare. Eppure, se guardavo i libri-intervista allineati contro una delle pareti di legno bianco, era innegabile che il nome sulle copertine era quello di Raimondo, e che la faccia della fotografia nei risvolti era la sua.

Avevo una serie di immagini mentali nate dalle sue lettere, una più esasperante dell'altra: lui al telefono a dare opinioni sugli argomenti più diversi, lui a una festa pieno di atteggiamenti da grande conoscitore del mondo, lui che beveva champagne e rideva e si infilava nel letto con Samantha Hogson, senza più la minima ombra di dubbio di essersi meritato col suo lavoro tutto quello che gli succedeva.

Ho cominciato a scrivergli una lettera per fargli capire quanto la sua predisposizione a farsi trascinare da fantasie incontrollate lo aveva portato troppo lontano dalla realtà e in una zona pericolosa, dove sarebbe stato facile perdere gli amici migliori e anche finire in galera. Quando ho riletto le prime righe mi sono sembrate troppo aggressive; ho pensato che avrei dovuto usare un tono diverso se volevo farlo ragionare. Ho provato a scrivere un elenco di dati di fatto in ordine cronologico, punto per punto. Ma non ero abbastanza distaccato per questo approccio, e vedere gli elementi della questione battuti nero su bianco, ognuno con il suo numero, mi ha innervosito più di prima. In fondo sapevo che qualunque tipo di lettera potessi scrivere non avrebbe avuto alcun effetto su Raimondo.

Mi è tornata in mente la volta che avevamo fatto insieme un viaggio in Scozia, e lui mi aveva detto che a Edimburgo avremmo potuto dormire a casa di una ragazza con cui era stato due estati prima. Mi aveva raccontato una serie di dettagli minori su questa ragazza, che si chiamava Laureen Darwin e aveva uno spazio tra i denti davanti e i capelli biondi a caschetto e un padre insegnante di storia e l'abitudine di scrivergli lettere sensibili e appassionate nella speranza di rivederlo.

Eravamo arrivati alla stazione di Edimburgo stanchi morti la sera tardi, e mentre guardavo la città annerita di carbone sotto la pioggia pensavo a quanto era confortante l'idea di avere un posto caldo e amichevole dove stare. L'avevo detto a Raimondo, e lui aveva detto «Certo! E quasi sicuramente Laureen avrà in casa qualche dolce squisito appena sfornato, ha seguito un vero corso di pasticceria e si esercita di continuo!».

Però non aveva con sé il numero di telefono di Laureen Darwin, e non voleva neanche cercarlo su una guida o chiederlo al servizio informazioni. Leggeva e rileggeva l'indirizzo nella sua agendina da tasca, si era messo a domandare per strada come arrivarci. A causa del suo inglese approssimativo e dell'accento della gente del luogo avevamo dovuto fermare una decina di persone prima di trovarne una che ci potesse aiutare, ma alla fine eravamo riusciti ad arrivare alla via, zuppi d'acqua e infreddoliti. E una volta nella via era venuto fuori che Raimondo non sapeva neanche a che numero civico abitasse Laureen Darwin. Gli avevo chiesto come faceva allora a rispondere alle sue lettere; lui aveva detto che non rispondeva quasi mai, e quando lo faceva copiava direttamente l'indirizzo dalla busta. In compenso Laureen Darwin gli aveva mandato una sua foto con la casa sullo sfondo: era sicuro che l'avrebbe riconosciuta subito se l'avesse vista. Evitava di guardarmi negli occhi, sembrava completamente assorbito dalla ricerca della facciata giusta.

Avevamo camminato avanti e indietro lungo la via in pendenza sotto la pioggia battente, trascinandoci dietro le nostre borse da viaggio appesantite dall'acqua e fermandoci a guardare ogni facciata buia. Continuavo a dire «È questa? È questa?». Raimondo faceva di no con la testa; la desolazione mi arrivava fino al midollo delle ossa insieme al freddo e all'umido e alla mancanza di luce dello scenario intorno a noi. Pensavo a Robert Louis Stevenson che era scappato da Edimburgo per non morirci di tisi e di tristezza, verso il sole della Francia meridionale e verso quello più forte dei mari del Sud. Raimondo guardava le facciate e i numeri di fianco ai portoni e i nomi sui citofoni, rileggeva ancora l'indirizzo nella sua agendina da tasca.

Quando era stato chiaro che la nostra era una ricerca del tutto disperata, mi ero fermato sotto il riparo parziale di un cornicione e gli avevo detto «Ma *esiste*, questa Laureen Darwin?».

Lui aveva detto «Certo» a mezza voce; era scivolato via a testa bassa come da una domanda assurda, ma per un istante avevo intravisto una luce da fine-binario nei suoi occhi. Avevamo rifatto tutta la strada avanti e indietro ancora una volta, in una specie di rito estenuato e disperato per appagare la sua immaginazione fabbricatrice. Alla fine gli avevo detto che ero stufo e che pensavo seriamente che fosse pazzo e che volevo cercare un alberghetto o una pensione dove passare la notte finché c'era tempo. Raimondo finalmente si era fermato e mi aveva guardato con una specie di sorriso amaro: come se gli avessi appena distrutto per sempre la possibilità di avere una ragazza scozzese con uno spazio tra i denti davanti e i capelli biondi a caschetto e un nome famoso e un appartamento accogliente e un dolce squisito appena sfornato sul tavolo della cucina.

In seguito non aveva saputo o voluto trovare nessuna giustificazione o spiegazione per quello che era successo; semplicemente non aveva mai più fatto il minimo riferimento a Laureen Darwin. Neanch'io ne avevo più parlato, eppure quell'episodio aveva causato una smagliatura sottile nel tessuto della nostra amicizia, che stranamente sembrava dovuto a mancanza di fiducia da parte mia, più che a inattendibilità totale da parte sua.

Conoscevo Raimondo Vaiastri abbastanza bene da sapere che avrebbe letto qualunque mio tentativo di riportarlo alla realtà come un atteggiamento incomprensibilmente sleale; avrebbe scosso la testa con lo stesso sorriso amaro di Edimburgo, prima di rituffarsi nella giostra miracolosa che era diventata la sua vita.

Henrietta Rice

Henrietta Rice mi ha telefonato per chiedermi se la accompagnavo a scegliere un regalo che lei e suo marito intendevano fare a Jeannette per il suo compleanno. Non ne avevo nessuna voglia, e non sapevo niente del compleanno, ma sono rimasto così sorpreso all'idea che l'automatismo progressivo dei miei rapporti con sua sorella mi avesse portato a questo punto, le ho detto di sì con una piccola simulazione di slancio.

Ci siamo incontrati davanti a un grande negozio di arredamento sulla Main Street. Lei era vestita con un tailleur grigio metallizzato che le dava un'aria da signora anche se aveva solo tre anni più di Jeannette; mi ha salutato come se la cena a casa sua avesse sancito un mio ruolo quasi ufficiale di cognato. Provavo forse cinque per cento di piacere ad avere un ruolo, e novantacinque per cento di pura estraneità per le sorelle Rice e i loro piccoli occhi azzurri e la loro disposizione a inglobarmi nella famiglia. Mi chiedevo se per caso mi ero sbilanciato in dichiarazioni o affermazioni di qualche genere mentre ero sotto l'effetto del Quaalude e del vino a casa loro, ma non riuscivo a ricordarmelo. Tutto quello che mi ricordavo era la sensazione da acquario e il calore diffuso e una varietà di gesti e sguardi e parole senza forma, Steven

Culligan che batteva con insistenza sullo stesso tasto del pianoforte a coda.

Henrietta Rice in ogni caso ha cominciato a guidarmi tra divani e poltrone e lampade e tappeti; inclinava la testa, si metteva le mani sui fianchi, studiava un oggetto e passava oltre. Aveva gambe forti che la facevano procedere a strappi decisi; la guardavo di profilo e non era propriamente brutta, eppure non c'era verso che potesse sembrarmi bella. La sua nonbellezza non dipendeva dalla sua struttura compatta: c'era qualcosa di agghiacciante nel suo sguardo e nella sua mandibola, nella determinazione meccanica che animava i suoi movimenti. Non sembrava allegra né divertita all'idea di scegliere un regalo di compleanno per sua sorella; studiava i mobili a media distanza e chiedeva informazioni ai commessi come se stesse compiendo un'azione necessaria, da affrontare e risolvere con la massima efficacia.

Ogni tanto mi chiedeva un parere, ma poi non faceva neanche finta di tenerne conto, forse anche perché i miei pareri erano estremamente vaghi. Non capivo che bisogno ci fosse di regalare a Jeannette un mobile, visto che la sua casa nel canyon era già fin troppo arredata. Gliel'ho detto; Henrietta ha detto «Sì?». Ha chiesto il prezzo di una sedia svedese ergonomica, si è messa d'accordo per il recapito, ha pagato con la carta di credito.

Quando siamo usciti mi ha preso per un braccio con una forma fredda ma pressante di confidenza; le sue mani erano più forti di come mi aspettassi. Ha detto «Tu cosa pensi di regalare, a Jeannette?».

«Non lo so ancora» ho detto, in un tono di giustificazione che mi riempiva di rabbia verso me stesso.

Henrietta Rice mi ha trascinato oltre l'arco bianco di uno shopping center; ha detto «Hai almeno un'idea?».

«No» ho detto. Le guardavo il naso, le labbra sottili come quelle di sua sorella; mi chiedevo qual è la vera correlazione tra labbra sottili e caratteri aridi.

«Qualcosa di utile o qualcosa di bello?» ha detto lei; non mi guardava negli occhi, guardava le vetrine.

«Mah, forse qualcosa di bello *e* di utile» ho detto.

«Tipo?» ha detto lei.

«Tipo non so. Forse un disco o un libro. O una pianta, non so.»

Henrietta ha alzato un sopracciglio; aveva addosso un profumo che evocava fiori palustri, lo sprigionava a ogni minimo movimento. Ha detto «Il compleanno di Jeannette è domani. Non faresti meglio a pensarci adesso?».

«Sì» ho detto.

Eravamo davanti alla vetrina di una gioielleria: orologi tempestati di brillanti e collane di perle e orecchini di smeraldo e anelli di rubini luccicavano sui velluti neri. Henrietta ha detto «Steven per il mio primo compleanno insieme mi ha regalato un pendente di platino a forma di chiave di violino con otto diamanti, uno per ogni mese da quando ci eravamo incontrati».

Ho detto «Che carino».

«Ahà» ha detto lei. «E non aveva quasi soldi, allora. Tutto il suo capitale era investito nei cofanetti di libri e cassette del metodo e nelle pagine a pagamento sulle riviste.»

«Ancora più carino» ho detto.

Henrietta ha detto «Quel pendente mi ha fatto capire che ero importante per lui».

«Certo» ho detto; cominciavo a essere disperato.

Lei ha detto «Se vuoi ti aiuto io a scegliere. Li conosco abbastanza bene, i gusti di mia sorella».

In uno sforzo estremo per togliermi dalla situazione ho detto «Grazie, ma in realtà il regalo l'ho già scelto».

«Davvero?» ha detto lei. Mi guardava con la testa inclinata, ha detto «E allora perché facevi tanto il vago?».

«Così» ho detto.

«Volevi che fosse una sorpresa?» ha detto Henrietta.

«Sì» ho detto.

«E cos'è?» ha detto lei; forse c'era un fondo impercettibilmente seduttivo nel suo sguardo, ma non ne ero sicuro.

Ho detto «Non posso dirtelo, se no che sorpresa è?».

Lei finalmente si è staccata dalla vetrina della gioielleria, a malincuore. Siamo andati nello stesso bar dov'ero stato con sua sorella dopo che ci eravamo rivisti in libreria, abbiamo preso due frullati di mango e banana. Ho cercato di trovare qualche altro argomento di conversazione, ma Henrietta Rice continuava a insistere per sapere qualcosa del regalo a sua sorella; ha detto «Se me lo dici ti prometto che non dico niente a Jeannette, giuro. Crocina sul cuore».

«No» ho detto.

«Dammi almeno una traccia» ha detto Henrietta. Era mezza frivola e mezza seria, ma sempre nel suo terribile modo meccanico: mi sembrava di vedere le rotelle dentate dei suoi ingranaggi interiori che giravano.

Ho detto «No».

«È una cosa che si indossa?» ha detto lei, con la cannuccia del frullato tra i denti.

«No-o» ho detto. Dato che non avevo la più piccola idea di cosa regalare a sua sorella, mi veniva facile fare quello che difende un segreto a oltranza.

Ci siamo salutati alla sua macchina, che era una piccola Mercedes dello stesso colore del suo vestito. Henrietta ha fatto tempia contro tempia in due finti baci; ha detto «Domani sera giacca e cravatta, mi raccomando. Steven ci porta in un ristorante fantastico sulla costa, sarà una cosa abbastanza formale. E finalmente vedremo il tuo regalo. È chiaro che è una cosa importante, questo ormai l'ho capito».

Ho provato un senso di sollievo a vederla guidare via, ma quasi subito mi sono reso conto di essere affondato di un altro grado nello stagno di aspettative automatiche delle sorelle Rice. Camminavo lungo le vetrine della Main Street in cerca di ispirazione per un regalo che non avevo nessuna voglia di fare a una ragazza di cui non mi importava niente; mi chiedevo che origini aveva la mia tendenza a sentirmi in dovere verso chiunque manifestasse delle aspettative nei miei confronti.

Mario Rossi

Nel pomeriggio ero seduto sul materasso coperto di stoffe indiane nella mia mansarda e stavo ancora cercando una soluzione al problema del regalo di compleanno per Jeannette Rice e più in generale dei miei rapporti con lei, ho sentito la voce di Joe Barrick che gridava «Alberto, telefono!» dal piano di sotto. Mi sono affacciato a chiedergli chi era, in allarme perché temevo che fosse un membro della famiglia Rice-Cullighan.

Lui ha detto «Mi pare di aver capito Mario Rossi. Sembra italiano».

Sono sceso nella stanza del telefono tra il soggiorno e la cucina, ho detto «Pronto?».

«Alberto?» ha detto una voce furtiva dall'altra parte.

«Chi parla?» ho detto di nuovo; il tono mi sembrava stranamente familiare.

«Sono *io*» ha detto la voce.

Di colpo l'ho riconosciuto: ho detto «Raimondo?!».

«Non fare nomi!» ha detto Raimondo; sembrava stranamente vicino per una telefonata transoceanica.

«Dove sei?» ho detto

«A Los Angeles» ha detto lui. «Vienimi a prendere.»

«Come a Los Angeles?» ho detto: un altro caso di reazioni troppo lente rispetto a quanto le circostanze avrebbero richiesto.

«Ti spiego quando ci vediamo» ha detto Raimondo. «Tu vienimi a prendere subito. Terminal 2, arrivi internazionali. Fai presto.»

«Va bene, ma sono novanta miglia» ho detto. «Ci metterò un paio d'ore.»

«Basta che ti muovi» ha detto Raimondo. «Per piacere.»

Ho guidato verso sud nel traffico a velocità fissa; la Plymouth Fury III ondeggiava sulle sue sospensioni troppo molli. L'idea di Raimondo arrivato in America senza preavviso era troppo strana per adattarmici in poco tempo, e il suo tono al telefono mi aveva riempito di preoccupazione. Immaginavo che ci fosse un legame con la storia delle interviste e con il modo in cui si era fatto trascinare dalla parte che doveva recitare, mi chiedevo quale. Ero quasi altrettanto preoccupato per la cena di compleanno di Jeannette Rice e per il regalo che dovevo ancora comprare; le due preoccupazioni mi si sovrapponevano nella testa mentre cercavo di guadagnare qualche varco nella highway costiera. Ma la Plymouth Fury III non era la macchina giusta per tentare degli slalom, non aveva abbastanza ripresa né abbastanza stabilità.

Sono arrivato all'aeroporto di Los Angeles in uno stato di forte agitazione, dopo mesi nel traffico tranquillo di Santa Barbara era come finire in una specie di labirinto gigante animato da milioni di automobili. Non è stato neanche facile trovare il terminal giusto, tra cartelli e banchine e macchine e taxi e pullman che si muovevano o si fermavano o aspettavano o scaricavano bagagli e gente in partenza o in arrivo che spingeva carrelli o faceva gesti di richiamo. Ho lasciato la Plymouth in sosta vietata, ho camminato veloce in cerca di Raimondo. Dovunque girassi lo sguardo mi sembrava di cogliere segnali allarmanti: macchine della polizia con i lampeggianti accesi, poliziotti appena oltre le porte a vetri, uomini dell'aeroporto in divisa sul marciapiede; perfino un blindato ex militare grigioverde con la scritta "Hire-a-Tank".

Raimondo è sbucato da dietro il cartello di una compagnia aerea, ma non l'avrei riconosciuto se lui non mi fosse venuto incontro, perché aveva un paio di occhiali da sole molto scuri e un cappello nero stile Jimi Hendrix e i capelli molto più lunghi di quando ci eravamo lasciati e in generale l'aspetto di una rockstar in preda al panico.

Nessuno dei due era nello spirito di fare grandi saluti: ho detto «Cos'è successo?».

Raimondo ha detto «Dove hai lasciato la macchina?».

Siamo andati svelti verso la Plymouth Fury III, lui si tirava dietro un enorme borsone cilindrico di tela.

Mentre guidavo fuori dalla zona dell'aeroporto gli ho detto «Mi spieghi cosa cavolo è successo?»; cercavo di non fare manovre strane.

Raimondo ha fatto un cenno per dire "dopo"; si toccava i baffi, si girava come per controllare che qualcuno non ci inseguisse. Aveva un orecchino d'oro all'orecchio destro, piccoli bracciali di cuoio ai polsi, stivaletti di pitone, era impregnato di profumo di patchouli.

Solo quando siamo stati sulla costiera in direzione nord si è rilassato leggermente: si è tolto gli occhiali da sole e ha allungato i piedi in avanti, ma continuava a girarsi ogni tanto.

Ho detto «Allora?».

«Allora siamo completamente rovinati» ha detto

Raimondo. «O almeno lo sono io, visto che ero quello che firmava i libri.»

«Diamantini ha scoperto che le interviste erano finte?» ho detto, lo sondavo a sguardi per valutare la vera gravità della situazione.

«Mi vuole denunciare» ha detto Raimondo. «L'ha già fatto, credo. Mi vuole fare causa, anche. Chiedermi danni per non so quanti milioni.»

«Cerchiamo di ragionare con calma» ho detto, anche se c'erano decine di pessimi pensieri che mi premevano addosso.

«Sai che calma» ha detto Raimondo. «Ricercato dalla polizia. Non potrò mai più tornare in Italia. La mia immagine totalmente devastata.»

«Va be', l'immagine era finta» ho detto. Avrei potuto anche non dirlo, o almeno aspettare un altro momento, ma mi erano tornati in mente i discorsi nella sua ultima lettera, dove diceva che non c'era più nessuna ragione di darmi il cinquanta per cento dei soldi delle interviste.

«Non era finta!» ha gridato Raimondo. «Era vera! Tu non sai niente, sono mesi che te ne stai qui! Non hai la minima idea di come la gente mi riconosce, in Italia! Nei cinema, nei ristoranti! Per strada! Non hai la minima idea! E adesso è tutto distrutto! Così, *sdran*!»

Lo guardavo, e non mi sorprendeva che la gente lo riconoscesse: il personaggio di giornalista internazionale che avevamo costruito insieme a Milano sembrava incredibilmente modesto e incolore, rispetto a come lo aveva poi sviluppato per conto suo. Senza la mia influenza moderatrice Raimondo aveva lasciato perdere le sfumature e aveva puntato al massimo dell'effetto, non aveva risparmiato nessun accessorio. Ma non avevo certo voglia di mettermi a litigare con lui, in un momento come quello; ho detto «Spiegami come sono andate le cose, esattamente».

«C'è poco da spiegare» ha detto lui. «Ieri mattina mi telefona Diamantini ho sentito subito che aveva una voce schifosa senza neanche l'ombra di tutta la finta cordialità la finta amicizia delle decine o centinaia di volte che mi ha telefonato in questi mesi per chiedermi qualcosa sfruttarmi pungolarmi fare il finto compagnone di viaggio invece mi dice "Caro Raimondo qui abbiamo un problema". Sai con quel cavolo di tono freddo da bastardo viziato di buona famiglia dice "Ho qui un telegramma dell'avvocato Charles Higgins di Londra che afferma testualmente che il suo cliente non ha mai rilasciato l'intervista del libro in questione non ha mai incontrato in vita sua il signor Raimondo A. Vaiastri anzi non ha mai sentito prima il suo nome". Capito? Di primo mattino perché quello si alza all'alba come i galletti immaginati che meraviglia di risveglio.»

«Oh cavolo» ho detto. Adesso mi sentivo in colpa all'idea che nella nostra divisione di ruoli fosse toccato a lui esporsi; mi sentivo quello al riparo, che può permettersi un margine di distacco. Ho detto «E questo Higgins come l'ha avuta, l'intervista?».

«Gliel'ha mandata Diamantini» ha detto Raimondo. «Voleva vendere il libro anche in Inghilterra in America dappertutto però lì gli chiedevano una conferma un'autorizzazione ufficiale da parte degli intervistati qualcosa. Tutto perché non gli bastava vendere un sacco di copie in Italia voleva diventare un editore internazionale capito il megalomane bastardo non mi aveva neanche avvertito prima.»

«E tu cosa gli hai risposto?» ho detto. Pensavo che in realtà il mio margine di distacco era molto sottile, che se avessero fatto una minima inchiesta non avrebbero faticato a risalire a me; pensavo che eravamo nei guai veri tutti e due.

«Cosa dovevo rispondergli?» ha detto Raimondo.

«Aveva un tono talmente implacabile sai il cittadino integerrimo che riesce a beccare il ladro ci gode a tenerlo stretto per un braccio mi dice "Ti aspetto immediatamente qui in casa editrice se non arrivi entro mezz'ora al massimo chiamo la polizia".»

«E tu?» ho detto.

«Io ho ficcato tutte le cose che potevo nella valigia sono corso in banca a ritirare i soldi dal conto sono corso all'aeroporto ho comprato un biglietto senza neanche guardare il prezzo sono volato qui perché almeno c'eri tu» ha detto Raimondo.

«Ah» ho detto; e anche se la situazione era terribilmente seria, mi è venuto da ridere.

«Cazzo ridi?» ha detto Raimondo. «Cazzo *ridi*?»

«No, è che mi immagino la scena» ho detto. «Mentre ficchi la roba nella valigia.» Non riuscivo a stare serio, per quanto mi sforzassi; respiravo a strappi, avevo i muscoli dello stomaco che mi facevano male.

Raimondo sembrava furioso; ma subito dopo ha guardato fuori dalla Plymouth Fury III convogliata verso nord dal flusso di traffico a velocità costante: il tramonto sulla costa e sull'oceano, le luci rossastre sul panorama esteso. Ha detto «Madonna Alberto, è grande *dieci volte* uno dei nostri tramonti».

Siamo arrivati a Santa Barbara verso le otto di sera. Raimondo guardava le case e i giardini, le automobili, le scritte. Ha detto «Certo non mi immaginavo di arrivarci così, da ladro che scappa. Mi immaginavo un arrivo grandioso, accidenti».

«Vedrai che riusciamo a sistemare tutto» ho detto.

«E come?» ha detto lui. Guardava fuori, mezzo affascinato dal posto e mezzo tormentato dalla preoccupazione.

In casa c'erano solo Patty Threet e Louis il sanbernardo, gli altri erano fuori. Ho presentato Raimondo a Patty, ho detto «È ospite mio per qualche giorno».

Raimondo ha detto «*Nice to meet you*» nella sua simulazione di accento che gli veniva molto bene ormai, ha fatto una specie di inchino da palcoscenico o da moschettiere; si capiva che aveva lavorato agli atteggiamenti almeno quanto al look, nei suoi mesi di celebrità.

Patty Threet sembrava colpita, gli guardava gli stivaletti di pitone; Louis il sanbernardo gli annusava le gambe.

Siamo saliti alla mia mansarda. Raimondo ha posato il suo borsone cilindrico, si è tolto il cappello alla Jimi Hendrix; ha detto «Ti sei sistemato bene, brutto bastardo. Con la tipa giù, c'è qualcosa?».

«No, no» ho detto. «Sono di vero pitone, quegli stivaletti?»

«Nah» ha detto lui. «Lucertola tinta o qualcosa del genere.» Guardava il suo borsone, gli ha dato un calcio. Ha detto «E adesso? Cosa facciamo, madonna?».

«Intanto cerchiamo di scoprire com'è la situazione» ho detto.

«Te l'ho spiegato, com'è la situazione» ha detto Raimondo.

«La situazione *reale*» ho detto.

«La situazione reale è che vado in galera appena rimetto piede in Italia» ha detto lui. «Appena scendo dalla scaletta dell'aereo ci sono i carabinieri con le manette pronte.»

«Non puoi telefonare a Diamantini?» ho detto. «Cercare di capire cosa intende fare davvero? Anche per lui non è tanto semplice, visto che quattro libri li ha già pubblicati e venduti, in tante copie per di più.»

«Diamantini non lo chiamo» ha detto Raimondo. «Solo l'idea di risentirlo con quel tono freddo avvelenato del cavolo mi fa vomitare.»

«Ma non è peggio non sapere?» ho detto. «Non avere la minima idea di cosa succede?»

«Diamantini non lo chiamo» ha detto Raimondo, scuoteva la testa.

«Chiama i tuoi, allora» ho detto. «Senti se ti ha ritelefonato, almeno. Se ha lasciato qualche messaggio, non so.»

Raimondo camminava avanti e indietro, guardava il legno bianco del pavimento; i tacchi dei suoi stivaletti facevano *crack* a ogni passo. Alla fine ha detto «Va be', chiamo i miei. Dov'è il telefono?».

Siamo scesi alla stanza del telefono, ho chiuso la porta della cucina dove Patty Threet si stava preparando dei sandwich. Raimondo ha preso un respiro lungo come se si dovesse tuffare a grandi profondità, ha detto «Ci parli tu con il centralino? Fai una chiamata a carico del destinatario, eh». Camminava avanti e indietro, i suoi vestiti e accessori da rockstar erano paradossali in quella situazione.

Ho parlato con il centralino; mi faceva impressione pensare a come le nostre posizioni rispetto al mondo si fossero sgretolate: nel giro di poche ore eravamo tornati indietro di mesi, allo stato di precarietà e incertezza in cui ci dibattevamo prima dell'intervista finta a Bernard Ohanian. La centralinista mi ha chiesto il nome del destinatario della chiamata; l'ho chiesto a Raimondo.

«Mia mamma? Dorina» ha detto Raimondo.

Ho detto alla centralinista «Dorina Vaiastri»; e per qualche ragione c'era qualcosa di straziante in quel nome e nel modo in cui Raimondo l'aveva pronunciato. Potevo immaginarmi in modo vivido sua madre che veniva al telefono, e l'appartamento dietro di lei, e la stanza da ragazzo di Raimondo: i dischi e i libri sugli scaffali, i manifesti alle pareti, le carte e le scarpe e gli oggetti sparsi che probabilmente lei aveva già riordinato. La centralinista ha detto «Può parlare»; ho sentito la voce un po' smarrita di Dorina Vaiastri, ho passato la cornetta a Raimondo.

Raimondo me l'ha presa di mano come se avesse paura di scottarsi, ha detto «Pronto? Mamma?». È arretrato di scatto e ha sbattuto contro la porta della cucina, ha detto «Come, è lì? Quando cavolo è arrivato? Perché gli hai aperto?».

Gli stavo a pochi centimetri di distanza, potevo sentire la voce dall'altra parte della linea anche se non distinguevo le parole. Facevo gesti interrogativi, ho mosso le labbra per dire "Dia-man-ti-ni?".

Lui ha fatto di sì con la testa, ha fatto cenno di lasciarlo ascoltare; era pallido come se gli fosse defluito tutto il sangue dalle vene. Ha detto «E tu cosa gli hai detto? Ma perché? Ti avevo detto di dire in Inghilterra! In Inghilterra! Te l'avevo ripetuto dieci volte, mamma! Era una *mia* bugia, non tua! Tu dovevi solo riferire!».

Gli ho fatto cenno di non gridare così forte, per via di Patty Threet in cucina.

Ma Raimondo era totalmente travolto dagli eventi: si muoveva avanti e indietro, girava su se stesso per quanto il cavo del telefono glielo consentiva, si passava una mano tra i capelli. Ha detto «E cosa cavolo ci fa nella mia stanza? Come si permette? Digli di uscire! Digli che non è mica un poliziotto con un mandato di perquisizione! Digli che io comunque non vivo lì! Digli che è solo una base d'appoggio quando sono a Milano! Digli che vivo ad Amsterdam! Non sono *tue* bugie, mamma!».

Patty Threet si è affacciata dalla cucina con un'aria allarmata; Louis il sanbernardo è schizzato fuori. Ho detto sottovoce «È una telefonata di lavoro», le ho richiuso la porta in faccia.

Intanto Raimondo aveva cambiato espressione, si pizzicava i baffi come faceva quando era davvero preoccupato; ha detto «Pronto?», in un tono del tutto diverso. Ha detto «Sì. Oggi. A New York».

Ho mosso le labbra per dire "Non ti giu-sti-fi-ca-re".

Lui ha detto «Non ti sto contando nessuna balla. Mia madre ha detto Los Angeles perché adesso sono a Los Angeles. Ho fatto *scalo* a New York».

Gli ho fatto cenni frenetici, ho mosso le labbra per dire "Per la-vo-ro. Sei ve-nu-to per la-vo-ro".

Ma lui aveva l'orecchio premuto alla cornetta e uno sguardo perso, mi faceva cenno di smetterla. Louis il sanbernardo gli annusava le gambe; Raimondo gli ha dato un calcio, Louis ha emesso un guaito. Patty Threet è venuta fuori dalla cucina, ha detto «Cosa gli avete fatto?». Le ho sussurrato «Zitta per piacere, è una cosa terribilmente seria», non volevo perdere niente della telefonata. Lei ha detto «Non vi azzardate a toccare il mio cane!»; è andata nel soggiorno a consolarlo. Raimondo diceva al telefono «Non sono scappato».

Sono corso in cucina e ho preso la lavagnetta bianca che usavamo per i messaggi interni alla casa, l'ho cancellata, ho scritto con il pennarello verde "Sei qui per LAVORO".

Raimondo ha detto di nuovo «Non sono scappato»; sospirava, si pizzicava i baffi, girava su se stesso. Poi ha visto la lavagnetta; ha detto «Sono venuto per lavoro», ma troppo debole, senza energia.

Ho cancellato la frase di prima, ho scritto "PIÙ DECISO", gliel'ho messa davanti agli occhi.

Raimondo ha fatto un tentativo di scuotersi: ha detto «Per il mio lavoro, certo».

Ho scritto sulla lavagnetta "PIÙ DECISO!!!".

Raimondo ha detto «Che cavolo nei sai tu? Lo so io quali sono i miei impegni! Mica lavoro solo per te!»: già più convincente.

Gli ho fatto segni e gesti e facce di incoraggiamento; ho scritto sulla lavagnetta "INDIGNATO".

Raimondo ha detto a voce più alta «Se non mi hai neanche dato il tempo di spiegarti! Se mi hai telefonato con quella cavolo di voce fredda avvelenata come se sapessi già tutto! Quale fiducia tradita?». Stava riacquistando energia: le sue qualità di grande interprete istintivo avevano cominciato a rifluirgli dentro e gli davano slancio.

Ho scritto con dita frenetiche "LA TUA FIDUCIA TRADITA!". Era come se stessimo improvvisando uno sceneggiato proprio mentre andava in onda, con metà dei microfoni rotti e le luci in tilt, la produzione fallita e i tecnici allo sbando.

Raimondo ha gridato «Sono *io* che ti avevo dato fiducia Damiano caro! Sono io che ho avuto la generosità idiota di venire a proporre delle fantastiche interviste esclusive con i veri nomi della musica a un cialtrone di editorello presuntuoso che non sa neanche cosa sia il rock quando avrei potuto andarle a vendere a qualunque grossa rivista americana o inglese che me le avrebbe pagate tre volte tanto!».

Ho scritto sulla lavagnetta "GRANDE, VAI COSÌ!".

Raimondo ha gridato «Sono *io* che non ho mai sentito parlare dell'avvocato Charles Higgins, non viceversa! Dice che Mick non mi ha mai incontrato perché quando gli ha parlato Mick avrà avuto la testa nel pallone non avrà neanche capito cosa gli chiedeva chissà in che stato era Mick! Si chiama *Mick* non Mike almeno questo dovresti saperlo dopo che hai fatto quattro libri sul rock con me! L'avvocato Charles Higgins di sicuro è un mascalzone che sta lì solo a fregare soldi ai suoi clienti a chiunque altro gli capita a tiro tu non hai la minima idea di chi sono questi tipi i gangster più gangster che possano esistere non hai idea dei traffici che fanno sotto la copertura del rock sotto il casino esistenziale degli artisti non hai idea di cosa macinano dietro le quinte è gente capace di far ammazzare qualcuno fargli tagliare la gola farlo sparire se appena minacci di rovinargli i giochi!».

Gli ho fatto cenni e sguardi di contenimento, ho scritto sulla lavagnetta "NON ESAGERARE". Il sanbernardo abbaiava nel soggiorno, Patty Threet mi faceva gesti che non capivo.

Ma Raimondo ormai non guardava più né me né la lavagnetta: camminava avanti e indietro nella stanza del telefono e gridava nella cornetta a tutta forza, la sua fantasia da abitatore di mondi paralleli gli fabbricava materiale in tempo reale. Ha gridato «Sono stato così ingenuo così imbecille da passare mesi in Italia quando avevo deciso da anni di non metterci più piede a parte una visita ai miei a Natale perché sono anziani sono malati per colpa tua per colpa dei tuoi libri del cavolo la mia casa-barca ad Amsterdam è quasi marcita per mancanza di manutenzione la mia donna mi ha quasi lasciato perché non ne poteva più di parlarmi solo al telefono senza mai vedermi mi sono fatto non so quante ore di aereo ho speso non so quanti soldi in biglietti in alberghi in bottiglie di champagne francese perché non è che questa gente vada avanti ad acqua minerale tu mi davi solo un miserabile rimborso spese con la scusa che non ti portavo le ricevute non hai neanche capito che nel rock le ricevute non esistono mi sono sputtanato in non so quante radio in non so quante televisioni per fare propaganda alla tua collana alla tua casa editrice patetica sono anche venuto con te come un deficiente a firmare i libri in libreria per farti vendere più copie di quanto ti saresti mai immaginato in tutta la tua vita adesso appena un avvocato mafioso gangster assassino ti dice che il suo cliente non mi conosce sei disposto a buttarmi a mare a dirmi con quella brutta voce fredda avvelenata che mi denunci a dirmi che mi fai causa senza neanche prima chiedermi niente senza neanche provare a parlarmi come se avessi a che fare con un ladro con un imbroglione con una specie di falsario che hai agguantato per il braccio mentre cercava di scappare!».

Ero commosso dall'intensità disperata che rovesciava in questa performance, le immagini prodotte dalle sue parole mi sembravano convincenti come se fossero vere. Ma poi ho guardato verso il soggiorno, e ho visto che insieme a Patty Threet e al cane Louis c'erano le sorelle Rice e Steven Culligan, vestiti eleganti e in uno stato di estrema tensione; solo allora mi sono tornati in mente la cena di compleanno sulla costa e il regalo importante che non avevo preso.

Raimondo gridava nel telefono «Fa' quel cavolo che ti pare ma sei stato di una slealtà inaudita adesso vedrai se riuscirai a trovare qualcosa di lontanamente paragonabile alle interviste che ti davo io per quattro miserabili soldi vedrai se riuscirai ad agganciare un solo vero nome internazionale dovrai tornare a fare libri su Sbozzari e Caborato e Sugni e Mafezzone e Di Bartolomeo ti auguro di divertirti tanto ti auguro di vendere centinaia di migliaia di copie fai quel cavolo che ti pare a me non interessa più tanto io in Italia non ci rimetto piede neanche morto sarai contento sarai soddisfatto adesso con la tua bella collana di pigmei!». Ha buttato giù la cornetta, era sudato e con gli occhi arrossati e i capelli scarmigliati, mi ha guardato come per avere un commento.

Ma i miei pensieri viaggiavano troppo veloci su due binari troppo divergenti, tra Damiano Diamantini a Milano e la famiglia Rice-Cullighan nel soggiorno alle mie spalle. Jeannette Rice stava dicendo a sua sorella e a suo cognato «Questo è il cane di Alberto».

«Questo è il *mio* cane» ha detto Patty Threet.

«È di Alberto» ha detto Jeannette Rice.

«Vuoi che non sappia qual è il mio cane?!» ha detto Patty Threet, con l'improvvisa aggressività che le veniva ogni volta che qualcuno le toccava il cane.

«Tu chi sei?» ha detto Henrietta Rice nel suo tono da vera signora.

«Chi sei *tu*?» ha detto Patty Threet; Louis il sanbernardo abbaiava.

«È mia sorella» ha detto Jeannette Rice.

«E tu chi sei?» ha detto Patty Threet.

«Sono la fidanzata di Alberto» ha detto Jeannette Rice; ha fatto un gesto verso di me, ma perplessa.

«Alberto, dovremmo muoverci!» ha gridato Steven Cullighan nella mia direzione, con un'intonazione perfetta, non distorta dal volume. «Siamo già in ritardo!»

Raimondo mi ha guardato, ha detto «Chi sono, quelli?».

Ho oscillato tra due o tre possibilità simultanee, poi ho seguito l'impulso più elementare; gli ho detto «Stai zitto e vieni via veloce».

Siamo passati dalla stanza del telefono alla cucina, fuori dalla portafinestra nel giardino sul retro sempre più rapidi; abbiamo corso e inciampato tra le erbe alte e i fiori lasciati a se stessi e gli alberi di arancio e saltato la staccionata di vecchio legno ammuffito e attraversato il prato del vicino e saltato una seconda staccionata, abbiamo continuato a correre lungo il marciapiede della via parallela come due bambini pazzi inseguiti dalle difficoltà del mondo.

Poi era buio e camminavamo sulle colline, in attesa di poter tornare a casa senza rischiare brutti incontri. Raimondo ha detto «Davvero era la tua fidanzata?».

«Ma va'» ho detto. «Non hai visto che aria aveva? E sua sorella e suo cognato? È una famiglia terribile.»

C'erano cani che abbaiavano dai giardini delle case, l'aria era dolce e profumata, non passavano macchine.

Raimondo ha detto «Secondo te come va a finire?».

«Con chi?» ho detto.

«Con Diamantini» ha detto Raimondo.

«Non lo so» ho detto. «Al telefono sembravi convincente. A parte quella storia dei rimborsi spese di cui non mi avevi mai parlato.»

«Era solo un modo di tirare su qualche extra» ha detto Raimondo, nel tono sfuggente di quando si sentiva in colpa. «Tanto lo sapevo che non poteva andare avanti per sempre.»

«E perché no?» ho detto; mi faceva impressione sentirlo improvvisamente così realista. «Poteva durare fino a che c'erano grossi nomi del rock da intervistare.»

«Be', non è durata» ha detto Raimondo. «E adesso ci si è messo quel bastardo di gangster implacabile inglese. A chi pensi che dia più retta Damiano Diamantini, tra me e l'avvocato Higgins?»

«Quindi?» ho detto.

Raimondo ha detto «L'avvocato Higgins risale al numero di telefono e dal numero di telefono risale all'indirizzo, e una volta che ha l'indirizzo viene di persona a snidarci o ci manda la polizia americana».

«Quindi?» ho detto. Pensavo anche al fronte Rice-Culligan: alle loro facce quando li avevo visti nel soggiorno.

«Quindi dobbiamo andarcene via di qua» ha detto Raimondo. «Prima che sia troppo tardi.»

«Ma io non voglio andarmene» ho detto. «È casa mia, ormai.» Mi sembrava di vedere lo scenario notturno del piccolo centro californiano di provincia che già mi si dissolveva sotto gli occhi come in un quadro puntinista: case, giardini, stelle.

«E io non ho voglia di finire in galera» ha detto Raimondo. «Credo neanche tu.»

«Non abbiamo commesso un reato così grave» ho detto. «Forse non abbiamo neanche commesso un reato.»

«Sì che è un reato» ha detto Raimondo. «Truffa, Alberto.»

«Come fa a essere una truffa, se nessuno è stato danneggiato?» ho detto. Mi chiedevo se la sua interpretazione telefonica gli aveva bruciato in pochi minuti tutte le riserve di immaginazione fabbricatrice, lo aveva abbandonato a questa risacca di realismo pessimista.

«In che senso?» ha detto Raimondo. Camminava con lo sguardo verso terra come nei suoi momenti peggiori, il suo passo aveva perso ogni slancio.

Ho detto «Gli intervistati non sono stati danneggiati perché li ho fatti parlare con una ricostruzione perfetta delle loro voci, Diamantini non è stato danneggiato perché ha venduto molte più copie che con i libri sui cantautori italiani che pubblicava prima, i lettori non sono stati danneggiati perché tutto quello che leggono è vero. Ho passato settimane intere a raccogliere dati e a metterli insieme nel modo più scrupoloso, ho scartato tutto quello che non mi convinceva. Al massimo mi sono inventato qualche osservazione o considerazione secondaria per dare più naturalezza, ma sono tutte interviste incredibilmente *accurate*».

«Sì, ma *false*» ha detto Raimondo.

Ho scosso la testa, non riuscivo a credere che i nostri ruoli si fossero rovesciati così. Ho detto «Non mi sembra una cosa tanto grave».

«Sai qual è la cosa grave?» ha detto Raimondo. «Che le interviste erano false, ma i soldi che mi ha dato Diamantini erano veri. E quando gli vai a toccare i soldi quelli non perdonano.»

Ho provato a dire ancora qualcosa di ottimistico, ma non era facile perché nello scambio di ruoli avevo perso buona parte delle parole.

Al mattino quando io e Raimondo siamo scesi dalla mia mansarda Patty Threet ci aspettava con Louis il sanbernardo in cucina, ed era furiosa con me. Ha detto «Non ci si comporta in questo modo, Alberto».

«In quale modo?» ho detto. Cercavo di distendere i muscoli della faccia in un'espressione innocente ma ero stanco e scosso, avevo passato la notte a esaminare ipotesi una più preoccupante dell'altra.

«Scappare via così» ha detto lei. «Come un coniglio. E in più lasciarli qui *con me*. Sembrava che dovessi essere *io* a spiegargli cos'era successo.»

«Mi dispiace» ho detto. «Scusami tanto.»

«È con quella Jeannette che devi scusarti» ha detto Patty. «Darle un bidone del genere, la sera del suo compleanno!»

«Mi dispiace» ho detto di nuovo. «Non sapevo cosa fare, con Raimondo arrivato senza preavviso e quella telefonata di lavoro e tutto il resto.»

«Be', adesso non mescolare le cose» ha detto Raimondo.

«Grazie tante» ho detto. «Sei un campione di lealtà. Uno per tutti, tutti per uno, proprio.»

Lui ha detto «Cosa c'entra la lealtà?», come se non capisse.

Ho detto «Non mi ero neanche ricordato di comprarle un regalo».

«Bravo» ha detto Patty Threet. «Che fantastico fidanzato si è trovata, poveretta.»

«Non sono il suo fidanzato!» ho detto. «State formando una specie di alleanza contro di me?»

«Sei andato a raccontarle che Louis era il tuo cane» ha detto Patty.

«Non gliel'ho raccontato» ho detto. «È stata lei a pensarlo.»

Patty ha scosso la testa; ha detto «A me basterebbe una cosa del genere per non perdonarti mai più».

Ho detto «Ma hai visto che tipi sono? Hai visto la sorella? Ti sembrava tanto simpatica?».

«Non tanto» ha detto Patty.

«E il cognato?» ho detto. «Il grande Steven Culighan?»

«Ecco chi era!» ha detto Patty. «È quello de *L'Orecchio Infallibile*! Mi sembrava una faccia familiare! Lo guardavo e continuavo a pensare che l'avevo già visto!»

«Cos'è *L'Orecchio Infallibile*?» ha detto Raimondo.

«Lascia perdere» ho detto, guardavo Patty Threet. «Ti è sembrato tanto simpatico, lui?»

«No» ha detto lei. «Ma questo non ti giustifica per niente. Dovevi pensarci prima, se non ti erano simpatici.»

«Lo so» ho detto. «Dovrei *sempre* pensarci prima, ma non ci riesco mai. Riesco a farlo solo quando ormai sono dentro le situazioni ed è troppo tardi.»

È arrivato in cucina Joe Barrick, con la faccia stravolta dal sonno come ogni volta che si alzava prima delle undici. Gli ho presentato Raimondo; un minuto dopo è arrivata anche Sheila Thompson. Lei e Joe si sono messi ad aprire le loro scatole di cereali in fiocchi e a versare latte nelle ciotole e a fare domande a

Raimondo; lui rispondeva nella sua simulazione di accento americano, che consisteva essenzialmente nello smussare le *t* e rollare le *r* e far scivolare via le parole nel modo meno distinguibile. Loro erano incuriositi dal suo aspetto da rockstar, anche se da rockstar in un momento basso. Pensavo che c'era un contrasto assurdo tra questo spirito di casualità quotidiana e la tensione da ricercati in cui io e Raimondo avevamo passato la notte; eppure lui poco alla volta ha cominciato a riprendere quota.

All'inizio era abbastanza cauto, rispondeva a domande sul suo viaggio e sulle sue impressioni di straniero appena arrivato. Poi si è versato anche lui in una ciotola fiocchi d'avena e latte e la sua voce ha acquistato volume, lo sguardo gli si è acceso. Mangiava a grandi cucchiaiate e faceva paragoni e osservazioni, dava informazioni con una miscela ben studiata di ingenuità e malizia. Loro facevano domande tipo «In Italia gli spaghetti li arrotolate con il cucchiaio o con la forchetta?» o «Avete la luce elettrica, in Italia?». Raimondo alternava risposte serie a scherzi, giocava con i gesti e la mimica facciale per ottenere effetti espressivi. Loro ridevano, dicevano «Davvero?»; si divertivano, molto più che con me o con Cristina Castellino quando ci avevano fatto le stesse domande.

Sheila Thompson gli ha chiesto che lavoro faceva.

Raimondo ha detto «Intervisto i grossi nomi del rock».

«Davvero?» ha detto lei.

«Ahà» ha detto lui.

Lei gli ha chiesto quali grossi nomi; lui glieli ha elencati, con una naturalezza che la sera prima avevo pensato perduta per sempre.

Joe Barrick ha detto «Allora fai lo stesso lavoro di Alberto».

Raimondo ha detto «Lui fa le ricerche preliminari, io faccio le interviste».

«Dev'essere eccitante» ha detto Patty Threet.

«Abbastanza» ha detto Raimondo. «La cosa buona è che ormai siamo amici, io e loro. Sono delle *conversazioni*, più che i soliti giochetti patetici a distanza tra intervistatore e intervistato, no?»

Loro facevano di sì con la testa, erano conquistati.

Io non riuscivo a crederci: ero stupefatto dalla capacità di sopravvivenza della sua immaginazione fabbricatrice.

Più tardi Patty Threet ha detto che andava a far correre il cane sulla spiaggia, e Raimondo ha insistito perché ci aggregassimo. Ha detto «Non mi vuoi neanche far vedere l'oceano, Albert bastardo?». Patty ha detto «Davvero, che amico sei?». Mi sembrava che ci fosse un gioco di sguardi e atteggiamenti tra loro: cominciato quasi dal primo momento.

Ho parcheggiato la macchina e abbiamo camminato attraverso la spiaggia fino alla battigia. C'era una foschia estiva e il mare non aveva un gran colore, ma la sabbia era chiara e le grosse onde si rompevano e il vento soffiava e i gabbiani volavano bassi, era uno scenario abbastanza suggestivo lo stesso. Lontano c'era un gruppetto di tipi che facevano volare aquiloni a doppia ala; Louis il sanbernardo galoppava pesante, Patty gli tirava pezzi di legno portati a riva dal mare. Due ragazze in costume da bagno hanno sorriso quando ci hanno incrociato; Raimondo ha detto «*Hi, girls!*», loro hanno risposto «*Hi!*» mentre passavano oltre.

«Sorridono!» ha detto Raimondo. «E salutano! Invece di far finta di non vederti neanche, come da noi!»

«Davvero?» ha detto Patty Threet; camminava con tutta l'elasticità e lo slancio di cui era capace.

«Certo!» ha detto Raimondo. Socchiudeva gli occhi al sole, allargava le braccia al vento, canticchiava «Caaalifornia! Caaalifornia!» nel suo modo stonato. Patty Threet ogni tanto si girava a guardarlo, rideva.

Quando lei è corsa avanti per lanciare un pezzo di legno a Louis, ho detto a Raimondo «Cosa pensi che dovremmo fare?».

«Rispetto a cosa?» ha detto lui.

«Rispetto a Diamantini e a tutto il resto» ho detto.

Lui ha fatto un gesto vago; ha detto «Aspettiamo. Vediamo cosa succede».

«Ma non dicevi che possono rintracciarci fin qui?» ho detto. «Che risalgono al numero di telefono e dal numero di telefono all'indirizzo e ci vengono a snidare eccetera?»

«Come risalgono, al numero di telefono?» ha detto Raimondo. «E per quanto ne sa il Damiadiama io sono a Los Angeles, che è novanta miglia più a sud e ha quanti milioni di abitanti?»

Cominciavo a pensare che la sera prima ci eravamo fatti travolgere da una sovrapposizione di elementi in tempi troppo stretti; che in fondo la situazione non era grave come ci era sembrata.

Raimondo ha detto «Mi dispiace per ieri. È che a Milano ho perso un po' la testa. Poi tutto il viaggio e il salto di fuso orario non hanno aiutato di sicuro. Ero una specie di larva paranoica, quando sono arrivato».

Abbiamo camminato ancora lungo la spiaggia, poi siamo andati a far vedere a Raimondo il centro di Santa Barbara e a mangiare un sandwich vegetariano e a bere un centrifugato di carota in un bar nella Main Street. Lui era sempre più su di giri: si guardava intorno e cambiava posizione sulla sedia, diceva a Patty Threet «Non sarebbe una terribile tragedia dover restare in questo posto per un po', se le ragazze sono tutte carine come te». Patty Threet rideva, cambiava posizione anche lei.

Mi sforzavo di condividere il loro stato d'animo, ma non ci riuscivo molto; scandagliavo a occhiate tra le persone sedute e quelle in movimento, per paura di veder affiorare un esponente della famiglia Rice-Cullighan.

Quando siamo tornati a casa Sheila Thompson faceva yoga in soggiorno, seduta nella posizione del loto. Ha detto a mezza voce «Hanno telefonato per Raimondo».

«Chi?» abbiamo detto io e Raimondo in modo quasi sincronizzato.

«Non lo so» ha detto lei. «Ha risposto Joe.»

Io e Raimondo siamo andati veloci in cucina. Sulla lavagnetta dei messaggi c'era scritto "Raimondo: call Charles Higgins", e un numero di telefono di Londra. Raimondo ha detto «Oh porca puttana».

«Sono risaliti al numero» ho detto.

«Sono risaliti sì» ha detto Raimondo. Guardavamo tutti e due la portafinestra sul giardino di dietro, credo con lo stesso impulso a scappare via della sera prima.

Ho detto «Cerchiamo di ragionare».

«Cerchiamo di ragionare *presto*» ha detto Raimondo.

Siamo saliti da Joe Barrick. La sua stanza era satura di musica reggae e fumo di marijuana, lui ci ha aperto con in mano quel che rimaneva di un grosso spinello.

Raimondo gli ha chiesto «Che tono aveva, Charles Higgins? Tipo gangster assassino spietato?».

«Chi è Charles Higgins?» ha detto Joe, si muoveva a ritmo di musica.

«Quello che ha te-le-fo-na-to» ho detto, come se mi rivolgessi al nativo di qualche isola lontana.

«Era un italiano» ha detto Joe. «Credo.»

Ho visto un piccolo lampo di sollievo che passava negli occhi di Raimondo; ma minimo. Ha detto «Come si chiamava, te lo ricordi? Dia-man-ti-ni?».

«Ahà, qualcosa del genere» ha detto Joe Barrick. «Non parlava inglese. Mi ha passato una segretaria per farmi spiegare. Ti cercano. Dicono che devi telefonare subito a quel tipo a Londra. È un avvocato, credo.» Ci ha offerto il suo avanzo di spinello, ma né io né Raimondo eravamo nello spirito giusto.

Siamo usciti nel corridoio, e da sotto suonava il telefono, ci siamo bloccati. Dopo forse otto squilli Patty Threet ha gridato «Alberto, Jeannette Rice per te!».

«Dille che non ci sono!» ho gridato. «Dille che sono partito!»

Raimondo aveva i piedi elettrici; stava già salendo a due a due i gradini di legno della mia mansarda.

Da quel momento in poi tutto è successo con un'accelerazione progressiva: buttare i miei vestiti e libri e dischi nella valigia e premerla a tutta forza per riuscire a chiuderla e infilare la chitarra e la macchina da scrivere nelle loro custodie e portare giù tutto e interrompere ancora lo yoga di Sheila Thompson e chiederle quanto avevo in sospeso per l'affitto e la luce e darle i soldi contati e salutarla con uno strano ricordo compresso della nostra storia di tre giorni e tornare su a salutare Joe Barrick che diceva «Cosa? In che senso partite?» e tornare giù per salutare Patty Threet che non c'era e tornare su di corsa a controllare di non aver dimenticato niente di essenziale nella mia mansarda e prendere anche le copie dei quattro libri-intervista per non lasciare tracce e tornare giù e andare in cucina e prendere una scatola di muesli alle nocciole e ficcare tutto nel bagagliaio per fortuna sconfinato della Plymouth Fury III e mettermi al volante e far salire Raimondo e allacciare le cinture di sicurezza e avviare il vecchio motore fiacco a otto cilindri e guardare ancora una volta la facciata della grande casa di legno bianco con la grande finestra del soggiorno e il prato davanti e la terrazza-garage e scivolare via lungo la strada inclinata costeggiata di olivi senza neanche riuscire a capire quale fosse il sentimento prevalente tra perdita e smarrimento e sollievo e spirito adrenalinico senza nome.

Mojave Desert

Siamo saliti verso nord per qualche decina di miglia con l'idea di andare a San Francisco, poi ci siamo fermati a fare benzina e Raimondo ha cominciato a dire che era molto meglio scendere a sud e passare il confine con il Messico. Abbiamo cambiato direzione e siamo tornati in giù lungo la costa, e a furia di parlarne ci siamo convinti tutti e due che una volta in Messico non avremmo saputo cosa fare, e che forse gli Stati Uniti erano abbastanza grandi anche rispetto alle capacità di ricerca di un uomo potente e spietato come l'avvocato Higgins.

Così siamo arrivati fino a Ventura e poi abbiamo preso a est per Santa Paula con l'idea di andare verso il deserto del Mojave, perché ci piaceva il nome sulla carta e perché ci sembrava una zona sicura. La carta era ancora quella del "National Geographic" in scala 1 a 4.561.920, ma Raimondo la integrava con echi di memoria vera e di memoria immaginaria, ugualmente non attendibili. Per esempio, leggeva tra i nomi scritti a caratteri minuscoli e diceva «*Oro Grande*, non possiamo mancarlo, a nessun costo». Se gli chiedevo perché, lui diceva «Ho conosciuto uno che c'è stato». Se gli chiedevo chi, diceva «O forse ho visto un film tutto ambientato lì». Se gli chiedevo quale, diceva «Non mi ricordo, ma è un posto fantastico».

Guidavo perplesso; pensavo che ancora una volta

non avevo nessuna ragione per andare in una direzione anziché in un'altra. Pensavo a quanto poco ci avevo messo a dissolvere i miei legami con Santa Barbara, che pure era stata la mia base a lungo. Pensavo che nel tempo in cui ero stato lì mi erano probabilmente passate oltre milioni di possibilità di stabilire rapporti reali con la vita, e non ne avevo fermata neanche una. Pensavo a Rhonda Rawlings: a come non l'avevo fermata. Pensavo che se solo avessi reagito con prontezza avrei potuto essere con lei invece che su una strada, a parlarle e sorriderle e toccarla invece di tenere le mani su un volante dal servosterzo troppo demoltiplicato. Pensavo anche a Jeannette Rice, e non capivo come avevo potuto entrare con lei in un meccanismo automatico di aspettative e delusioni; mi sentivo in colpa su tutti i fronti.

Raimondo ha detto «Non è vero che sapevo che sarebbe finita, la storia delle interviste».

«No?» ho detto. Mi colpiva come il suo iperottimismo da immaginatore continuava ad alternarsi al suo realismo pessimista: come i due piani scivolavano uno sull'altro, senza lasciare mai spazio a zone intermedie di obiettività.

«No» ha detto lui. «Al massimo era uno di quei pensieri remoti che affiorano ogni tanto, sai come quando ti dici che prima o poi dovrai morire anche tu. Però non è che pensi davvero di morire anche tu. Pensi che la vita va avanti e avanti.»

«Pensavi che le interviste andassero avanti e avanti?» ho detto.

«Sì» ha detto Raimondo. «O che venisse fuori qualcosa di ancora meglio.»

«Va be', forse può ancora succedere» ho detto.

«Sì, tornando a casa in manette» ha detto lui. «La foto sui giornali me la metterebbero, questo è quasi sicuro.»

«Smettila» ho detto. Ma pensavo che i soldi delle interviste sarebbero finiti nel giro di pochi mesi, e che il mio visto turistico era già scaduto da un pezzo; che presto saremmo stati a terra di nuovo, senza un lavoro e senza uno scopo, senza neanche un sogno abbastanza definito da inseguire.

Raimondo è rimasto nella vena di realismo pessimista ancora per qualche minuto; poi ha ripreso a scrutare la carta del "National Geographic", ha detto «Potremmo andare nella Death Valley! O a Las Vegas!». Un momento eravamo in fuga disperata, il momento dopo eravamo in vacanza.

Siamo arrivati a Oro Grande e non c'era proprio nulla da vedere. Raimondo aveva un'aria vaga e delusa, non ha detto niente. Faceva caldo, e il condizionatore d'aria era quasi del tutto inefficace; a una stazione di servizio ci siamo scolati una bottiglia per uno di succo di pompelmo, ne abbiamo comprati ancora due contenitori da mezzo gallone.

Più avanti il condizionatore ha smesso del tutto di funzionare, all'altezza di un posto che si chiamava Yermo. Abbiamo spalancato i finestrini: l'aria entrava come una massa rovente, così secca da far evaporare il sudore prima che potessimo percepirlo sulla pelle. Fuori il paesaggio era spianato da millenni di vento, sbiancato dalla luce e dalla polvere. A un certo punto ci siamo fermati in uno spiazzo ghiaioso, dove un grande cartello metteva in guardia contro i pericoli della disidratazione e dei serpenti a sonagli.

A Baker siamo rimasti incerti se girare a nord verso la Death Valley o proseguire dritti per Las Vegas; alla fine abbiamo deciso per Las Vegas. Continuavamo a bere succo di pompelmo e continuavamo ad avere sete.

Las Vegas, NV

A Las Vegas abbiamo guidato molto lenti lungo la via principale: i cartelloni giganti e le insegne al neon colorate e le fontane e i grandi edifici degli alberghi sembravano allucinazioni livide del deserto. Raimondo continuava a sporgersi dal finestrino, diceva «Ci siamo *dentro*, madonna!». Pensavo che avremmo fatto meglio ad andare nella Death Valley, avrebbe avuto un effetto moderatore sul suo equilibrio.

Ho fermato la macchina nel parcheggio dietro un casinò scelto a caso, siamo entrati. Le luci erano fredde, l'aria condizionata e riciclata, satura di suoni pulsanti e vibranti e di piccole melodie ripetitive; tutto quello che si poteva vedere e sentire intorno era finto, tranne le centinaia di vecchiette e vecchietti che giocavano alle slot machine come se fosse un lavoro da catena di montaggio. Raimondo ha provato a infilare qualche dollaro nella fessura, ha tirato la leva. Le piccole figure scorrevano nella finestrella e si fermavano: niente. Mi sembrava di non riconoscere un senso in nessun oggetto o attività umana che avevamo intorno; ho detto «Ce ne andiamo?».

Raimondo ha detto «Aspetta, aspetta»; guardava a destra e a sinistra come se avesse paura che gli smontassero tutto sotto gli occhi da un momento all'altro. Si è messo a contare i soldi che aveva nel portafogli, e non erano pochi ma era tutto quel che aveva, in tagli da cento dollari. Ha detto «Hai visto dove sono le roulette?».

«Lascia perdere» ho detto. «Non siamo in un film del cavolo, dove fai una vincita miracolosa e riparti felice e contento a costruirti la vita dei tuoi sogni.»

«Magari invece sì» ha detto lui. «Cosa ne sai? Magari è il destino che ci ha portati qui.»

«Abbiamo *deciso* di venire qui» ho detto. «Abbiamo studiato la carta e abbiamo calcolato le miglia, io ho guidato la macchina.» Le nostre voci non avevano quasi spessore, la moquette sul pavimento e i pannelli alle pareti e sui soffitti e i trilli e gli scampanellii e i ronzii e le musichette riducevano la consistenza acustica della nostra comunicazione fino a farla sembrare telepatica.

Raimondo ha detto «Ma avremmo potuto andare da qualunque altra parte, no? A San Francisco o in Canada o in Messico o nel deserto o in qualsiasi altra direzione, no? Avevamo un intero *continente*, davanti, eppure siamo venuti qui». Gli occhi gli brillavano, camminava con l'andatura oscillante da rockstar che aveva perfezionato nei suoi mesi di successo a Milano.

Intorno ai tavoli delle roulette c'erano poche persone, forse per l'ora o forse perché non erano il gioco più frequentato in quel particolare casinò. C'era odore di borotalco e di aria compressa e di patatine fritte e di gomma, ogni gesto e ogni sguardo erano impregnati di una desolazione casuale eppure premeditata.

Raimondo è stato un po' a guardare, poi è andato a farsi cambiare dei soldi in fiches e ha scelto un tavolo; appena il croupier ha fatto ripartire la roulette ha puntato cento dollari sul rosso. Mi ha detto «Incrocia le dita!», ha incrociato le sue. La pallina si è fermata sul nero; il croupier ha spazzato via le fiches di Raimondo insieme alle altre, con una mossa neutra da addestratore di elefanti.

Raimondo ha detto «Lo so qual è, il trucco. È *non pensarci*. Agire di slancio, seguire l'onda del puro istinto». Ha puntato altri cento dollari sul rosso. Il croupier ha fatto girare la roulette; la pallina si è fermata sul rosso. Il croupier ha spinto verso Raimondo la vincita, senza espressioni.

Raimondo era tutto elettrico, mi ha detto «Hai visto? Hai visto?». Ha puntato i duecento dollari sul rosso. Il croupier ha fatto girare la roulette; la pallina è finita di nuovo sul rosso. Raimondo ha fatto un gesto a pollici alzati, ha ritirato le fiches per quattrocento dollari, ha detto «Albert diffidente! La sentivo, l'onda!».

Ho detto «Non ti conviene smettere, adesso? Ti fai dare i soldi alla cassa e ce ne andiamo?».

Lui ha scosso la testa, ha detto «Perché sei fatto così, Albert? Sempre a rovinare la festa, invece di tuffartici dentro?». Rideva; ha puntato i quattrocento dollari sul rosso.

La pallina si è fermata sul rosso, per la terza volta. Raimondo ha raccolto le fiches come un bambino felice; ha detto «È semplice! Ho capito come funziona! Basta seguire l'onda, senza provare a pensarci! Sentire dove porta, basta. *Wooom*, così!».

Ho detto «Sì, ma prima o poi se non smetti arrivi a un punto in cui la tendenza si inverte e perdi. È inevitabile. È un puro dato matematico».

«Tu lo sai qual è il punto?» ha detto Raimondo.

«No, ma prima o poi ci arrivi» ho detto.

«Però non sai quando» ha detto Raimondo. «E non lo sa neanche la matematica. Non lo sa nessuno, Albert.» Ha puntato gli ottocento dollari sul dispari.

Canticchiava, non guardava la roulette, strizzava l'occhio alle donne intorno al tavolo.

La pallina si è fermata sul sette; Raimondo ha fatto un salto con le braccia alzate, ha detto «Sì, sì, sì, *sì*!». Qualche altro giocatore sorrideva per la sua esuberanza latina, il croupier ha spinto verso di lui i milleseicento dollari che aveva vinto. Raimondo si è premuto le fiches contro il petto, ha detto «Cosa ti avevo detto? Albert ultradiffidente e ultraprudente del cavolo! Ho capito come sentire l'onda! Ho l'*istinto*!».

Ho pensato che forse aveva ragione lui; che la mia tendenza al distacco e alla riflessione era un forte inibitore di felicità, se non addirittura un killer. Ho pensato che è ridicolo pensare di esercitare un controllo accurato sugli eventi, quando ne siamo travolti e trascinati tutto il tempo. Ho detto «Adesso su cosa ti dice di puntare, l'istinto?».

«Sul pari» ha detto Alberto. Ha rovesciato tutte le sue fiches sul pari, ha detto «Pari» al croupier. La roulette ha girato, Raimondo seguiva la pallina con gli occhi. Si è fermata sul diciotto, e lui ha lanciato un vero grido selvaggio: ha girato su se stesso, rideva e canticchiava. Ormai aveva un vero mucchio di fiches davanti; ha detto «Ho la formula magica per raddoppiare e raddoppiare i soldi all'infinito! Altro che interviste per il Damiadiama del cavolo!».

Sono andato veloce allo sportello e mi sono fatto cambiare mille dollari, sono tornato al tavolo della roulette e li ho dati a Raimondo. Lui li ha messi insieme ai tremiladuecento che aveva vinto, ha puntato tutto sul dispari. La pallina ha girato con grande velocità; si è fermata sul nove. Il croupier ha spinto verso di noi ottomilaquattrocento dollari; la gente ci guardava.

Raimondo ha detto «Allora? *Allora?* Chi aveva ragione? Albert?»; era attraversato da una vibrazione che gli lampeggiava nello sguardo e gli faceva tremare le mani, lo faceva ridere, girare di continuo.

Ho detto «Avevi ragione tu», ridevo.

Raimondo guardava i dischetti di plastica colorata della nostra vincita, ha detto «Il punto di inversione della tendenza dov'è? Adesso o più avanti?»

«Non lo so» ho detto. «Sei tu che senti l'onda. Cosa ti dice l'onda?»

«Non lo so» ha detto Raimondo. «Forse dispari di nuovo.» Ha fatto per spostare il mucchio di fiches sul panno verde, e poi invece ha cominciato a raccoglierle; ha detto «Dice di cambiare roulette, cambiare casinò. Subito. Qui basta».

Siamo andati a farci tramutare le fiches in soldi, siamo stati a guardare incantati mentre ci contavano ottomilaquattrocento dollari in biglietti da cento e ce li mettevano in un sacchetto di carta. Raimondo mi ha detto «Cosa vorresti fare, fermarti?».

«Io seguo la tua onda» ho detto. «Decidi tu.»

«Non si tratta di decidere» ha detto lui. «Si tratta di *sentire*.» Aveva uno sguardo astratto, da rabdomante che segue una vena d'acqua e sta attento a non confondersi; ha detto «Andiamo, andiamo a cercarne un altro».

Fuori era già sera, le automobili passavano in un fiume di luci bianche e rosse, tra gli alti argini di vetro e acciaio e cemento degli alberghi e i casinò e le scritte e le figure al neon in movimento. Raimondo ha puntato verso un casinò che aveva davanti un enorme stivale luminoso rosso e giallo, ha detto «*Quello*».

Ho detto «Sei sicuro?», camminavamo veloci.

«Ho l'istinto» ha detto lui. «Ho l'istinto. È incredibilmente semplice, se hai l'istinto. L'ho scoperto solo poco fa, ma in fondo ho sempre saputo di averlo. Sai ogni volta che leggevo un romanzo o vedevo un film dove c'era qualcuno che giocava? Sapevo che sotto tutta la pantomima e i rituali eccetera eccetera è solo l'istinto che fa il grande giocatore.»

Ho fatto di sì con la testa, anche se sapevo che era da quei romanzi e film che adesso gli veniva fuori il personaggio del grande giocatore d'azzardo che non sbaglia mai. Eppure era ormai chiaro che la sua fantasia fabbricatrice aveva uno strano modo di ibridarsi con la realtà, al punto di produrre dati di fatto concreti quanto il sacchetto con le migliaia di dollari che lui proteggeva con una mano sotto la giacca. E non avevo più voglia di rifletterci, avevo deciso dieci minuti prima che la razionalità era la mia peggiore nemica.

Siamo entrati nel nuovo casinò che era più grande del primo, siamo andati a cambiare i soldi in fiches. C'era musica da luna park, campanelli e squilli e vibrazioni basse; una Cadillac offerta in premio girava su una piattaforma illuminata, più avanti delle ballerine si muovevano in un grande tubo di vetro appeso a un soffitto a volta. Io e Raimondo abbiamo puntato dritti verso i tavoli della roulette.

Raimondo ha preso un respiro profondo, poi senza pensarci su neanche un istante ha giocato tutto il nostro mucchio di fiches sul dispari. Il croupier aveva una testa piccola e radi capelli biondicci, ha avviato la roulette con uno scatto rapido del polso. Mi chiedevo se avevamo fatto bene a cambiare casinò, invece di restare in quello dove avevamo vinto; se aveva senso rischiare i soldi con cui avremmo potuto vivere a lungo e viaggiare e fare molte altre cose. Poi la pallina si è fermata sul sette. Io e Raimondo ci siamo guardati: davvero sembrava di aver scoperto una specie di formula magica.

Raimondo ha raccolto i sedicimilaottocento dollari in fiches. Ha detto «Quanto ricchi vogliamo diventare?».

«Non lo so» ho detto. Avrei voluto dirgli che forse a questo punto potevamo accontentarci così, ma non ne ero affatto sicuro; non avevo più riferimenti distinguibili.

«Quasi-ricchi, o ricchi, o ultraricchi?» ha detto Raimondo. «Con due case alle Hawaii e due Cadillac bianche con i nostri nomi sulle targhe?»

Ho detto «Cerca di sentire l'onda».

Raimondo ha esitato un istante; poi ha spostato il nostro mucchio di fiches sul tavolo verde, ha detto al croupier «Sedicimilaottocento dollari sulla *prima colonna*». Il croupier ha fatto di sì con la testa, la roulette stava già girando.

Ho detto «È molto più rischioso che con i colori o il pari o dispari».

«Sì, ma se va bene triplichiamo» ha detto Raimondo, mi ha fatto segno di star zitto.

Ho guardato la pallina che girava, con il cuore che mi batteva veloce; si è fermata sul quattro.

Raimondo ha fatto un salto folle con il pugno alzato, ha gridato «*YEEEAH!*».

Ho detto «Vai!», ho fatto un salto anch'io.

Il croupier ha spinto verso di noi le fiches con la paletta; Raimondo mi ha dato un colpo a due mani, ha detto «*Cinquantamilaquattrocento* dollari, Albert!».

Eravamo tutti e due in uno stato di profonda incredulità, eppure sembrava che fosse successo solo quello che doveva succedere. La gente intorno al tavolo ci fissava, con sguardi che oscillavano tra ammirazione e invidia.

Ho detto «Adesso basta. Andiamocene».

Raimondo mi ha guardato con un'espressione incredula; ha detto «Vuoi lasciare in un momento come *questo*?».

«Ti rendi conto di quanto abbiamo vinto?» ho detto. «Ci bastano per anni.»

«E poi?» ha detto Raimondo. «Quando saranno finiti? Le Cadillac bianche?»

«Chi se ne frega delle Cadillac» ho detto. «Possiamo fare infinite altre cose, con cinquantamilaquattrocento dollari. Andiamo a cambiare le fiches e usciamo di qui.»

Raimondo scuoteva la testa, c'era fuoco puro nei suoi occhi; ha detto «Albert, sarebbe un delitto. Ho l'*istinto*. Riesco a sentire l'*onda*. Come i grandi giocatori della storia, cavolo».

«Ma non può durare per sempre» ho detto. «Andiamocene.»

Raimondo ha detto «L'ultima volta».

«L'ultima» ho detto; tutto intorno a noi c'erano sguardi sguardi sguardi, fruscii, ticchettii, scampanellii, frequenze basse campionate, sirene, gong.

Raimondo ha detto «Però facciamo una cosa seria»: stava già spingendo il mucchio di fiches sul panno verde.

«Vale a dire?» ho detto.

«Puntiamo su un numero» ha detto lui. «Facciamo una cosa *alla grande*.»

«Sei pazzo?» ho detto.

«Lo *sento*» ha detto lui. «Esce il sette. Sono sicuro.»

«Perdiamo tutto» ho detto; cercavo di bloccargli il braccio destro.

«*Vinciamo*» ha detto Raimondo. «Lo sai quanto?»

«Quanto?» ho detto, mi sembrava di avere un pavimento di gomma sotto i piedi.

«Moltiplica cinquantamilaquattrocento per trentacinque» ha detto Raimondo; ha spinto le fiches sul tavolo, ha detto al croupier «Tutto sul sette».

Si è girato verso di me per un'occhiata rapida, poi abbiamo fissato tutti e due la roulette. Mi sembrava di avere un udito incredibilmente selettivo, che escludeva tutti i suoni salvo quello della pallina d'avorio che continuava a rimbalzare come se non intendesse fermarsi mai. Andava avanti e avanti, *trac trac trac* sopra gli scomparti dei numeri, non riuscivo a leggerli sulla ruota che girava. Alla fine ha fatto un ultimo salto e si è fermata sul diciassette; il croupier ha spazzato via le nostre fiches prima che potessimo anche solo pensarci.

Abbiamo camminato verso il parcheggio, nella notte lampeggiante di luci. Una prostituta alta e instabile sui tacchi ha detto a Raimondo «Ehi, ci conosciamo, noi?»; lui ha fatto di no con la testa, fissava il marciapiede.

Nel parcheggio abbiamo girato intorno alla Plymouth Fury III verde, evitavamo qualunque contatto d'occhi. Mi sentivo come uno sceso da un jet che andava a due volte la velocità del suono: schiacciato dalla pressione atmosferica e avvilito dall'improvvisa lentezza, incapace del minimo slancio.

Raimondo ha detto «*Unmilionesettecentosessantaquattromila* dollari».

«Cosa?» ho detto.

«Quello che avremmo vinto» ha detto Raimondo. Ha dato un calcio a una gomma della macchina; ha detto «La vera autentica svolta gigante nelle nostre vite, bruciata».

Ho detto «Anche cinquantamilaquattrocento dollari non erano proprio una svolta da buttar via». Mi sforzavo di non pensarci, ma non era facile; avevo ancora negli occhi il mucchio di fiches di plastica colorata sul tavolo verde davanti a noi.

«Non abbastanza» ha detto Raimondo. «Sarebbero finiti prima ancora che ce ne rendessimo conto.»

Ho detto «Sei un po' fuori tempo con il tuo realismo pessimista, adesso».

«Non è realismo pessimista» ha detto lui. Gli veniva un timbro diverso di voce, insieme al realismo pessimista: un timbro basso e gorgogliato, che si sposava perfettamente al suo sguardo privo di luce e alla postura a testa bassa, alle braccia che gli ricadevano ai lati del busto. Rispetto a un quarto d'ora prima sembrava un'altra persona, con una totale coerenza interna; avrei voluto poterlo fotografare nelle due condizioni e mettergli le due foto una di fianco all'altra per fargli vedere il contrasto.

«E cos'è, allora?» ho detto. Pensavo che non ero meglio di lui, con la mia tendenza a farmi sospingere o trascinare dalle circostanze e dalle persone; pensavo che il nostro vero punto d'incontro era proprio la vaghezza cronica e la distanza dalla realtà, e questi erano i risultati.

Raimondo ha detto «Mi sono confuso, cavolo. Non ho visto l'uno davanti al sette. Ho visto solo il sette».

«Che peccato» ho detto. «Per un miserabile uno sottile sottile, eh?»

«È che non dovevo pensarci» ha detto Raimondo. «Non dovevo mettermi a *ragionare*. Dovevo solo seguire l'istinto.»

«Perché non l'hai fatto?» ho detto.

«Per colpa *tua*!» ha detto lui. «Con la tua ragionevolezza e i tuoi discorsi del cavolo! A parlarmi di leggi matematiche e punti di inversione della tendenza eccetera!»

«Sei sleale» ho detto. «Io ti ho seguito, mi sono fidato del tuo istinto.»

«Sì, ma sempre con un margine di riserva» ha detto Raimondo. «Sempre con quel cavolo di lucidità giudicante implacabile.»

«Sarebbe successo comunque, prima o poi» ho detto. «Non potevamo andare avanti a vincere per sempre.» Ma avevo creduto anch'io che invece potessimo; mi sentivo scorretto a usare questo tono.

«Sì che potevamo!» ha detto Raimondo. «C'è gente che ha guadagnato *decine di miliardi*, alla roulette! Magari una volta sola, ma c'è riuscita!»

«E li ha anche persi» ho detto.

«Non è vero» ha detto Raimondo. «C'è gente che li ha guadagnati e se li è tenuti e ha vissuto per sempre alla grande.»

«Lo sai qual è stato il problema?» ho detto, perché l'irritazione per il suo tono si combinava nel modo più brutto con la delusione che mi continuava a salire dentro. «Che ti sei fatto prendere la mano dal nuovo personaggio del giocatore infallibile che non sbaglia un colpo. Ti piaceva troppo.»

«Che personaggio?» ha detto Raimondo.

«Ti sei innamorato della parte» ho detto. Non credo che sarei stato così implacabile, se le sue accuse non avessero incrinato per prime la mia idea mafiosa di lealtà tra amici; ho detto «Eri convinto che bastasse recitarla, e tutto il mondo ti sarebbe venuto dietro. I numeri e i croupier e i casinò e il caso, la vita, tutto. Come con la parte del giornalista rock internazionale».

Raimondo ha detto «Cosa c'entra il giornalista rock internazionale?».

«Ti eri convinto di esserlo davvero» ho detto. «Non avevi più il minimo dubbio.»

«Perché lo *ero*» ha detto Raimondo. «I miei libri vendevano decine di migliaia di copie! Mi invitavano alla radio e alla televisione, mi chiedevano pareri di continuo! Andavo nei posti e la gente mi riconosceva! Ero famoso! *Famoso!*»

«Lo vedi?» ho detto. «Ci credevi. Non stavi neanche più attento a non allargarti troppo, non pensavi neanche più che qualcuno prima o poi avrebbe fatto dei controlli e ti avrebbe smascherato.»

«Cosa c'era da smascherare?» ha detto Raimondo.

«Lo vedi?» ho detto di nuovo; ero allibito per come la sua fantasia fabbricatrice aveva ripreso terreno in modo quasi vendicativo, adesso. Ho detto «Sei arrivato a scrivermi che non ti sembrava più tanto giusto dividere a metà con me i soldi che ti dava Diamantini!».

«Ma era vero!» ha detto Raimondo. «Ero io che facevo tutto! Ero io che andavo alla televisione e alla radio e parlavo e facevo e disfacevo! Ero io che avevo il look e avevo l'accento! Ero io che mettevo il nome sulla copertina! Ero io che andavo a letto con *Samantha Hogson*, mica tu!»

«Appunto» ho detto. «Il fatto che le interviste le scrivessi io era del tutto incidentale, no?»

«Le interviste erano il meno!» ha detto Raimondo. «Potevo scriverle io, o farle scrivere a chiunque altro! Quello che contava era tutto il resto!»

«Il look e l'accento?» ho detto.

«Sì!» ha detto Raimondo.

Ho detto «Quello che faceva vendere i libri era la qualità delle interviste, non il tuo look e il tuo accento!».

«Dovevi provare a portarle tu a Diamantini, allora!» ha detto Raimondo. «Poi mi dicevi quanto te le pagava!»

«Lo stesso che pagava a te» ho detto; ma pensavo che probabilmente aveva ragione lui, anche se non lo avrei mai riconosciuto apertamente.

«Forse un decimo?» ha detto Raimondo. «Se te le prendeva, e non credo proprio!»

Siamo entrati in uno scambio sempre più sgradevole e stridente e incontrollato di affermazioni e constatazioni e rimproveri e rinfacciamenti, fino a prendercela con i nostri reciproci aspetti fisici e modi di parlare. Mi faceva impressione vedere quanti fili di gelosia e fastidio e ostilità attraversavano la trama della nostra amicizia; mi faceva impressione pensare che erano sempre stati lì, nascosti nei colori contrastanti del tessuto e nelle pieghe che formava.

Poi Raimondo mi ha detto che se lo accompagnavo a una qualunque stazione di autobus lui se ne andava. Ero così furioso, e così frastornato dal crollo generalizzato del mio scenario mentale, che l'ho preso alla lettera e ho guidato fino a una stazione Greyhound. Raimondo ha detto «Ferma qui, va benissimo».

Ho fermato la macchina; lui è sceso e ha aperto il baule e ha tirato fuori il suo borsone cilindrico, è passato lungo la fiancata della macchina e ha detto «Ci vediamo» con un'espressione totalmente chiusa; ha attraversato la strada, si è infilato dentro la stazione.

Ho guidato per un tempo non definibile lungo lo Strip di Las Vegas, incantato dalle strisce orizzontali e verticali e oblique e curve dei neon colorati. Poi sono tornato alla stazione Greyhound e sono entrato e sono tornato fuori a cercare negli autobus in attesa: Raimondo non c'era. Ho pensato di tornare dentro e chiedere a qualcuno su quale autobus era partito il tipo con il cappello alla Jimi Hendrix e i capelli lunghi e i baffi e l'orecchino da rockstar e l'accento strano, inseguirlo con la Plymouth Fury III e raggiungerlo e suonare il clacson e fare gesti da finestrino a finestrino, costringere l'autista a fermarsi. Ma la mia amicizia con Raimondo Vaiastri era arrivata a un punto di inversione di tendenza; non mi sembrava che ci fosse più molto da raggiungere.

6 →

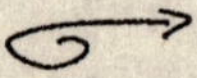

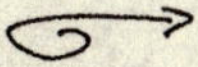

Angela Kinnard

Quando avevo ventisei anni un sabato sera sono andato in un pub di Milano con Luna Avogadro che era appena tornata dal Venezuela e aveva molte cose da raccontarmi. Abbiamo bevuto una birra seduti nella calca vociante e gesticolante, lei mi descriveva nel suo modo sovraespressivo la musica locale e il *dulce de leche* e un organizzatore teatrale di nome Alonso Lamas che suonava anche le percussioni ed era un uomo con una fantastica carica erotica. Poi ha visto una sua amica a un tavolo vicino e si è alzata ad abbracciarla e baciarla e scuoterla per le spalle in una delle sue esplosioni di comunicatività estrema, me l'ha presentata come «La più fan-ta-sti-ca illustratrice del mondo». La sua amica a sua volta ci ha presentato una ragazza irlandese dagli occhi verdi molto variegati che si chiamava Angela Kinnard. Stava finendo un corso di italiano prima di laurearsi in letterature comparate all'università di Dublino, parlava un inglese limpido che corrispondeva alla sua faccia e alle sue proporzioni ben equilibrate. Mentre Luna e la sua amica si scambiavano dati e nomi a ritmo frenetico, io e lei ci siamo trovati in un gioco di sorrisi e gesti di attrazione, punti di accordo e punti di contrasto, informazioni offerte e acquisite. Angela Kinnard mi sembrava una miscela interessante di curiosità e serenità, spirito critico e buona disposizione, orizzonti aperti e piedi per terra. Cercavo di proiettare un'immagine di me equivalente; avevo avuto un periodo abbastanza lungo di incontri insignificanti e solitudine riflessiva per lavorarci.

Due giorni dopo ci siamo rivisti, per andare a vedere un brutto film del terrore insieme a Luna e alla sua amica illustratrice. Eravamo seduti di fianco, ognuno dei due cercava di guardare l'altro di profilo senza farsi accorgere. Quattro giorni dopo siamo andati io e lei da soli a fare una gita in barca su un lago, e mentre tornavamo verso riva si è messo a piovere a dirotto. Ci siamo inzuppati fino all'osso, e invece di cercare di ripararci ci siamo baciati. Subito dopo abbiamo riso nel modo più convulso; non riuscivamo a smettere.

Qualche volta mi sono chiesto cosa mi abbia spinto in modo ricorrente verso donne straniere o parzialmente straniere: credo che sia in parte la mia non-identificazione con il paese in cui sono nato, in parte il fatto che io stesso ho sangue straniero, in parte il senso di miracolo all'idea di accedere attraverso una persona a un intero universo di lineamenti e nomi e abitudini e luoghi diversi da quelli che conoscevo già fin troppo bene.

L'attrazione che provavo per Angela Kinnard nasceva dalla sua naturalezza e dalla sua eleganza non artefatta, dalla stabilità del suo carattere che compensava le oscillazioni del mio. La nostra era una buona combinazione di tratti corrispondenti e complementari; non dovevamo competere tutto il tempo per recitare la stessa parte. Forse non avevamo folli slanci di passione, ma in compenso non litigavamo mai e riuscivamo a parlarci; ed eravamo in una fase simile di ricerca e movimento. L'idea più ricorrente nelle nostre conversazioni era andarcene in un altro continente, il più lontano possibile dall'Europa vecchia e stanca e chiusa e noiosa e avara.

Quando Angela è tornata in Irlanda, dopo un paio di settimane l'ho raggiunta a Dublino. I Kinnard vivevano in una grande casa nella via alberata di un quartiere residenziale, a qualche chilometro dal centro. Il padre si chiamava Harold, faceva il giudice ed era un uomo alto e imponente, quasi del tutto incapace di comunicare con gli altri al di fuori di una griglia di comportamenti codificati. Angela mi ha raccontato che da piccola gli correva incontro piena di entusiasmo ogni volta che lui tornava a casa, e lui invariabilmente non riusciva a trovare una risposta adeguata e la spingeva via pieno di imbarazzo. Era chiaro che anche i cinque fratelli di Angela avevano risentito di questa rigidezza espressiva, perché si lasciavano andare solo dopo aver bevuto qualche pinta di birra al pub. La madre di Angela si chiamava Minnie ed era molto più cordiale ed espansiva del marito; si divertiva a darmi da mangiare una sua squisita marmellata di arance amare e a raccontarmi di quando era ragazza, diceva che mangiavo e ascoltavo con una partecipazione di cui i Kinnard non erano capaci.

Ogni mattina Minnie Kinnard andava a fare il bagno sulla costa, tutto l'anno, qualunque tempo ci fosse. Una volta ho insistito con Angela perché ci andassimo anche noi. Angela non amava questo genere di attività, le ricordavano infinite gite da bambina e da ragazzina nel freddo e sotto la pioggia, con i suoi fratelli che litigavano e sua madre che si occupava in modo confuso dell'organizzazione e suo padre che dava ordini e disposizioni formali.

Le ho detto «Va be', ma adesso è diverso, no?».

Lei scuoteva la testa nel suo modo ostinato, ha detto «È sempre la stessa famiglia. E lo stesso paese».

L'acqua era così gelida che Angela è schizzata fuori quasi subito, io ho resistito a fatica pochi minuti in più solo per dimostrare la mia mascolinità. Ma Minnie Kinnard si è fatta una buona nuotata energica verso il largo; quando è tornata a riva si è frizionata tutta soddisfatta con l'asciugamano, diceva «Ragazzi, cosa vi siete persi!».

Non stavo male a casa Kinnard, a parte il fatto che dovevo dormire con i fratelli maschi di Angela e fare finta che io e lei non ci fossimo nemmeno mai baciati e ascoltare a cena suo padre che parlava come se fosse a una riunione di colleghi. Poi non avevo un lavoro e i miei tentativi di trovarne uno si erano rivelati abbastanza patetici; e Angela era intristita da Dublino quanto io lo ero da Milano.

Due settimane dopo che Angela si è laureata, siamo partiti insieme per l'Australia.

Non è stata una scelta particolarmente razionale: più che altro si basava sulle immagini mentali che tutti e due avevamo dell'Australia come di una terra di pionieri e avventurieri, su un paio di bei film australiani che avevamo visto insieme e sull'indirizzo e il numero di telefono a Sydney di una tipa che anni prima era stata con Paul il fratello maggiore di Angela e che nel corso di una breve telefonata si era detta disposta a ospitarci.

Nancy Nicholson

L'ex fidanzata di Paul Kinnard si chiamava Nancy Nicholson, viveva con uno skipper e faceva la giornalista per la rivista "Cosmopolitan", nel tempo libero si esercitava al violoncello in modo straziante. Aveva un forte complesso di inferiorità culturale rispetto all'Europa, dove era stata per un anno a fare la ragazza au pair. Doveva essersi immaginata qualche genere di intrattenimento sofisticato e socialmente eccitante dall'arrivo mio e di Angela, ma molto presto la nostra tendenza a sgusciare come ladri dentro e fuori dalla sua casetta nel quartiere di Paddington l'aveva riempita di delusione. Eravamo troppo presi da altri pensieri per dedicare tempo o attenzione ai suoi tè e ai suoi tentativi di conversazione, ai suoi disperati sforzi di dimostrarsi aggiornata e critica ed elegante.

Fin dall'inizio l'Australia ci è sembrata remota come una colonia su un altro pianeta, dove i segnali del mondo arrivavano attutiti e con grande ritardo. Non c'era l'energia da frontiera che ci eravamo aspettati, non eravamo sommersi di occasioni o suggerimenti o stimoli utili a dare una direzione alle nostre vite. Il senso di naufragio che abbiamo provato appena arrivati non ci ha abbandonati con il passare dei giorni o delle settimane; e il fatto di essere lì con un biglietto di sola andata e un visto turistico valido sei mesi non aiutava. Abbiamo lavorato come pulitori di vetrine e come distributori di volantini pubblicitari, come standisti a una fiera di commercianti di legname; ci aggiravamo per le vie assolate di Sydney sotto il cielo molto azzurro in uno stato di costante perplessità.

Ogni tanto mi chiedevo se era giusto pretendere da un posto gli elementi per capire cosa volevo o sapevo fare; mi chiedevo se non avrei dovuto capirlo da solo anche nel chiuso di una stanza. Cercavo tutto il tempo di configurare delle possibilità: mi immaginavo impegnato nei lavori più diversi, fabbricavo scenari mentali completi di accessori e attività secondarie. Ma più questi scenari erano realistici, più tendevano a deprimermi; gli unici che mi suggestionavano erano quelli molto improbabili da realizzare. Mi sembrava assurdo navigare ancora così nel vago a ventisei anni; mi veniva paura che fosse troppo tardi. Pensavo che l'unica attività in cui avevo dimostrato un talento era scrivere interviste false, ed era un'attività illegale e comunque non più ripetibile. Mi chiedevo se non avrei dovuto provare a scrivere in altri modi, con altri obiettivi. Di sera a volte tiravo fuori la mia Lettera 22 rossa e scrivevo una lettera a Luna Avogadro o a mia sorella, in cui mi addentravo in descrizioni meticolose di luoghi e persone e situazioni. Mi venivano sempre più lunghe, e quando le facevo leggere ad Angela lei diceva che erano scritte molto bene; ma erano pur sempre lettere, non mi sembravano una base su cui costruire un possibile mestiere.

Nancy Nicholson nel frattempo aveva cominciato a irritarsi per il nostro modo sfuggente di essere ospiti nella sua casa. Una sera ci ha costretti a partecipare a una cena a lume di candela nel piccolo soggiorno, e appena finita la zuppa tonchinese lei e il suo fidanzato skipper ci hanno detto «Allora, che intenzioni avete, voi due?». Ho risposto che appena finito un lavoro di due giorni pensavamo di andarcene a conoscere un po' meglio il paese; loro hanno reagito con un sollievo che spazzava via la delusione e il rancore accumulati, hanno detto «Certo, certo, fate benissimo».

Siamo andati in pullman a Melbourne, dove una lontana cugina di Angela di nome Sylvia Kinnard ci ha assunto con ruoli flessibili e stipendi minimi nell'albergo che aveva aperto da poco. L'albergo era un vecchio edificio di legno abbastanza pittoresco, ma dopo la firma del contratto di acquisto si era rivelato minato da termiti o tarli o altri insetti minuscoli. A intervalli regolari dovevamo chiudere alcune stanze e affumicarle con sostanze altamente tossiche, che ci prendevano alla gola e ci facevano bruciare gli occhi appena non stavamo attenti a regolare bene le maschere. Non c'erano molti clienti in ogni caso, per via dell'apertura recente e a sentire Sylvia del racket mafioso delle guide turistiche, e probabilmente anche della scarsa qualità del servizio che veniva offerto.

Melbourne sembrava ancora meno carica di energia suggestiva di Sydney: era una città coloniale all'estrema periferia del mondo, imperdonabilmente tranquilla dal nostro punto di vista. Io e Angela cercavamo di cogliere ogni possibile spunto in base a cui tracciare un disegno o tentare uno slancio, ma non ne trovavamo quasi. Ci chiedevamo se era colpa del luogo o colpa nostra; lavoravamo nell'albergo di Sylvia Kinnard e giravamo a vuoto.

Ogni tanto mi tornava in mente la mia prima emigrazione, quando ero andato in America sull'impulso della storia delle interviste finte con Raimondo Vaiastri. Mi sembrava di essermi mosso allora con una leggerezza e una superficialità stupefacenti, di avere sciupato nel modo più assurdo la quasi assenza di fretta e sforzo che il caso o il destino mi avevano messo a disposizione. Non riuscivo a credere di essere stato così distratto e fatalista, di non avere nemmeno cercato di mettere alla prova le idee vaghe che mi giravano per la testa, aver pensato che ci fosse tutto il tempo per farlo. Adesso mi sembrava che il tempo si stesse esaurendo a velocità crescente, e che la fretta e lo sforzo mi guatassero da ogni angolo con occhi cattivi. Non capivo se il cambiamento era dato dall'avere ventisei anni anziché ventitré, o dall'essere con Angela anziché da solo, o dal fatto che c'è un limite oltre cui nessuno riesce a restare sospeso nel vuoto senza farsi prendere dal panico.

Dopo un paio di mesi abbiamo conosciuto un cliente francese dell'albergo che si chiamava Jacques Pasqua e stava per aprire una gelateria italiana a Sydney e cercava collaboratori. Siamo tornati con lui a Sydney, abbiamo installato macchinari e imbiancato muri e dipinto cartelli e poi miscelato impasti alla cioccolata e nocciola e vaniglia e caffè e servito coni e coppette, con un discreto successo di pubblico anche se i preparati in polvere con cui facevamo i gelati non erano affatto italiani. Io e Angela stavamo in un piccolo appartamento sopra la gelateria, in cambio del quale Pasqua tratteneva un terzo del nostro stipendio. Continuavamo tutti e due a sperare in un'illuminazione improvvisa o graduale su cosa fare di noi stessi. Ho anche messo su un trio blues con cui nelle sere libere suonavo in qualche locale; non avrei dovuto lamentarmi, eppure mi sembrava di essere lontano anni luce da quello che avrei voluto.

Poi Jacques Pasqua ha venduto la gelateria a un imprenditore di aspetto vagamente mafioso che si chiamava Ralf Lonegan e girava in una Bentley viola. Pasqua ha rassicurato me e Angela che avremmo potuto restare alle dipendenze del nuovo proprietario, ma Lonegan aveva in mente un altro tipo di impiegati, e ci ha licenziati e sfrattati dall'appartamentino con un preavviso di ventiquattr'ore. La sera stessa ho litigato con il mio bassista su un arrangiamento di *Key To The Highway*; quando l'ho raccontato ad Angela siamo stati d'accordo sul fatto che avevamo abbastanza ragioni per rimetterci in movimento.

Siamo andati in pullman fino a Cairns e abbiamo proseguito in treno più a nord nel Queensland, seguendo una catena precaria di conoscenti di conoscenti di conoscenti che ci ospitavano per brevi periodi e ci offrivano lavori molto temporanei. Dato che non avevamo nessuna ragione di andare in un posto anziché in un altro, seguivamo gli impulsi più diversi per decidere la nostra tappa successiva: bastava un nome, o la promessa vaga di un letto in cui dormire, la forma di una collina coperta d'alberi vista in una cartolina.

Per esempio, siamo andati in un ex centro di cercatori d'oro che si chiamava Charters Towers, solo perché avevo letto su un giornale la storia di un certo Sam Hotmountain che aveva scritto un libro e visto che nessun editore glielo voleva pubblicare se l'era stampato da solo ed era andato in giro a distribuirlo di libreria in libreria fino a venderne più di settantamila copie.

Quando siamo arrivati a Charters Towers abbiamo scoperto che era solo un gruppo di case di legno sparse in una piana brulla, con qualche rado eucalipto. Le case erano rialzate su palafitte, per le inondazioni e per l'umidità di quando non c'erano le inondazioni. Sam Hotmountain era un anziano omino ossuto e apparentemente mite, che beveva birra fin dal primo mattino e cercava di tenersi alla larga da una grossa moglie di nome Frieda che a sentire lui lo controllava tutto il tempo e cercava di sommergerlo di incombenze di ogni tipo.

Ha portato me e Angela nell'unico bar del paese, un vecchio saloon da film western dove ha cercato di ubriacarci di birra sotto la minaccia di offendersi se non bevevamo con lui. Gli ho chiesto del suo libro di storie, ed è venuto fuori che in realtà era una raccolta di barzellette da bevitori. Ogni tanto ruttava, scambiava qualche battuta con due o tre suoi amici sdentati; ridacchiavano insieme, credo per la presenza di Angela. Non so se avevo pensato di trovare un modello o almeno un riferimento di qualche genere quando mi era venuto in mente di incontrare Sam Hotmountain, ma certo a vederlo così non aveva proprio un carisma irresistibile. In compenso ci ha portati a vedere un ex emporio abbandonato dal tempo dei cercatori d'oro: un capannone di legno con un sistema di fili a cui i commessi del piano superiore fissavano i soldi con delle mollette e li facevano scivolare verso la cassa. «Così nessuno riusciva a rubarli!» ha detto Sam Hotmountain, cercando di toccare il sedere di Angela con aria pseudo-scherzosa.

Visto che eravamo persi nel nulla fino alla partenza del pullman il giorno dopo abbiamo accettato l'invito di sua moglie a cenare con loro e passare lì la notte. Frieda Hotmountain aveva una delle voci più sgradevoli che io abbia mai sentito, e in più si grattava di continuo per via di una dermatite cronica che le veniva dall'eccessiva esposizione al sole. Secoli prima era arrivata lì in carrozza da Sydney per fare la maestra del paese, quando Charters Towers era ancora opulenta per via dell'oro, e si era sposata con Sam Hotmountain solo perché non aveva nessuna alternativa migliore. Mi colpiva che continuasse malgrado tutto a coltivare sogni e idee romantiche, come leggere romanzi e piantare fiori e mettere da parte soldi per un viaggio in Europa. Mi faceva l'effetto di scoprire una forma di vita su Marte, sotto la scorza di donna dura e sotto i grattamenti continui e sotto l'accento distorto da posto barbaro dove le *a* diventavano *e* e qualunque frase assumeva una cadenza strascicata e sfilacciata.

Il giorno dopo, quando eravamo partiti da mezz'ora in direzione della costa, ha cominciato a piovere con un'intensità straordinaria. Nel giro di poco tempo l'acqua ha riempito gli avvallamenti e sommerso l'intera strada. L'autista del pullman è andato avanti con un'ostinazione disperata, si è fermato in cima a una piccola collina che in breve è diventata un'isola. Siamo rimasti bloccati sulla collina-isola per quattro o cinque ore; gli altri passeggeri sembravano rassegnati. Su un'altra collina a forse trecento metri da noi c'era un motociclista che faceva grandi gesti, del tutto inutili perché non c'era verso di raggiungerlo fino a che il livello dell'acqua non fosse calato.

Quando abbiamo preso il treno, anche la linea ferroviaria era minacciata di continuo dalle acque fangose di fiumi strabordanti in corsa verso il mare. Io e Angela guardavamo fuori dal finestrino, con lo stesso genere di pensieri senza contorni.

Telescopic Lake

Durante uno dei nostri spostamenti attraverso il Queensland, io e Angela in un giorno senza pioggia siamo andati a vedere un lago che si chiama Telescopic Lake. È nel cratere di un vulcano, non molto lontano dalla costa. Su una guida avevo letto di leggende sulla sua profondità apparentemente non misurabile, da cui deriverebbe il nome.

«Come non misurabile?» ha detto Angela mentre salivamo per una strada a curve nella vecchia Renault bianca di una coppia di amici di amici di conoscenti che facevano i pittori e vivevano nel fitto di una foresta con la loro figlia di cinque anni.

«Non lo so» ho detto, ma naturalmente era stata l'idea che il lago fosse insondabile a farmi venire voglia di vederlo.

I fianchi del vulcano erano coperti di vegetazione fitta, come anche la parte interna del cratere quando la strada ha cominciato a scendere verso lo specchio d'acqua. L'unica traccia di attività turistiche nella stagione asciutta era un vecchio albergo di legno scuro, con le finestre chiuse da tavole fissate con chiodi e catene.

Siamo scesi fino alla riva del lago. Il suo colore rifletteva il grigio opalescente del cielo e il verde degli alberi; c'erano richiami di uccelli dal folto della foresta. Camminando tra le canne ho trovato una canoa di legno, rovesciata come un grosso pesce morto; l'ho raddrizzata e ho provato a trascinarla nel lago: galleggiava, non sembrava che ci fossero crepe o buchi nello scafo. Poco lontano ho trovato anche una pagaia, legata con una funicella a un paletto di legno mezzo marcito. Probabilmente in quella zona nessuno rubava, oppure i proprietari dell'albergo pensavano di aver nascosto tutto molto bene. Ho chiesto ad Angela se aveva voglia di fare un giro; lei ci ha pensato un istante e ha detto di sì.

Ci siamo seduti nella canoa e ho cominciato a pagaiare. La canoa non era molto stabile, risentiva di ogni nostra minima oscillazione. Era un esercizio di equilibrio come camminare sul filo: Angela stava ben ferma con le mani strette ai lati dello scafo, io muovevo la pagaia come se fosse un bilanciere. La canoa filava veloce sull'acqua, sembrava che non dovesse vincere nessuna resistenza. C'era solo il tuffo leggero della pala immersa e lo sgocciolio della pala sollevata, lo scorrere liquido della scia che ci lasciavamo dietro.

A un certo punto siamo arrivati quasi al centro del lago, dove un grande pellicano bianco nuotava lento. Gli sono andato vicino a piccoli colpi di pagaia per osservarlo meglio, mi sono fermato. Io e Angela siamo rimasti immobili per un tempo difficile da misurare. Guardavamo il pellicano, lui guardava noi nel suo modo periferico. Non c'erano più suoni a parte i nostri respiri trattenuti; l'acqua non si muoveva, le sponde erano lontane.

Poi senza il minimo preavviso il pellicano ha aperto il becco e ha lanciato un grido lacerante come il suono di una canna spaccata per il lungo, ha aperto le ali e le ha sbattute nell'aria e l'ha riempita di vibrazioni sconnesse, ha suscitato stridii di altri uccelli e svolazzamenti e schiocchi dalla foresta tutto intorno. L'intero lago è sembrato rimpicciolire e allargarsi, il cielo allontanarsi e poi premere sopra le nostre teste e schiacciarci in basso. Il pellicano era lanciato in una lunga rincorsa faticosa che sembrava una sfida alla pressione atmosferica; le sue zampe toccavano la superficie dell'acqua, creavano una linea come un taglio.

Io e Angela ci siamo riempiti di un terrore senza forma: come se di colpo la sospensione cosmica che ci aveva permesso di arrivare fin lì si fosse rotta insieme agli infiniti equilibri minori che conteneva, lasciandoci in preda allo sbilanciamento sulla profondità insondabile del lago.

Angela ha gridato «Torniamo a riva!», si è girata verso di me, la canoa ha oscillato come se stesse per rovesciarsi.

Le ho gridato «Stai calma!» nel tono meno calmo che ci si può immaginare; ho gridato «Non ti muovere!». Ho mosso la pagaia, ma in modo troppo brusco, la canoa ha oscillato di nuovo.

L'acqua era improvvisamente nera, e mi sono reso conto che fin dall'inizio non aveva avuto nessuna trasparenza. Mi sembrava di percepire una distanza di migliaia di metri bui sotto la superficie, forze incontrollabili in gioco, assenza di spiegazioni che ci sballottava e ci risucchiava come un magnete gigante.

Ho riprovato a immergere la pagaia con estrema cautela, benché i miei pensieri e tendini e muscoli fossero invasi di impulsi a fare più in fretta che potevo. Ma sapevo di non avere grandi margini di errore: mi sforzavo di muovere le braccia senza quasi spostare le spalle, seguivo una linea dritta. A ogni piccolo colpo di pagaia andavamo avanti di un tratto irrisorio rispetto a quello che ci separava dalla riva; sembrava assurdo essere scivolati fino al centro del lago con tanta facilità all'andata, l'equilibrio instabile di prima era infinitamente più semplice della proliferazione incontrollata di squilibri che ci dominava adesso. Angela stava molto ferma; ogni tanto le dicevo «Va bene, va bene» a mezza voce. Cercavo di usare un eucalipto alto da cui eravamo partiti come traguardo, anche se continuava a restare troppo lontano; non guardavo indietro e non guardavo di lato, non guardavo sotto di noi. Procedevamo millimetro dopo millimetro, quasi senza respirare.

Alla fine la prua della canoa ha toccato la riva con un piccolo schianto; io e Angela siamo saltati nell'acqua che ci arrivava alle ginocchia. Avevamo il fiato corto e il cuore che ci batteva veloce, e ancora non ci sentivamo al sicuro, siamo andati a ritroso verso la terra ferma. Ho trascinato la canoa tra le canne dove l'avevo trovata e l'ho girata di nuovo a pancia in sotto, ho legato la pagaia al suo paletto con la funicella. Poi siamo saliti in macchina e abbiamo ripercorso la strada a curve, fuori dall'antico cratere coperto di alberi.

Sydney, NSW

Quando io e Angela Kinnard siamo tornati a Sydney, lei ha trovato un lavoro in una scuola irlandese e io sono stato assunto come assistente da un veterinario di origine indiana che si chiamava Manohar Raj. Non avevo competenze specifiche ma lui ha detto che non gli servivano, più che altro dovevo pulire lo studio e tenere fermi cani e gatti con un paio di guanti robusti quando ce n'era bisogno.

A volte io e Angela ci mettevamo a parlare la sera, nella piccola casa che dividevamo con due sue colleghe, ed eravamo sempre meno fiduciosi di poterci inventare una vita significativa in Australia. Ormai era chiaro che non era lì che avremmo scoperto cosa volevamo o sapevamo fare davvero; avevamo bisogno di luoghi più densi di contatti e coincidenze e sollecitazioni.

Ogni tanto mi veniva in mente Raimondo Vaiastri: mi chiedevo dov'era finito, cosa faceva. A distanza di quasi tre anni le ragioni della nostra rottura si erano dissolte insieme a milioni di altri dettagli, quello che restava era una forma di nostalgia per la fase della mia vita che aveva incluso lui e le sue trasformazioni. Non ci eravamo più sentiti dalla sera in cui avevamo litigato a Las Vegas, ma prima di partire per l'Irlanda avevo telefonato a sua madre per chiederle notizie. La signora Dorina Vaiastri mi aveva detto che Raimondo era tornato in Italia per quasi un anno, poi durante l'estate aveva conosciuto in Grecia una ragazza americana e a settembre se n'erano andati insieme a Los Angeles. Non sembrava molto contenta, mentre me lo raccontava; diceva che sperava solo che Raimondo tornasse a casa e si decidesse a trovare un lavoro serio, visto che ormai non era più un bambino. Avevo segnato nella mia agendina da tasca il numero e l'indirizzo di Los Angeles che lei mi aveva dato, nel corso dei mesi li avevo guardati due o tre volte con l'idea di ristabilire un contatto ma non l'avevo mai fatto.

Poi una sera in cui mi sentivo particolarmente perplesso ho preso la Lettera 22 e ho scritto una lettera a Raimondo per aggiornarlo su di me e chiedergli come stava. Ho usato un tono leggero; mi sono concentrato sui paesaggi e sugli elementi esterni della situazione, forse per vincere l'imbarazzo della distanza e del tempo scivolato via e di tutto quello che era andato storto tra noi. Poi ho messo la lettera in una busta e l'ho lasciata per qualche giorno su un brutto mobile giallo all'ingresso. Alla fine l'ho spedita, e quasi subito me ne sono dimenticato.

Los Angeles, 28 aprile

Caro Alberto Scarso inabissato e ricomparso mannaggia quanto tempo è passato dall'ultima volta che ci siamo sentiti ieri quando ho trovato la tua lettera nella cassetta della posta mi è venuto un accidente perché era una vita te lo giuro che avrei voluto scriverti o farmi vivo in qualche modo per sapere cosa diavolo ti era successo sapere cosa facevi dov'eri con chi eri etc. etc. Solo che avevo paura che tu fossi ancora incanaglito con me per Las Vegas che semplicemente non ne volessi più sapere chissà che cosa sta di fatto che più tempo passava meno sapevo come fare sai quando ti viene questa specie di paralisi comunicativa assurda adesso che tu mi hai scritto per primo non so se sentirmi meglio o peggio di come mi sentivo ma che cavolo sono contento di avere tue notizie vecchio bastardaccio.
Comunque è grande questa storia che te ne sei andato in Australia siamo proprio due che non si rassegnano a starsene a casa siamo due che hanno bisogno di andare per il vasto mondo

anche a me l'Australia ha sempre incuriosito forse perché è proprio dall'altra parte del mondo forse per i canguri per tutti gli altri animali strani forse perché ti dà l'idea che più lontano da tutto non potresti andare a meno di non prendere un razzo per Marte scherzo lo so che è interessante dev'essere diverso da qualunque altro posto. Io invece come vedi devo avere qualche fissazione con l'America oppure forse questo è proprio il mio secondo paese anche se in certi momenti lo detesto ci sono tante cose che non mi vanno ma ti assicuro che quando sono tornato in Italia dopo Santa Barbara dopo Reno dopo San Francisco dopo Carmell dopo non so più quanto tempo che ero via mi sono sentito come uno straniero sai tutte le cose di cui parlavamo sempre noi tutte le cose che detestavamo tipo lo spirito da paese piccino di provincia da paese vecchio da paese chiuso da paese di polizia da paese confuso sporco scomodo ma nello stesso tempo tutto intralciato di leggi persecutorie barriere fili spinati regole che nessuno rispetta ma che sono lì per rendere difficile la vita della gente normale insomma tutte le cose che ci esasperavano quando ne parlavamo be' mi sono venute addosso ancora mille volte peggio perché me le ero dimenticate non me le ricordavo più. Poi naturalmente tornare a casa dei miei figurati che festa con tutte le preoccupazioni che hanno per me anche fondate visto che lì in

Italia non avevo un cavolo di lavoro né niente ma in Italia se vuoi fare qualsiasi cosa devi stabilirti un binario per i prossimi quarant'anni non è come in America o anche lì da te in Australia dove puoi trovare mille lavori di sopravvivenza o comunque temporanei in Italia anche fare il cameriere o il facchino diventa la carriera di una vita ci resti inchiodato per sempre è un paese dove una volta che hai un lavoro una casa una famiglia un posto dove sei nato non te ne togli mai più Albert dopo qualche settimana mi sembrava di impazzire di non farcela più non so come ho resistito per nove mesi ti assicuro che in certi momenti mi sarei sparato mi era venuta una depressione spaventosa etc. etc.
Comunque per fortuna qualche risorsa mentale forse anche qualche risorsa fisica mi era rimasta così l'estate scorsa sono andato a farmi un mese in giro per le isole greche mi sono fatto quasi tutte le Cicladi Santorini Ios Paros Antiparos con due lire dormivo nel sacco a pelo sulla spiaggia mangiavo un pomodoro un pezzo di feta qualche fico dagli alberi non avevo bisogno di niente mi sentivo rivivere poi sono tornato a Paros perché Antiparos è proprio uno scoglio sul traghetto ho attaccato bottone con tre americane di cui una carina una media una bruttina la ragione principale è che mi faceva una nostalgia da morire solo sentirle parlare con quell'accento in quel momento

preciso mi sono reso conto di quanto mi mancava l'America insomma per fartela breve mi sono messo con una di loro indovina quale delle tre ti dico solo che non era quella bruttina dunque hai cinquanta cinquanta di possibilità di indovinare Albert bastardo. Comunque si chiama Sarah abbiamo passato insieme dieci giorni mica male abbastanza presi sai tipo nuotare far l'amore prendere il sole nuotare di nuovo dormire quelle cose che ti capitano solo quando trovi la persona giusta nell'estate giusta nel posto giusto avevo accumulato tanta tristezza tanta depressione in nove mesi di Milano credo che avrei fatto felice chiunque anche una che non mi piaceva comunque alla fine di agosto l'ho accompagnata a Roma perché aveva l'aereo da liti tralascio tutte le lacrime disperate sai uno di quegli addii strappacuore ero mezzo sollevato mezzo disperato lo sai come sono fatto comunque ero convinto di non rivederla mai più ciao ciao bambina sai come nei finali dei vecchi film western dove l'eroe se ne va via per conto suo etc. etc. Invece poi lei comincia a scrivermi da Los Angeles mentre io sono di nuovo a Milano a casa dei miei a cercare di farmi venire un'idea depresso da fare schifo con la prospettiva di un altro maledetto inverno milanese grigio desolante senza tregua senza un lavoro né niente Sarah mi scrive che va alla spiaggia che prende il sole nel giardino davanti a casa che va a sentire il concerto di questo di quello che

va al cinema a vedere i film che in Italia arrivavano dopo sei mesi sai proprio il supplizio di Tantalo ogni volta che leggevo una sua lettera mi veniva la smania dopo un mese di questa situazione un giorno mi sono alzato ho contato i soldi che avevo sono andato di corsa a comprarmi un biglietto mi bastavano giusti giusti mi è sembrato un segno del destino.
Così adesso eccomi qua a Los Angeles è proprio tutta un'altra storia rispetto a Santa Barbara ordinatina carina tranquillina come una residenza di bambole questa è una vera megacittà mostruosa all'inizio fa paura perché non ha neanche la forma di una città sai con il centro la periferia le piazze la via principale sai come le città che conosciamo noi invece è una cosa sconfinata puoi passare le giornate prima di averla attraversata tutta senza neanche capire esattamente dove sei ma ti offre miliardi di cose in ogni momento c'è Hollywood c'è la televisione c'è la musica di ogni tipo dal blues al country al pop a tutto quello che ti pare puoi sentirla nei club nei teatri negli stadi ogni giorno c'è qualcosa che succede ci sono i cinema ci sono le gallerie d'arte ci sono un miliardo di cose che puoi fare che puoi vedere che puoi ascoltare miliardi di offerte di lavoro dipende da cosa ti interessa da cosa ti passa per la testa ma certo è un posto che ti carica al massimo che ti fa venire in mente delle idee che ti spinge ad avere

iniziative ma anche a goderti la vita perché in più c'è anche il sole il mare etc. etc.
Va be' Albert caro come vedi la mania di scrivere lettere troppo lunghe non mi è passata per niente anche se scrivo a mano non ho più quella fantastica macchina da scrivere elettrica che avevo a Milano ma cavolo erano tre anni era una vita intera che non sapevamo neanche più se eravamo vivi o morti avrei un sacco di cose da raccontarti un sacco di cose da chiederti per esempio di questa tua Angelina irlandesina di quello che fate in Australia dei posti che avete visto di circa un miliardo di altre cose ma insomma adesso che abbiamo ristabilito il contatto spero che non lasciamo passare altri due anni e mezzo spero che prima o poi riusciamo addirittura a vederci qui o lì o a metà strada vale a dire a metà oceano visto che adesso abbiamo soltanto il Pacifico che ci divide non so la distanza in chilometri ma mi dà l'idea che se mi metto sul bordo del mare sulla mia costa se tu ti metti sul bordo del mare sulla tua quasi riusciamo a vederci.
Un abbraccione frenetico carico di amicizia come un tempo
Raimondo

Manohar Raj

La lettera di Raimondo mi ha fatto più piacere di quanto mi aspettassi mentre gli scrivevo la mia: la complicità e l'intesa sopravvissute a quasi tre anni di non-frequentazione, l'amicizia che si ristabiliva senza bisogno di decidere niente. L'idea che anche lui fosse in giro per il mondo a cercare la sua strada mi faceva sentire meno solo e meno stupido, distribuiva in modo più equo l'insoddisfazione da emigrante esigente che mi aveva spinto via dall'Italia per la seconda volta. Mi sembrava anche che la fantasia fabbricatrice delle sue lettere nel periodo delle interviste avesse lasciato posto a uno spirito più autentico, il che non voleva dire assenza degli slanci o degli accenti esaltati che facevano parte del suo carattere. Era questa la versione di Raimondo Vaiastri di cui ero diventato amico: ero felice di sapere che esisteva ancora.

La sua lettera mi ha suscitato anche altri pensieri, riguardo ai luoghi e alle opportunità che potevano offrire. La sua descrizione di Los Angeles corrispondeva mille volte più di Sydney a quello che io e Angela stavamo cercando. Quando l'ho riletta ad alta voce e le ho detto «Forse è lì che dovremmo essere», lei ha detto «Forse sì». D'altra parte avevamo investito mesi di adattamento e attenzione e ricerca in Australia, l'idea di buttare via tutto in base a un impulso sembrava abbastanza assurda.

Ho scritto a Raimondo una lettera molto più comunicativa e affettuosa e ricca di informazioni della prima, mi è venuta lunga quasi quanto la sua.

Il veterinario Manohar Raj conosceva il suo lavoro molto bene, e sapeva intervenire con grande sicurezza anche nel caso di diagnosi difficili o di emergenze; ma quello che lo impegnava di più era la militanza in un movimento vegetariano. Condivideva questa convinzione con la sua donna, una tipa bionda e asciutta che si chiamava April Hayes. Ogni tanto lei veniva a trovarlo all'ambulatorio, con il passo deciso e gli scarponi robusti e i capelli ispidi e gli zigomi scottati che facevano pensare che fosse in città solo di passaggio, come infatti era. Manohar Raj aveva un'autentica passione per lei: sospendeva qualsiasi cosa stesse facendo appena la vedeva arrivare, diceva «Ehiii, April!». Lei rispondeva in modo brusco ai suoi saluti, ma si vedeva che gli voleva bene. Tutti e due erano separati e in conflitto continuo con i loro ex coniugi, eppure spesso riuscivano a organizzare escursioni con i figli di entrambi, sul pullmino a quattro ruote motrici che lei usava per il suo lavoro di cercatrice di opali nel deserto.

Manohar Raj quasi ogni volta che avevamo un momento libero cercava di convincermi che l'uomo non è affatto carnivoro per natura. Mi faceva vedere illustrazioni degli organi di tigri e leoni nei suoi libri di zoologia, mi indicava i visceri, gli artigli e i canini sviluppati, diceva «*Questi* sono i carnivori. Intestino lungo solo tre volte il tronco, acidi digestivi incredibilmente concentrati. È vero che mangiano cadaveri in putrefazione, ma poi eliminano le loro tossine in fretta. Invece noi abbiamo un tubo digerente lungo *dodici* volte la lunghezza del tronco, mandibole deboli, denti fatti per mangiare frutta o masticare noci e grani. Quando mangiamo carne, le tossine restano dentro di noi un tempo *infinito*, ci avvelenano completamente».

Gli dicevo che mangiavo carne molto di rado, e non mi era mai piaciuta molto. Pensavo alle fettine di bistecca che mia madre mi preparava solo per senso del dovere quando ero bambino; a come le masticavo malvolentieri.

Ma naturalmente per Manohar Raj la questione era molto più estesa. Diceva «Se vedessi come vengono allevati gli animali non ne mangeresti *affatto*. Quando ho cominciato a fare il veterinario vivevo a Monaco, andavo spesso negli allevamenti per lavoro. Se vedessi come vengono tenuti i buoi o i vitelli o i maiali, bloccati in gabbie o stambugi dove non possono neanche *girarsi*, imbottiti di tranquillanti per non farli impazzire e di ormoni della crescita per gonfiarli più in fretta possibile e di antibiotici e di ogni tipo di altre medicine per farli sopravvivere fino al momento in cui li ammazzano».

«Ho letto qualcosa» dicevo.

«Ma dovresti *vederlo*» diceva Manohar Raj. «Chiunque mangia carne dovrebbe vedere un allevamento, per dieci minuti. E dovrebbe vedere un *macello*. Dovrebbe vedere con quanta freddezza e cattiveria massacrano gli animali, dopo avergli fatto trascorrere una vita spaventosa di torture continue.»

«Forse è che non ci si pensa mai» dicevo.

«Non ci si pensa» diceva Manohar Raj. «Ci penseremmo se dovessimo ammazzarli e farli a pezzi *noi*. Invece compriamo la carne in forma di fettine o pezzi o macinati pronti, possiamo far finta di non sapere neanche che fino a qualche giorno prima faceva parte di un essere vivente e respirante.»

«Già» dicevo.

Lui diceva «Però non è solo una cosa terribile per gli animali e per chi li mangia. È terribile per il *mondo*. Lo sai che per produrre un chilo di carne di bue ci vogliono *sedici* chili di soia?».

«Sì?» dicevo.

«Sì» diceva Manohar Raj. «E per produrre un grammo di proteine animali ci vuole *quindici volte* l'acqua che serve per un grammo di proteine vegetali. Se mangiassimo direttamente quelle e lasciassimo perdere le proteine avvelenate della carne potremmo risolvere il problema della fame nel mondo, e in più eviteremmo di imprigionare e torturare e massacrare milioni di poveri animali.»

«Però qui in Australia i buoi li allevano liberi all'aperto» dicevo.

«Già» diceva lui. «Le hai viste le foreste distrutte per fare i pascoli, quando sei andato al Nord? Lo sai che per ottenere un miserabile hamburger di un etto vengono distrutti almeno *cinque metri quadrati* di alberi e vegetazione?»

Alla fine l'argomento che mi ha convinto a diventare vegetariano come lui non era un vero e proprio argomento.

Manohar Raj mi ha chiesto «Secondo te quanti anni ho?».

«Quarantacinque?» ho detto.

«Sessantuno» ha detto lui. Sorrideva, si è messo a fare dei movimenti di flessione degli arti.

Los Angeles, 17 maggio

Alberto caro
che bello avere tue notizie di nuovo lo sai che leggere le tue lettere mi fa lo stesso effetto di quando leggevo le interviste che mi mandavi sai proprio quando aprivo la busta per scoprire cosa ci avevi messo accidenti ogni tanto penso che se avessimo potuto continuare ancora chissà cosa sarebbe successo delle nostre vite però forse è stato meglio così altrimenti magari non ne saremmo più venuti fuori invece alla fine siamo stati costretti a fare delle cose vere invece di inventarcele soltanto. Qui le cose vanno abbastanza bene Sarah ha trovato un lavoro in una società di ricerche di mercato sai sondaggi telefonici per capire i gusti dei consumatori è un lavoro abbastanza del cavolo ma la pagano bene tutto quello che deve fare è stare seduta parlare in una cornetta fare delle crocette sulle caselle di uno schedario. Io invece lavoro in un ristorante italiano a Westwood che è una delle tante subcittà dentro questa megacittà senza forma faccio il

cameriere è abbastanza tosto però in compenso con le mance guadagni bene ogni sera ti porti a casa un bel mazzetto di dollari frusciant ti dà l'idea sai di un lavoro pagato molto più di uno stipendio dove ti danno l'assegno alla fine del mese qui è proprio una cosa che hai tra le mani in cambio della fatica che fai. L'altra cosa divertente è che nel ristorante ci passano proprio tutti perché è nella zona dei cinema è un posto molto frequentato così ti capita magari di servire al tavolo degli attori o attrici famosi delle rockstar etc. etc. La settimana scorsa mi è capitata Rosanne Fletcher all'inizio non ero neanche sicuro che fosse lei aveva questa faccia sai quando ti sembra una persona della tua famiglia solo perché l'hai vista chissà quante volte in chissà quanti film manifesti fotografie etc. etc. Figurati un po' averla lì seduta al tavolo insieme a un tipo tutto lampadato tutto palestrato impomatato incamiciato lei continuava a fargli cicichiciò cicichiciò sai come la pulcina che ha trovato quello che la coccola quello che la protegge invece si vedeva benissimo che è solo un cialtrone bavosone approfittone che si vanta di uscire con lei gli avrei rovesciato addosso il vassoio per l'antipatia il colmo è che neanche venti minuti dopo a un altro tavolo mi sono arrivati Guy Sutton Vanessa Grisnell Jerry Donahue Tijuana Aranez sai la top model quella con il collo di trenta centimetri mi sembrava di essere dentro un film ma qui è normale succede tutto il tempo gli altri camerieri non erano neanche tanto colpiti. L'altro ieri sera invece mi è capitato al tavolo un tipetto che si chiama Ronald Tilkins non so se lì in Australia avete sentito parlare di lui forse no comunque è diventato miliardario a quindici anni adesso ne avrà diciassette tutto con la grande idea geniale di andare a prendere a casa della gente la roba da lavare portarla a una lavanderia a gettone poi riconsegnarla bella pulita stirata inamidata all'inizio andava lui con un triciclo a pedali adesso ha non so quanti dipendenti con non so quanti camioncini naturalmente adesso ha anche le lavanderie ho letto tutta la storia su "Fortune" è una di quelle tipiche storie di questo paese dove ognuno può farsi venire in mente un'idea può provare a metterla in pratica se l'idea è buona non c'è limite alla risposta che può avere non c'è limite può essere anche un bambino o un ragazzino o uno straniero può essere chiunque nessuno sta a vedere chi è da dove viene tutto quello che conta è l'idea se pensi invece a quel cavolo di nostra Italietta tutta rigida e chiusa dove non trovi un varco neanche a piangere a meno di non voler fare il ladro o l'imbroglione professionista o entrare in politica che poi è la stessa cosa per il resto potresti anche spararti prima di avere uno straccio di occasione qui invece basta guardarti intorno basta parlare con qualcuno basta leggere qualcosa ti vengono subito un miliardo di idee ti viene voglia di provare a vedere se riesci a farle funzionare. Io per esempio mi sono messo a buttare giù una sceneggiatura per un film che potrebbe venire benissimo l'idea di base è buonissima devo solo imparare un po' la tecnica perché c'è tutto un modo di costruire la storia articolare le scene alternare gli interni con gli esterni i dialoghi con l'azione etc. etc. ma abbiamo un vicino di casa due appartamenti più in là che fa l'assistente di un dentista però nel tempo libero ha scritto una sceneggiatura l'ha mandata da leggere a una serie di agenti alla fine gliel'hanno comprata quelli della Universal tra poco mettono su un film con un grosso cast mi ha promesso che mi spiega qualcosa della tecnica così potrò ottenere un risultato professionale non una specie di cosa da bambini. Insomma credo che anche tu Albert riusciresti a farti venire un sacco di idee in questo posto figurati se poi ci mettessimo a parlare un po' insieme chissà cosa ci verrebbe in mente sono sicuro che sarebbe incredibile avremmo dei risultati pazzeschi perché non vieni qui con la tua irlandesina non sto scherzando lo so che l'Australia è un paese interessante diverso da tutti gli altri tutto quello che ti pare però lo sai benissimo che l'America è l'America questo tipo di energia incredibile lo riesci a trovare solo qui al mondo non c'è un cavolo da fare lo sai benissimo sei tu che sei venuto per primo insomma se per caso a un certo punto ti stufi dell'Australia ricordati che qui c'è il tuo amico Raimondo che ti aspetta in qualsiasi momento ricordati che potete benissimo stare da noi dalla settimana prossima ci spostiamo in un nuovo appartamento migliore che Sarah ha trovato sempre nella San Fernando Valley dove siamo già adesso ti scrivo il nuovo indirizzo qui sotto insomma non occorre neanche che mi dici niente in anticipo quando volete noi siamo qua per il lavoro non avreste nessun problema ne trovate subito uno poi decidete con calma cosa vi interessa di più insomma non ti dico altro tanto hai capito Albert fai quel cavolo che ti pare intanto io ti mando un abbraccio gigante tanti saluti anche da Sarah che anche se non ti conosce sa già tutto di te è come se ti conoscesse le ho raccontato un miliardo di cose le ho fatto una testa così.

Hasta la vista

Raimondo

3212, Orangegrove Ave.
Sherman Oaks, CA
91227 U.S.A.

Alla fine di maggio Angela è stata licenziata dalla scuola irlandese perché il direttore amministrativo ha deciso che non poteva tenerla con un visto turistico scaduto sul passaporto. Quando la sera ci siamo ritrovati a casa e me lo ha raccontato, ho provato quasi sollievo: mi è sembrato un piccolo aiuto da parte delle circostanze a prendere una decisione.

Il giorno dopo siamo andati a informarci in un paio di agenzie di viaggio, e abbiamo scoperto che quella settimana iniziava una campagna di tariffe ribassate sui voli per gli Stati Uniti, per la prima volta dopo non so quanti anni. Abbiamo fatto i conti: con i soldi che avevamo riuscivamo a comprarci due biglietti di sola andata per Los Angeles.

Sherman Oaks

Nella luce falsa della sala arrivi dell'aeroporto Raimondo faceva una buona figura, anche senza il look da rockstar dell'ultima volta che ci eravamo visti. Aveva i capelli più corti e un orecchino più piccolo e un paio di scarpe da jogging al posto dei famosi stivaletti texani di finto pitone, ma in compenso era abbronzato e in forma; sembrava a suo agio nello scenario. Ci siamo abbracciati con grande slancio, febbricitanti di curiosità e ansia di aggiornamento; poi gli ho presentato Angela e lui mi ha presentato Sarah.

Sarah Miller era una ragazza bruna e dinamica, con i capelli corti e occhi da gatta quasi gialli; bastava vederla camminare attraverso il parcheggio in cerca della sua Honda per restare colpiti dal suo senso pratico, capire il tipo di fascino che poteva esercitare su Raimondo. Ma non c'erano dubbi neanche sul fatto che lei lo adorasse: in macchina girava la testa di continuo verso di lui, lo chiamava per nome, gli sfiorava un braccio o una spalla, lo guardava e le brillavano gli occhi.

Io e Angela appoggiavamo la testa ai finestrini e guardavamo fuori, il mare sconfinato di luci fisse e in movimento. Raimondo indicava a destra e a sinistra, ci diceva i nomi dei posti, sembrava felice di dimostrarci la sua padronanza della lingua e del territorio.

Lui e Sarah vivevano a Sherman Oaks nella valle di San Fernando, al di là della catena di alte colline che separa la grande città senza forma dai suoi satelliti. Sarah ha percorso una grossa strada dritta che si chiamava Orangegrove Avenue, si è fermata davanti a un condominio moderno costruito in stile coloniale spagnolo debolmente accennato. Era a due piani, e certo meglio dei terribili palazzi delle periferie di altre città, ma la povertà dei materiali faceva tristezza lo stesso, come anche la vicinanza estrema a uno svincolo della superstrada da cui arrivavano onde di spostamenti d'aria e odore dolciastro di benzina bruciata. C'era anche una piscina nel cortile, messa lì in una specie di omaggio obbligato alla California e al suo clima, e per suggerire ai condomini e agli affittuari l'idea di essere in una casa ricca. Raimondo ha detto che non ci nuotava mai nessuno, forse perché era così esposta e poco invitante, una vasca azzurro pallido circondata dall'asfalto del parcheggio su cui si affacciavano gli ingressi dei piani terreni e le scale dei primi piani.

Siamo entrati nel piccolo appartamento di Raimondo e Sarah, e mi ha colpito vedere i segnali di come erano già una vera coppia, molto più che due persone temporaneamente insieme. Guardavo gli oggetti e le fotografie incorniciate, le tracce delle abitudini e dei riti di un'esistenza in comune. Mi sono chiesto se anch'io e Angela davamo la stessa impressione, benché non avessimo una casa ma solo dei bagagli. Ho pensato che molto probabilmente era così; ho pensato che le persone scivolano da una fase all'altra delle loro vite senza accorgersene, e se ne rendono conto solo quando ne vedono altre a cui è successa la stessa cosa. Sarah ci ha mostrato come funzionava il divano-letto nel soggiorno, ci ha dato degli asciugamani per il bagno, ci ha allertati sui pericoli del trituratore di bucce nel lavello della cucina.

Ho detto a Raimondo che io e Angela avremmo contribuito all'affitto appena fossimo riusciti a guadagnare qualcosa; anche se era abbastanza chiaro che la nostra presenza per più di qualche settimana sarebbe diventata per Sarah un'invasione intollerabile di territorio.

Il mattino dopo Angela dormiva per recuperare il salto di fuso orario e Sarah era andata al lavoro, io e Raimondo abbiamo fatto un giro a piedi nel reticolo esteso di strade e case e giardini intorno alle case.

Ci siamo scambiati racconti di luoghi e attività e persone pescati alla rinfusa dai tre anni in cui non ci eravamo visti né sentiti; poi lui mi ha parlato di Sarah. Ha detto che quando era arrivato a Los Angeles non era affatto sicuro se voleva davvero stare con lei o cercava semplicemente un pretesto per tornare in America, ma poi i rapporti tra loro si erano evoluti in modo quasi automatico fino al punto in cui li avevamo trovati noi.

Gli ho detto «Ne so qualcosa, di rapporti a evoluzione automatica».

«Sì, va be'» ha detto Raimondo. «Non intendevo necessariamente in senso brutto.»

«Neanch'io» ho detto.

Mi ha raccontato che Sarah lo aveva voluto a tutti i costi presentare in famiglia, alla madre che aveva una piccola società di consulenze finanziarie e al padre che dirigeva la filiale di una grossa compagnia di automobili a noleggio e alla sorella e al fratello che lavoravano in una palestra di body building a Santa Monica. Mi ha descritto l'imbarazzo del pranzo a casa dei genitori, nel tono parte ironico e parte scioccato di chi parla di qualcun altro e solo a tratti si ricorda che questo qualcun altro è lui.

Più mi parlava di Sarah, più venivano fuori cose che non gli andavano bene di lei. Me le elencava, estraendole da un catalogo mentale troppo vivo e pulsante per consentirgli di essere pacato: la sua praticità senza elaborazioni né filtri, la sua totale indifferenza verso qualunque pensiero astratto, il suo bisogno di semplificare tutto e ridurlo ai minimi termini, l'ansia con cui ascoltava le previsioni del tempo ogni sera e ogni mattina in un posto dove c'era comunque sempre il sole, il modo che aveva di dire "est" e "ovest" invece di destra e sinistra, le sue cognizioni rozze di fisiologia che si rivelavano ogni volta che si attaccava a una bottiglia di acqua minerale e diceva "Ti lava il corpo" con un gesto dalla gola in giù come se indicasse il condotto di una fognatura. Gli dava fastidio perfino il suo modo di dire "Raimondow", con enfasi compiaciuta per un nome che le sembrava esotico. Eppure le voleva bene ed era anche attratto dalla sua fisicità; e sapeva che lei era innamorata di lui come quando si erano incontrati l'estate prima, e che gli era indispensabile per contrastare la sua tendenza a sottrarsi alla realtà e a rifugiarsi nell'immaginazione.

Ho detto «Non è inevitabile che ci siano almeno alcune cose che non ti vanno bene, in qualsiasi altra persona?».

«Sì, ma dipende da quali sono» ha detto Raimondo. «E da *quanto* non ti vanno bene.»

Ho detto «Comunque non so se è per via di Sarah, ma sei abbastanza cambiato».

«In meglio o in peggio?» ha detto Raimondo, con uno sguardo di allarme.

«In meglio, credo» ho detto.

«Come, "credi", brutto bastardo?» ha detto Raimondo; ci siamo inseguiti lungo il marciapiede di una strada che sembrava non finire né cambiare mai.

Betty Crocker

Sarah Miller ha trovato a me e ad Angela un lavoro di tre giorni per una ricerca di mercato. Ci restavano forse ottanta dollari in due, così abbiamo preso l'occasione al volo, siamo andati in autobus all'indirizzo dove venivano arruolati i candidati: uno spiazzo di cemento con un capannone al centro, in una zona periferica.

La coordinatrice della ricerca era una donna dallo sguardo spietato che si chiamava Betty Crocker e veniva espressamente da New York. Sembrava che dovesse organizzare un'operazione di guerra, o almeno di soccorso civile in condizioni estremamente difficili: ci stava di fronte con l'aria di dover evitare errori di valutazione che avrebbero potuto avere conseguenze terribili per tutti. Ha fatto una rapida selezione tra la piccola folla di grosse signore nere e disoccupati cronici con le facce tutte solchi e tipi gonfi e pallidi con i capelli radi e ragazzotti ispanici forse immigrati illegalmente; io e Angela siamo finiti nel gruppo dei prescelti.

Betty Crocker ha mandato via gli scartati con poche parole secche, poi ci ha fatto disporre a semicerchio e ha tenuto un discorso enfatico sui principi di base di una ricerca di mercato accurata e quindi utile per il cliente. Camminava da uno all'altro di noi in modo da tenerci tutti a contatto d'occhi, ogni tanto si fermava e si bilanciava sulle caviglie; parlava come se recitasse a memoria il testo di qualche manuale. Ogni tanto diceva «Mi seguite?», e anche queste interlocuzioni sembravano preordinate.

Facevamo di sì con la testa come una piccola truppa di irregolari, ma era abbastanza evidente che nessuno di noi le dava molta corda. Betty Crocker diceva «Okay? È tutto chiaro?»; si sentivano mormorii di «Tutto chiaro» e «Sì» e «Okay». Gli sguardi oscillavano tra noia e sospetto e indifferenza: era un lavoro di tre giorni pagato il minimo consentito dalla legge, non c'era nessuno slancio da commando in nessuno di noi.

Betty Crocker non se ne rendeva conto, oppure considerava quel lavoro una semplice opportunità di esercitarsi a trasmettere motivazioni e ordini a gruppi di persone. Quando ha finito di arringarci sui principi generali è passata al senso specifico del nostro essere lì, che consisteva nel fare assaggiare a gruppi di bevitori abituali di birra una nuova pilsner, in un confronto cieco con le marche dominanti sul mercato. Ha detto «Cosa vuol dire "confronto cieco"?».

La nostra piccola truppa la fissava, con sguardi perplessi più che curiosi; nessuno ha risposto.

«Vuol dire che i bevitori non sapranno che birre bevono» ha detto Betty Crocker. «Avranno davanti solo dei bicchierini numerati.»

Alcuni nella piccola truppa hanno fatto di sì con la testa, altri guardavano nel vuoto.

Betty Crocker ci ha portati dentro il capannone, dove c'era una specie di cucina da campo con lavelli d'acciaio ed enormi frigoriferi, ci ha spiegato in modo molto dettagliato la sequenza di gesti da compiere. Prima di tutto dovevamo sistemare su un vassoio un certo numero di bicchierini di plastica numerati, poi prendere dai frigoriferi le bottiglie o le lattine di birra che corrispondevano ai vari numeri e versarne tre dita in ogni bicchierino. Una tabella appesa a ogni frigorifero indicava la corrispondenza tra marche di birra e numeri sui bicchierini. La birra per cui facevamo il test era in lattine bianche senza nessuna scritta.

Betty Crocker ha detto «Il nome *non* ve lo dico», come se fosse certa che morissimo tutti dalla voglia di saperlo.

Un tipo grasso con la faccia da guardia giurata ha detto «E cosa ci facciamo con la birra che avanza, una volta versate le tre dita nel bicchierino?».

«La rovesciate in uno dei lavelli di acciaio» ha detto Betty Crocker. «È *cruciale* che la buttiate tutta via, chiaro?».

«Chiaro» hanno bofonchiato alcuni di noi.

«Ed è *cruciale* che non confondiate marche e numeri sui bicchierini, chiaro?» ha detto lei; il suo tono suggeriva una fede quasi religiosa in quello che faceva.

Alcuni di noi hanno fatto di sì con la testa, con lo sguardo verso un punto subito prima o di lato o dopo di lei.

Betty Crocker ha spiegato che la seconda parte della nostra missione consisteva nel portare il vassoio con i bicchierini al di là di una doppia tenda di plastica opaca, dove i bevitori abituali di birra sarebbero stati seduti a lunghe tavolate su cui erano già disposti contenitori di grissini da sgranocchiare tra un assaggio e l'altro.

Il primo contingente di bevitori abituali di birra è arrivato nel capannone: li abbiamo sentiti vociare prima che Betty Crocker andasse a zittirli e istruirli sui loro compiti. Io e Angela abbiamo provato a scostare di poco la tenda di plastica per vederli: non sembravano molto diversi dal nostro gruppo, a parte il fatto che erano seduti sulle panche nell'atteggiamento di chi si aspetta qualche vantaggio dalla situazione.

Poi Betty Crocker ha battuto le mani e ha dato il via all'impresa. Abbiamo seguito alla lettera le sue indicazioni, mentre lei andava avanti e indietro con la sua aria da condottiera per controllare l'accuratezza di ogni nostro gesto. Noi consultavamo le tabelle e prendevamo le diverse birre dai grandi frigoriferi e ne versavamo tre dita nei bicchierini numerati, buttavamo quello che restava nei lavelli. Betty Crocker cercava di farci tenere un ritmo veloce; diceva «È *cruciale* che i bicchierini arrivino ai bevitori allo stesso grado di frizzantezza e di frescura, chiaro?». Qualcuno di noi rispondeva «Chiaro», sembravamo tutti ben impegnati.

I bevitori abituali dall'altra parte della tenda ridacchiavano quando ci vedevano arrivare con i vassoi, si scambiavano battute. La quantità di birra nei bicchierini doveva sembrargli ridicola, anche se era mattina: la scolavano in un sorso benché Betty Crocker continuasse a dirgli di sorseggiarla, sgranocchiavano malvolentieri un grissino con gli occhi già fissi sul bicchierino successivo. Betty Crocker diceva nella sua voce stridula «È *cruciale* che sentiate le differenze di sapore tra una birra e l'altra. È *cruciale* che sbarriate in modo accurato le caselle sulle schede che avete davanti». Loro facevano di sì con la testa, sempre più incuranti man mano che accumulavano birra nello stomaco e confidenza con la situazione.

Siamo andati avanti così per un po', e a un certo punto l'equilibrio goffo in cui ci muovevamo si è rotto: i bevitori abituali hanno cominciato a tracannare birra a caso e ridere più forte e gridare e scomporsi e mettere segni nelle caselle delle schede senza neanche guardare. È stato una specie di contagio molto rapido, perché noi dall'altro lato della tenda di plastica abbiamo cominciato a pescare birre a caso dai frigoriferi e a versarle nei bicchierini senza guardare i numeri, bere la birra che avanzava invece di buttarla via. Betty Crocker correva da un lato all'altro del capannone e dava ordini e faceva gesti, ma presto è stato chiaro che aveva perso il controllo degli eventi. In modo disperato ha provato a riprenderlo: ha agguantato per un braccio una signora che sembrava gonfiata con la pompa e l'ha riportata indietro e le ha fatto vuotare i bicchierini in un lavello e riempirne di nuovi; ma si è confusa anche lei e ha dovuto ricominciare da capo, e intanto tutto intorno la situazione continuava a degenerare.

La cucina da campo era satura dei vapori della birra rovesciata, il pavimento appiccicoso e scivoloso, le grosse signore nere e i disoccupati cronici e i tipi pallidi dai capelli radi e i ragazzotti ispanici ridevano e giravano su se stessi e si urtavano in modo sempre meno controllabile. Tiravamo fuori bottiglie e lattine e riempivamo fino all'orlo i bicchierini, bevevamo il resto o lo rovesciavamo nel modo più indifferente, guardavamo la schiuma che montava nei lavelli di acciaio e sul pavimento insieme al vapore alcolico. Andavamo dai bevitori abituali con i vassoi carichi di molti più bicchierini del previsto, inciampavamo e ci muovevamo a scatti nella confusione di gesti e rumori e voci. Betty Crocker correva su e giù con sempre meno efficacia; poi ha perso convinzione da un istante all'altro, è uscita dalla cucina da campo e si è messa a telefonare a qualcuno, in una simulazione di tono efficiente.

Il test della birra è andato avanti per i tre giorni previsti: migliaia di bicchierini numerati riempiti e bevuti a caso. Ogni mattina Betty Crocker si limitava a una pantomima iniziale molto abbreviata, poi passava il tempo a fare telefonate. È probabile che in realtà anche lei vedesse il suo lavoro con distacco, e perfino che non avesse molta fiducia nelle ricerche di mercato, al di là della recita che aveva messo in piedi. Non ho mai saputo il nome della nuova birra che avremmo dovuto testare, né se sia mai uscita sul mercato; ancora meno saprei dire che sapore avesse.

Sarah Miller

La faccia e il corpo e il carattere di Sarah Miller sembravano il risultato di un'evoluzione indirizzata ad affrontare e risolvere questioni materiali. Da quando si era innamorata di Raimondo aveva cominciato a mettere queste caratteristiche a sua disposizione; non riusciva a capire perché lui si rifiutasse di adottare il sistema di convinzioni e abitudini che gli offriva con tanto slancio. Lo adorava come una specie di dio latino dell'amore e del sesso, eppure aveva già elaborato un piccolo elenco di suoi difetti caratteriali e comportamentali che era riuscita a identificare con accuratezza.

Quando io e lei abbiamo raggiunto un po' di confidenza, un sabato mattina che Angela e Raimondo dormivano l'ho accompagnata al supermarket. Guidava nel suo modo ultracompetente, a un certo punto si è messa a parlarmi di Raimondo. Diceva che per la maggior parte del tempo era l'uomo più interessante e attraente e affettuoso che avesse mai incontrato, ma questo rendeva ancora più traumatico il fatto che ogni tanto si rivelasse non sincero e non affidabile e refrattario a qualsiasi tipo di impegno. Spesso si sottraeva a conversazioni sul loro futuro uscendo dalla stanza dove stavano parlando, oppure si rifiutava di partecipare a cene o pranzi a casa dei genitori di lei senza neanche trovare una scusa. Però la cosa di gran lunga peggiore erano le bugie che raccontava per ragioni inspiegabili, e che continuava a estendere e intrecciare fino a non saper più come venirne fuori.

Le ho chiesto che tipo di bugie fossero. Sarah ha detto che per esempio quando si erano conosciuti Raimondo le aveva raccontato di essere anche lui ebreo, con giustificazioni elaborate per spiegare come mai non fosse circonciso e non sapesse quasi niente della fede e delle tradizioni ebraiche. Lei naturalmente gli aveva creduto, ma quando mesi dopo lo aveva portato a pranzo dai suoi e loro gli avevano fatto domande più circostanziate, Raimondo aveva reagito in modo assurdo.

Ha detto «È stata la situazione più imbarazzante della mia vita. A un certo punto mio padre gli ha chiesto del suo *bar mitzvah*, e Raimondo ha detto "Come?", sai con la faccia di chi non ha la minima idea di cosa si stia parlando? Mio padre gli ha ripetuto la domanda, gliel'ha ripetuta anche mia madre. Raimondo sorrideva e scuoteva la testa, si è messo a farfugliare qualcosa di automobili o roba del genere, tutto rosso in faccia come un bambino preso in castagna. Io non riuscivo a crederci, mi sembrava di essere entrata in un brutto sogno. I miei mi guardavano e si guardavano tra loro, sai come per dire povera figlia con che razza di imbroglione italiano sei andata a metterti? È stata una cosa orrenda. Mi vengono i brividi nelle ossa solo a pensarci».

Le ho toccato un avambraccio, e in effetti tremava abbastanza forte. Ho detto «E Raimondo? Come si è giustificato, poi?».

«Non si è giustificato *affatto*» ha detto Sarah. «È questo che mi ha sconvolta quasi più della bugia. Gli ho chiesto perché mi aveva raccontato tutta la storia di essere ebreo eccetera, e lui non rispondeva neanche. Alzava solo le spalle con una specie di sorrisino triste, come se fossi stata io a fargli qualche torto.»

«Lo conosco, quel sorriso» ho detto. «Raimondo è così. Ci rimane profondamente male.»

«E allora perché racconta bugie?» ha detto Sarah; ha fermato la macchina nel parcheggio del supermarket.

«Non sono bugie» ho detto.

«Cosa sono, allora?» ha detto Sara.

«Non saprei come definirle» ho detto. «Alterazioni della realtà, forse. Modifiche mentali allo stato delle cose.»

Lei mi guardava con la testa inclinata, sembrava che non capisse cosa dicevo.

Ho detto «Non lo fa per calcolo, o per malizia. Non lo fa per imbrogliare o ricavarne dei vantaggi. Se fosse così in questo caso si sarebbe documentato, non credi? Avrebbe almeno raccolto qualche informazione di base sull'ebraismo, in modo da riuscire a sostenere la parte. Qualunque bugiardo l'avrebbe fatto».

«E allora perché mi ha raccontato di essere ebreo?» ha detto Sarah.

«Forse per farti contenta» ho detto.

«Ma se non me ne importava niente!» ha detto lei. «Non sono mai stata osservante in vita mia, lo sapeva benissimo.»

Ho detto «Allora l'avrà fatto per provare come avrebbero potuto essere le cose se lui fosse stato ebreo. Con la tua famiglia eccetera».

Sarah si è appoggiata una mano sulla fronte.

Ho detto «L'avrà fatto perché gli piaceva l'idea».

Lei ha detto «Ma sapeva che prima o poi la verità sarebbe venuta fuori, no?».

«Sperava che fosse poi» ho detto. «Il problema è, una volta che Raimondo si è inventato qualcosa, non ci può fare più niente. È come se non dipendesse più da lui.»

«Vuoi dire che va avanti come un treno su un binario che finisce contro un muro di cemento armato?» ha detto Sarah. «Sapendo che prima o poi ci andrà a sbattere?»

«Contro un muro di realtà, sì» ho detto. Pensavo alla sua ragazza immaginaria di Edimburgo: al sorriso deluso che gli era venuto quella notte lontana sotto la pioggia.

Poi mentre giravamo con il carrello per il supermarket Sarah mi ha raccontato che ogni tanto Raimondo diceva di volersene tornare in Italia, e solo quando la vedeva in lacrime giurava che non l'avrebbe mai lasciata davvero. Sotto il loro affiatamento apparente erano in uno stato di oscillazione continua, in cui lei non riusciva a capire se la amava davvero e se era davvero convinto di voler vivere con lei.

«Sì che è convinto» ho detto, più che altro per consolarla.

Lei mi ha guardato di tre quarti, eravamo davanti al banco del pesce congelato; ha detto «Come fai a saperlo?».

Ho detto «Lo so», in un tono così poco convinto che ho dovuto chinarmi a prendere un merluzzo coperto di brina come se lo volessi osservare con attenzione.

In realtà Raimondo era pieno di dubbi sull'idea di vivere con Sarah, e sull'idea più generale di restare indefinitamente in America. Si muoveva ancora in un territorio intermedio: come uno che è già stato due o tre volte a visitare una casa in vendita e ha lasciato il suo nome e numero di telefono all'agenzia e comincia a sentire la pressione per concludere l'affare ma non ha ancora firmato niente. Il mio arrivo doveva avergli rinforzato la percezione di avere un diritto a cambiare idea, o almeno a tergiversare ancora tra diverse opzioni.

Poi una sera che non lavorava al ristorante e Angela e Sarah guardavano un film alla televisione siamo usciti a camminare insieme, e lui mi ha raccontato di una storia che andava avanti ormai da quasi un anno. Nel mese che aveva passato a Milano prima di raggiungere Sarah a Los Angeles aveva conosciuto a una festa una tipa che si chiamava Paolina Paltroni. La conoscevo anch'io: una delle ragazze più sgradevoli e ricche che avessi mai incontrato. La sgradevolezza risiedeva in un modo di muoversi e parlare così avaro e freddo da farti contrarre le arterie e il cuore e i muscoli dello stomaco. La ricchezza risiedeva nel fatto che era l'erede della famiglia di industriali farmaceutici Paltroni. Me la ricordavo magra e affilata, con un naso tagliente e occhi da giovane vipera lombarda, un brutto finto sorriso puramente meccanico.

Malgrado tutto questo, Raimondo alla festa si era messo a ballare con lei e aveva bevuto in modo incontrollato, poi l'aveva accompagnata a casa completamente ubriaco e aveva accettato il suo invito a salire per bere ancora qualcosa, era finito a letto con lei. Ha riconosciuto di essersi lasciato impressionare dall'estensione dell'appartamento e dalle firme sui quadri alle pareti e dallo spessore dei tappeti e dalla morbidezza incredibile del materasso, ma la cosa che lo aveva colpito più di tutte era stato il trasporto che Paolina Paltroni aveva per lui. Ha detto «Fai conto, *dieci volte* Sarah».

Ho detto «Paolina Paltroni? Non ci credo»; non avevo mai incontrato nessuno di più freddo e sorvegliato di lei.

Raimondo ha detto «Fai conto, ha perso la testa, proprio. Sai quando una si esalta per *qualunque* piccola cosa tu dici o fai? Per il gesto o l'osservazione più normale che ti possano venire? Quando è lì che ti guarda e beve le tue parole come in uno stato di trance e ti dice che hai la voce più affascinante del mondo e il cervello più straordinario del mondo e le braccia più virilmente armoniose del mondo e lo sguardo più profondo del mondo e i capelli più pieni di riflessi del mondo e sei l'uomo più fantastico del mondo?».

Riuscivo a capire com'era andata la faccenda, e quanto Paolina Paltroni potesse apprezzare Raimondo con il suo corpo atletico e i suoi occhi sognanti, il suo modo felino e leggermente losco di muoversi. D'altra parte era inevitabile che la ricchezza sconfinata di lei avesse più di un elemento di suggestione, per uno come lui che si faceva trascinare dal minimo spunto a impersonare ruoli e fabbricare mondi.

Raimondo ha detto «Sai quando una ti invita per un weekend nella sua casa di campagna vicino ad Arezzo, e ci arrivi e scopri che la casa è un *castello*? Con i torrioni e la cinta di mura alta non so quanti metri, e tutto il paesaggio che vedi intorno è *suo*? Ti chiede se vuoi bere qualcosa e fa un cenno come nel nulla e cinque minuti dopo c'è lì un cameriere con lo champagne nel secchiello pieno di ghiaccio? Sul prato all'inglese tagliato raso come un tappeto?».

Ho detto «D'accordo, ma *lei*? Che effetto ti faceva?».

Raimondo mi ha guardato, e potevo leggere il suo sgomento alla luce fioca dei lampioni; ha detto «Terribile. Senza speranza. Una specie di rettile, poverina».

Ho detto «E allora?».

«Allora ho provato a non pensarci» ha detto Raimondo. «Ho provato ad assorbire solo l'adorazione e il trasporto sconfinato che aveva per me e la piacevolezza dello scenario e basta.»

«E ci riuscivi?» ho detto.

«No» ha detto lui. «Sai quando ti svegli al mattino e ti guardi intorno nella stanza stupenda con i soffitti a volta e gli affreschi del Cinquecento e le tende di broccato alle finestre e il profumo di cere pregiate e fiori e ti avvoltoli nella consistenza fragrante delle lenzuola di lino, e poi la vedi lì con la sua faccetta aguzza sul cuscino e ti *vergogni*?».

«Quindi?» ho detto.

«Quindi dopo una settimana quando lei cominciava a stringermi in un angolo ho preso l'aereo e sono venuto in California» ha detto Raimondo.

«E lei?» ho detto.

«Ha insistito come una pazza per venire con me» ha detto lui. «Si era già messa in testa di affittare una casa sull'oceano o sulle colline, aveva già i numeri di un paio di agenzie immobiliari qui a Los Angeles. Non hai idea di che macchina da guerra possa essere una così ricca, Albert. Ho dovuto combattere una lotta selvaggia per convincerla che dovevo assolutamente partire da solo.»

«Come l'hai convinta?» ho detto.

Raimondo ha detto «Le ho spiegato che avevo bisogno di lavorare e trovare la mia strada per conto mio e costruirmi una vita con i miei soli mezzi. Quando gliel'ho messa così, lei di colpo ha detto che mi capiva e che ero incredibilmente bravo e coraggioso eccetera eccetera. Mi ha fatto sentire una specie di personaggio da romanzo dell'Ottocento, sai l'eroico emigrante?».

«Va be', quello che conta è che sei riuscito a chiudere» ho detto.

«Non ho chiuso proprio niente» ha detto Raimondo, in un tono attraversato dalla preoccupazione. «È convinta che questo sia solo un periodo e poi io torni da lei tutto festoso oppure le dica di raggiungermi qui.»

Ho detto «Basta che tu le faccia capire che è una convinzione sbagliata».

Raimondo guardava basso, nella sua postura da realismo pessimista; ha detto «Il fatto è che mesi fa mi aveva preso una nostalgia allucinante per l'Italia e per la complicazione e le sfumature e gli spessori e la storia e tutto il resto che qui non c'è neanche a pagarlo oro, e le ho scritto una lettera delirante».

«A Paolina Paltroni?» ho detto.

«Sì» ha detto Raimondo. È stato zitto per un tratto, faceva fatica a parlare. Ha detto «Erano passati mesi da quando ci eravamo lasciati, mi ero dimenticato tutte le cose che non mi piacevano di lei. Mi ricordavo solo l'attenzione e l'ammirazione e il trasporto incredibili che aveva per me, la drogatura pazzesca di complimenti esaltanti che mi faceva tutto il tempo. Anche i letti ultramorbidi e le lenzuola ultravellutate e i frigoriferi giganti pieni di luce e di ogni tipo di cibi e i camerieri e i cavalli e tutto il resto. L'idea che mi aveva messo tutto a disposizione con tutta quella generosità e insistenza. Sai quando pensi sono qui a lottare per ogni dollaro e dormire in un appartamentino squallido e spiegare e giustificarmi metà del tempo con Sarah, quando potrei essere là a vivere nel mio castello come un re ricoperto di attenzione ed entusiasmo e ammirazione e riconoscenza senza limiti?».

«Così?» ho detto.

«Così le ho scritto una lettera delirante» ha detto Raimondo. «Sai quel tipo di deliri romantici che ti possono venire in mente in certi momenti? Quei pensieri che ti vengono non per una persona particolare ma *in astratto*? Per la donna che avresti sempre voluto incontrare?»

«E Paolina Paltroni?» ho detto.

«Si è *incendiata*» ha detto Raimondo. «Mi ha mandato una lettera di risposta che sembrava scritta da una pazza fanatica. Sai tutta "amore mio meraviglioso e unico" e "anima eletta inviata dal destino" e "il profumo adorato del tuo corpo" e "i tuoi baci mi bruciano ancora sulle labbra" eccetera? Piena di punti esclamativi e superlativi da fare paura. *Paura.*»

«E tu?» ho detto.

Raimondo camminava mezzo metro avanti, come se cercasse di sottrarsi alle conseguenze del problema che aveva creato. Ha detto «Io volevo risponderle in modo da smontare tutta la panna e farle vedere che sotto non c'è una gran torta. Ho provato a buttare giù una mezza pagina abbastanza dura, tipo "guardiamo le cose in faccia cara mia"».

«Però?» ho detto.

«Però non ci sono riuscito» ha detto lui. «Mi sembrava una vigliaccata, dopo tutta la passione e le cose belle che lei aveva messo nella sua lettera. Come dare una bastonata in testa a una persona che ti sorride tutta contenta per la strada.»

«Così le hai scritto un'altra lettera ancora più delirante della prima?» ho detto.

«Sì» ha detto Raimondo. «Abbastanza delirante anche quella.»

Abbiamo camminato per un tratto senza dire niente; l'aria era umida, satura di idrocarburi bruciati.

Raimondo ha detto «Il fatto è che questo tipo di corrispondenze si alimentano *da sole*. Ti tirano fuori delle parole e delle frasi che non pensavi neanche di avere ma che sono lì in qualche magazzino mentale che hai, fanno tutto per conto loro. Ti è mai capitato, Albert?».

«No» ho detto. Pensavo che neanche nei miei rapporti diretti mi ero mai esposto molto con parole o frasi: che mi ero sempre riparato dietro schermi sottili di pudore o riservatezza o non-convinzione.

Raimondo ha detto «Non era mai capitato neanche a me. Però è una specie di droga, Albert. Quando hai ricevuto una lettera come quella che mi ha mandato Paolina, sei agganciato. È difficile tornare indietro».

«In che senso?» ho detto.

«Nel senso che vuoi solo riceverne altre» ha detto Raimondo. «Piene di nuovi slanci e dichiarazioni e superlativi e punti esclamativi. Magari sei depresso per il lavoro e per la tua vita privata e per le tue prospettive eccetera eccetera, poi guardi nella casella della posta e c'è una lettera come quella e comincia a batterti ultraveloce il cuore appena la vedi, la apri e ti senti un *dio*. Ti viene dentro questo calore pazzesco per tutte le cose incredibili che lei vede in te, tutte le tue qualità meravigliose di cui neanche ti rendevi conto. Ti fa scottare il sangue, ti fa camminare cinque centimetri sopra il pavimento.»

Bastava sentirglielo descrivere, per capire com'era. Ho detto «E subito ti viene voglia di suscitare in chi ti ha scritto le stesse sensazioni?».

«Sì» ha detto Raimondo. «O anche di più grandi. Diventa una specie di gara incontrollabile. Tipo, lei scrive che ha pianto un lago intero di lacrime per la tua mancanza, tu le scrivi "un mare". Lei scrive che salirebbe in cima a un monte per vederti, tu le scrivi "sull'Himalaya". Non c'è limite al delirio, Alberto.»

«Ma non conta a *chi* stai scrivendo?» ho detto.

«No» ha detto Raimondo. «Se non te la ricordi bene no. È come se scrivessi a tutte le donne più incredibili e belle e sensibili e sexy e intelligenti che avresti mai voluto incontrare, fuse in una donna sola. Ci butti dentro tutti gli slanci che ti sognavi da ragazzino e che hai letto nei libri e che hai visto nei film e nelle pubblicità alla televisione, tutto.»

«D'accordo, però non scrivi a una donna immaginaria» ho detto. «Scrivi a Paolina Paltroni. E cosa succede, quando l'hai riempita di aspettative fino al parossismo?»

«Non lo so» ha detto Raimondo, in un tono improvvisamente sfibrato. «Non ci voglio neanche pensare.»

Abbiamo camminato ancora senza dire niente; ascoltavamo il rumore di fondo delle macchine sulla superstrada, nel chiarore innaturale della notte losangelina.

Gino Friselli

Raimondo ha spiegato a me e ad Angela che se volevamo trovare un lavoro regolare dovevamo andare a un ufficio pubblico e chiedere un codice di assistenza sociale. In teoria non si poteva averlo senza un visto "di lavoro" sul passaporto, ma lui aveva scoperto che bastava dire di averne bisogno per aprire un conto in banca. Ha detto «È una specie di burocrazia *ingenua,* rispetto alla nostra burocrazia persecutoria e sospettosa che parte dall'idea di avere davanti solo cittadini delinquenti».

Aveva ragione, e presto io e Angela siamo riusciti ad avere i nostri piccoli lasciapassare verso la legittimità, anche se ottenuti in modo obliquo. Grazie al suo numero di codice Angela è riuscita a farsi assumere in una galleria d'arte che vendeva serigrafie e manifesti. Raimondo mi ha presentato al proprietario del ristorante dove lavorava, un tipetto iperattivo di origine italiana che si chiamava Gino Friselli. Friselli mi ha esaminato rapidamente a palpebre strette e mi ha fatto qualche domanda in un accento indefinibile, poi mi ha assunto come cameriere.

Era un lavoro duro, che richiedeva una competenza tecnica su cui non avevo mai riflettuto; e i rapporti con gli altri camerieri erano del tipo di quelli che ci si immagina in un carcere. Ma Raimondo diceva la verità quando mi scriveva dei soldi delle mance: di come sembrassero una vera ricompensa tangibile alla fatica che facevi. Io e lui avevamo sempre turni diversi, forse perché Gino Friselli non voleva due amici in giro tra le sale e la cucina del suo ristorante; ci incrociavamo tra andate e ritorni in autobus, attraverso l'enorme estensione della città senza forma.

La convivenza nel piccolo appartamento di Sherman Oaks si è assestata su un equilibrio temporaneo che nascondeva appena sotto la superficie una varietà di tensioni. Raimondo e Sarah dormivano nella loro camera da letto con le fotografie sui comodini come in una prova di matrimonio suburbano, io e Angela dormivamo sul divano-letto nel piccolo soggiorno come in una prova di camera da letto. Tutti e quattro eravamo sospesi nel presente, senza nessuna intenzione di occuparci del passato, con le antenne puntate verso interpretazioni del futuro altrettanto vaghe.

Un mattino Raimondo ha ricevuto una nuova lettera di Paolina Paltroni. Angela e Sarah erano fuori a lavorare, io e lui aspettavamo i nostri turni al ristorante. L'ho trovato fuori seduto sulle scale, così preso dalla lettura che non si è quasi accorto di me.

Quando ha finito si vedeva che era in uno stato di shock, stava inclinato all'indietro con gli occhi socchiusi.

«Bella?» ho detto.

«Sai quando riesci a comunicare delle *sfumature*?» ha detto lui. «Magari avevi appena accennato a una sensazione o a un pensiero impalpabile e non eri neanche sicuro di essere riuscito a spiegarti bene, e lei invece capisce tutto al volo e te lo dimostra?»

«Con Sarah non ti succede?» ho detto.

«No» ha detto Raimondo. «Con Sarah parliamo solo di *cose*. Cose da fare o cose da comprare o cose da vedere o cose da mangiare. Basta.»

Ho detto «E allora perché non sei rimasto con Paolina, invece di venire qui da Sarah?».

«Perché non mi *piaceva*» ha detto Raimondo, in un tono di vera disperazione. «Vale a dire, pensavo che non mi piacesse.»

Ho detto «La vedevi al mattino con la testa sul cuscino e ti *vergognavi*».

«Era un modo di dire» ha detto Raimondo. «Esageravo, per dire che non mi piaceva.»

«E adesso invece ti piace?» ho detto.

«Questa Paolina delle lettere sì» ha detto lui. «Mi piace da pazzi. C'è un abisso, tra questa Paolina delle lettere e Sarah. Come tra una Ferrari e una Ford, madonna.»

Poi mi ha fatto vedere il pacco delle lettere che aveva ricevuto da Paolina, in un sacchetto di plastica nascosto in alto nell'armadietto dei contatori per non farlo trovare a Sarah. Sono riuscito solo a far scorrere lo sguardo tra le righe di due o tre perché non me le lasciava in mano abbastanza a lungo, ma mi è bastato per cogliere frammenti delle sensazioni esaltanti che avevano vissuto insieme e di quelle ancora più straordinarie che avrebbero vissuto in futuro, dei viaggi e dei figli che avrebbero fatto e delle case che avrebbero abitato e dei luoghi che avrebbero visitato e degli anni e anni che avrebbero vissuto insieme mano nella mano e occhi negli occhi e labbra contro le labbra.

Mentre leggevo Raimondo mi guardava con un sorriso ibrido, fatto di orgoglio e sgomento per avere attivato questo genere di slanci, come un piromane che ha dato fuoco a una pineta e in parte è felice e in parte sconvolto dalle conseguenze. Ma era anche chiaro che almeno per metà ci credeva davvero, nel suo modo da abitatore di realtà parallele. Le lettere di Paolina con le loro immagini di sguardi e corse e baci e abbracci e chalet sui monti austriaci coperti di neve e piccole barche nei mari dell'Egeo e valzer notturni sulle sponde di laghi e bambini festosi davanti a camini accesi erano diventate davvero una specie di droga che gli aveva permesso di sopravvivere allo squallore prosaico del piccolo appartamento e al lavoro duro al ristorante e all'aria avvelenata dal traffico della freeway e al modo che aveva Sarah di tracannare acqua dalla bottiglia ogni mattina.

Gli ho chiesto cos'aveva scritto a Paolina della sua vita a Los Angeles. Lui ha alzato le spalle: non voleva scoprirsi, ridurre tutto a una faccenda di cui si potesse soltanto ridere. Eravamo sul bordo della piscina condominiale, nel piccolo cortile di cemento su cui si affacciavano gli ingressi degli appartamenti. C'era una luce intensa che non era proprio sole e neanche cielo coperto, era la luce della valle filtrata da strati di smog che saturavano l'aria e facevano lacrimare leggermente gli occhi e pungevano i polmoni se respiravi molto a fondo.

Raimondo ha detto «Le ho dato una versione leggermente modificata della realtà».

«Vale a dire?» ho detto.

«Che sto lavorando per avere una mia autonomia, eccetera eccetera» ha detto lui. «Il che è vero.»

«Non le hai detto niente di Sarah?» ho detto.

«Certo che no» ha detto Raimondo con uno scatto, come se fossi io il responsabile della sovrapposizione che lo angosciava. «Per quello che ne sa Paolina non esiste nessuna Sarah.»

«E cosa pensi di fare?» ho detto.

«Quando?» ha detto lui.

«Quando Paolina Paltroni si stuferà di essere una donna smaterializzata che ti gratifica immensamente a distanza e vorrà materializzarsi su un aereo e venire a gratificarti di persona?» ho detto.

«Dici che potrebbe farlo?» ha detto Raimondo.

«Da quello che scrive ho proprio paura di sì» ho detto. «E certo non è una che ha problemi a comprarsi un biglietto d'aereo, no?»

«No» ha detto lui. «È come per noi comprare un biglietto dell'autobus.»

«Allora come pensi di affrontare la cosa, quando lo farà?» ho detto. Mi rendevo conto che lo stavo tormentando; ma quando si hanno problemi nella propria vita si tende a essere molto lucidi riguardo ai problemi nelle vite altrui. Non è una forma di generosità, naturalmente: è una sorta di autoterapia che può rendere anche spietati.

Raimondo ha detto «Cerco di pensarci il meno possibile». Ha risalito le scale con in mano la lettera di Paolina Paltroni, è rientrato in casa.

Gordon Kyle

Quando ho raccolto abbastanza soldi con le mance al ristorante mi sono messo a spulciare tra le pagine di una rivista di annunci gratuiti alla ricerca di un'automobile usata. Los Angeles non è una città dove ci si possa muovere per sempre a piedi o con i mezzi pubblici; io e Angela eravamo stufi di camminare chilometri ogni giorno, e aspettare tempi infiniti alle fermate d'autobus.

Ho trovato un annuncio per una giardinetta Volkswagen del '68, ho telefonato. Mi ha risposto uno che si chiamava Gordon Kyle e sembrava l'incarnazione del venditore ideale. Ha detto che la macchina aveva centomila miglia ma era sempre stata accudita nel modo più scrupoloso; il suo tono suggeriva onestà e tristezza esistenziale e uno stile di guida prudente.

Ho preso un autobus e poi ho camminato fino all'indirizzo di West Hollywood che Gordon Kyle mi aveva dato: una casetta schiacciata tra due edifici più recenti. Ho visto la macchina in vendita parcheggiata di fianco al piccolo cancello, era di un brutto colore beige e non sembrava in grandi condizioni. Ma quando ho suonato al campanello e Gordon Kyle è uscito a stringermi la mano, il suo aspetto mi ha confermato in pieno l'impressione della telefonata. Aveva i capelli pettinati con la riga e un paio di occhiali dalla montatura grossa, un completo grigio stretto alle spalle, una camicia bianca con cravatta da grande magazzino che quasi lo strangolava. Balbettava leggermente; ha detto che gli dispiaceva moltissimo vendere la macchina, l'avrebbe tenuta altri dieci anni se non fosse stato per le insistenze di sua moglie che ne voleva una nuova. Ha detto «Lo s-sa come s-sono le d-donne», aveva uno sguardo rassegnato. Sembrava così sincero che non ho neanche voluto provarla, gli ho contato biglietto su biglietto i soldi che chiedeva; lui mi ha dato il foglietto rosa di proprietà su cui scrivere il mio nome. Ho messo in moto e guidato via; lui ha alzato la mano, in un piccolo saluto nostalgico alla sua ex macchina.

Poi mentre ero sulla freeway la vecchia giardinetta ha cominciato a produrre un rumore terribile e a riempirsi di fumo come se stesse per incendiarsi. Sono arrivato mezzo soffocato fino a casa, mi sono buttato fuori sotto lo sguardo perplesso di una nostra vicina. Appena ho smesso di tossire ho telefonato a Gordon Kyle, ma rispondeva una segreteria telefonica, con un notturno di Chopin sullo sfondo. La voce era diversa da quella del Gordon Kyle con cui avevo parlato: aveva un tono suadente ben calibrato sui toni medi e bassi, senza traccia di balbuzie.

Quando ero molto giovane mi capitava di avere degli accessi improvvisi di violenza, che in certe condizioni mi facevano passare dalla calma all'aggressività quasi senza preavviso. Con il tempo sono riuscito a liberarmene, in un percorso parte istintivo e parte ragionato verso il distacco dalle motivazioni più basse. Nel periodo di Los Angeles ero ancora forse a tre quarti di questo percorso, e i soldi per la vecchia giardinetta Volkswagen mi erano costati molte sere e notti di lavoro duro: ho preso nell'ingresso di casa una mazza da baseball che Sarah aveva avuto in regalo da suo fratello e ho spalancato tutti i finestrini della Volkswagen, sono tornato a West Hollywood in un rombo sconnesso e in una nuvola di fumo.

Ho suonato come un pazzo il campanello di Gordon Kyle; nessuno è venuto ad aprire. Ho chiesto a uno dei suoi vicini di casa, ma non sapeva niente e mi guardava male per via della mia aria agitata e della mazza da baseball che avevo in mano. Nella casa sull'altro lato invece c'era un'anziana signora gentile, mi ha detto «Chi, l'attore?».

Così mi sono seduto in macchina e ho aspettato per qualche ora, con la rabbia che mi si era stabilizzata a un diapason abbastanza intenso. Quando alla fine Gordon Kyle è arrivato non l'ho quasi riconosciuto, perché non aveva gli occhiali e perché i suoi capelli e i suoi vestiti erano del tutto diversi da quelli che si era messo per recitare la parte del venditore di automobili usate onesto e balbuziente.

Ho fatto appena in tempo a saltare giù dalla macchina e agguantarlo per la camicia prima che richiudesse la porta, gli ho detto che se non mi ridava i soldi della macchina gli rompevo il collo. Lui ha giurato che i soldi non li aveva più, gli erano serviti per saldare un debito. Potevo vedere che era sincero, perché non faceva neanche finta di balbettare e guardava con aria molto preoccupata la mazza da baseball su cui il fratello di Sarah aveva scritto con un pennarello rosso "Alla mia sorellina, con amore".

Siamo rimasti per qualche minuto in una condizione di stallo nel piccolo soggiorno di casa sua, io con la mazza da baseball alzata e Gordon Kyle che diceva «Cerchiamo di ragionare» e si teneva una mano sulla testa per ripararsela. C'era un pannello alla parete con sue foto sul palcoscenico di qualche teatrino off, in versione Amleto e Cyrano e commesso viaggiatore. Mi sono sentito stupido e ridicolo, l'ho lasciato andare. Lui si è ripreso quasi subito; ha detto «Senti, non c'è motivo di litigare».

«Davvero?» ho detto.

«Sì» ha detto lui. «Ti trovo io un compratore per la macchina. Promesso.»

Me ne sono tornato a casa nel rombo e nella nuvola di fumo senza crederci per niente, pensavo che era stata il tipo di lezione di vita pratica per la quale bisogna pur pagare qualcosa. Angela ha fatto una faccia desolata quando le ho raccontato cos'era successo; Raimondo si è messo a ridere; Sarah ha detto «Non hai neanche provato la macchina perché *ti fidavi* del tipo?».

Invece il mattino dopo mi ha telefonato un certo Ramon Santos, ha detto che aveva avuto il numero da Gordon Kyle e che gli interessava la mia macchina. Gli ho spiegato che produceva enormi quantità di rumore e di fumo, ma lui ha detto che non era un problema, suo fratello faceva il meccanico e cercavano quel modello in particolare. Nel pomeriggio sono venuti tutti e due, lui e il fratello, su un camioncino bianco per la vendita a domicilio di polli surgelati con la scritta "Cool Chick" sulle fiancate. Hanno messo in moto la macchina e le hanno dato un'occhiata generale senza guidarla; poi me l'hanno pagata in contanti, poco meno di quanto io avevo dato a Gordon Kyle. Mi hanno anche regalato un pollo surgelato.

Gordon Kyle l'ho rivisto qualche anno dopo al cinema, in uno dei film che l'hanno reso famoso in tutto il mondo; e ancora adesso naturalmente mi capita di vederlo. Ammetto che non è un cattivo attore, anche se non mi piace molto la sua faccia un po' molle e la sua tendenza a scegliersi sempre ruoli da bravo ragazzo. In ogni caso non credo che sarà mai più convincente come nella sua interpretazione del venditore di automobili usate onesto e balbuziente, tanti anni fa.

Nel frattempo la corrispondenza tra Raimondo Vaiastri e Paolina Paltroni andava avanti, sempre meno controllabile. Ogni volta che lui era depresso per il lavoro o per Sarah o per la sua condizione di emigrato senza prospettive chiare, scriveva una lettera. Lo vedevo tirare fuori carta e penna e sedersi al tavolo del soggiorno: da come stava curvo sui fogli e si passava una mano tra i capelli capivo che ci riversava tutti i suoi desideri e bisogni insoddisfatti con un'intensità disperata.

Una notte che sono tornato dal ristorante con i vestiti e i capelli impregnati di odore di sugo pesante al pomodoro e le gambe di piombo per tutto lo stare in piedi e per la camminata infinita dalla fermata dell'autobus fino a casa, Raimondo mi aspettava seduto in cima alle scale del piccolo condominio. Appena mi ha visto è sceso nello spiazzo di asfalto intorno alla piscina: aveva un'aria sconvolta, stava zitto.

«Cos'è successo?» ho detto.

Lui ha detto «Paolina viene a Los Angeles».

«Chi?» ho detto. Facevo fatica a focalizzare i miei pensieri, ero pieno di percezioni dilatate dall'ora e dalle distanze che avevo attraversato.

«Paolina *Paltroni*» ha detto Raimondo. «Piomba qui»; i suoi occhi scuri brillavano alla luce dei lampioncini condominiali.

«Quando?» ho detto. Parlavamo a bassa voce per non svegliare nessuno, come due complottatori.

«Tra due settimane» ha detto Raimondo. Ha tirato fuori di tasca una busta con francobolli delle poste italiane; gli è caduta di mano ed è quasi finita in acqua, si è chinato a raccoglierla.

Ho detto «Bloccala subito, no?».

«E come?» ha detto lui.

«Con una scusa qualsiasi» ho detto. «Raccontale che devi andare a Chicago per lavoro. Raccontale che devi andare nel deserto.»

Lui sembrava completamente travolto dagli eventi; ha detto «Le ho scritto che non era ancora il momento di vederci, nell'ultima lettera e anche in quella prima. Che ho bisogno di stare ancora da solo, eccetera eccetera».

«E lei?» ho detto.

«Dice che è stufa di aspettare» ha detto Raimondo. «Che è stufa di non potermi abbracciare e baciare e guardare negli occhi. È anche andata a parlare con un'astrologa, la bastarda le ha raccontato che c'è la convergenza stellare giusta, Venere in Ariete o qualcosa del genere.»

«Telefonale subito che ti imbarchi su un peschereccio per tre mesi» ho detto. «Che hai trovato un ingaggio su una piattaforma petrolifera. Mandale un telegramma.»

Raimondo ha detto «Non c'è verso di farle cambiare idea, se si ficca in testa una cosa. È abituata a viaggiare da quando aveva tre anni, quella. Mi viene a scovare da qualsiasi parte. Tu non hai idea di come sia facile andare da un punto all'altro del mondo, per una come lei». Di colpo parlava come un ragazzo povero allibito dalle possibilità di azione dei ricchi; le stesse cose che lo avevano affascinato in lei adesso gli facevano paura.

Ho detto «Ma tu non puoi rassegnarti così. Devi reagire». Stanco com'ero, mi veniva voglia di scrollarlo per le spalle.

«Cosa dovrei fare?» ha detto Raimondo.

«Qualsiasi cosa» ho detto. «Qualsiasi cosa è meglio che sprofondare nella passività totale e farti trovare qui con Sarah nel vostro appartamentino coniugale.»

«Non è un appartamentino coniugale» ha detto lui. «Ci vivete anche tu e Angela.»

Ho detto «Sì, ma nella camera da letto ci dormite voi. Con le vostre foto nelle cornici sui comodini».

Raimondo ha detto «Aaaaaaaargh»; ha dato un calcio all'acqua della piscina, si teneva con una mano alla scaletta di acciaio.

Ho detto «Senti, forse alla fine è meglio così. Almeno vi vedete e capite come stanno davvero le cose, dopo tutte le lettere che vi siete scritti».

Raimondo ha tirato fuori dalla tasca dei calzoni una fotografia, ha detto «C'è poco da capire come stanno le cose. Le cose stanno così».

Ho guardato la foto alla luce di un lampioncino condominiale: era tutta sgualcita, Raimondo doveva essersela rigirata tra le mani chissà quante volte per cercare di chiarirsi le idee. C'era Paolina Paltroni a cavallo, secca e contratta in uno dei suoi sorrisi meccanici. Il cavallo era splendido e ben curato e la sua tenuta da cavallerizza perfetta; la facevano figurare ancora peggio per contrasto.

Ho detto «Va be', non è che l'aspetto sia tutto. Magari a conoscerla bene è una persona stupenda».

«Non lo è» ha detto Raimondo. «È arrogante e meschina e antipatica e avara.»

Ho detto «Ma non era l'interlocutrice più sensibile

e intelligente e attenta del mondo? Non vi siete scritti decine di lettere deliranti per quasi un anno?».

«Sì» ha detto lui. Camminava avanti e indietro sul bordo della piscina azzurra con la scritta "Sutton Bros. & Co.", come se costeggiasse un abisso spalancato.

Ho detto «Dovresti deciderti, a questo punto. Capire cosa cavolo pensi davvero di lei».

Raimondo non rispondeva, sembrava incantato dalle bolle illuminate che uscivano dal filtro della piscina.

Ho detto «Dovresti capire se è la donna più straordinaria del mondo o invece una specie di orrenda iguana miliardaria».

Raimondo ha detto «Non lo so. Non lo so»; scuoteva la testa con un'espressione affranta.

Ho pensato che ancora una volta poteva davvero solo andare avanti lungo il binario di immaginazione che aveva iniziato a percorrere, anche se sapeva benissimo che l'unica prospettiva possibile era uno schianto contro il cemento armato della realtà.

Lui si è girato verso la porta del piccolo appartamento sopra le scale, che Sarah aveva trovato per la loro vita in comune prima che arrivassimo io e Angela. Ha detto «Tu pensi che ci sia una via d'uscita, Albert?».

«Penso che l'unica via d'uscita sia la verità» ho detto.

«Di quale verità parli?» ha detto Raimondo. E ho capito cosa intendeva, perché la verità di essere lì con Sarah nel piccolo appartamento sopra la piscina era altrettanto forte della verità che lui aveva riversato nelle sue lettere a Paolina, solo che la prima era una verità visibile e confermabile da parte di qualunque testimone capitato per caso sul posto, e la seconda inconsistente come un desiderio.

Ho detto «Sei ancora in tempo a spiegare a Paolina che non sei affatto qui da solo, se vuoi».

«No che non sono in tempo» ha detto Raimondo. Era così chiaro che aveva ragione: che non c'era verso di cancellare con una telefonata un anno intero di trasporti e slanci e promesse e descrizioni molto dettagliate di sentimenti. Mi guardava, ma non avevo nessuna soluzione da fornirgli, lo sapeva benissimo.

Ho detto «E parlare con Sarah? Spiegarle la situazione?».

«Sei pazzo?» ha detto lui. «Quella mi ammazza. Non mi lascia neanche finire di spiegare, mi cava gli occhi.»

«E almeno rimandare?» ho detto. «In modo da poterti studiare qualche genere di strategia o di spiegazione o di scusa, non so?»

«No» ha detto lui. «Non c'è più verso di fermarla. Tra due settimane quella è qui.»

«Oh porca miseria» ho detto.

«Sì» ha detto Raimondo, con una faccia da condannato a morte a cui abbiano respinto anche l'ultimo appello.

Nei giorni seguenti Raimondo ha continuato a fare finta di niente con Sarah, e intanto il martedì dell'arrivo di Paolina Paltroni si avvicinava minuto dopo minuto. Ogni volta che ci incontravamo nei nostri orari sfasati lui mi guardava e diceva «Meno nove», con una luce disperata negli occhi. Diceva «Meno sette». Quando gli chiedevo cosa diavolo pensava di fare lui alzava le spalle, non provava neanche a rispondermi.

Se fosse stato un bugiardo che mente per imbrogliare gli altri e ricavare vantaggi dalle sue bugie, avrebbe trovato di certo un modo di risolvere la situazione. In fondo avrebbe potuto affrontarla come un qualunque uomo sposato che ha un'amante: trovare una camera d'albergo o addirittura un appartamento in affitto per una settimana, giostrare gli orari in modo da avere abbastanza tempo per Sarah e per Paolina. Oppure avrebbe potuto raccontare a Sarah che aveva trovato un altro lavoro e che doveva andare via per qualche giorno, portarsi Paolina a Santa Barbara o a San Diego o nel deserto, farle passare qualche giorno meraviglioso e rinnovarle tutte le promesse e gli slanci deliranti delle lettere e poi riaccompagnarla all'aeroporto. Ci sono milioni di uomini non sospettabili che fanno questo tipo di giochi con grande abilità appena ne hanno l'occasione, e poi tornano alle loro vite senza tracce visibili di sensi di colpa.

Ma Raimondo non era un bugiardo: era un fabbricatore e abitatore di realtà parallele. Malgrado tutte le sue capacità istintive di inventare e improvvisare, non c'era niente che potesse fare per predisporsi una via d'uscita o un margine di salvezza: andava avanti dritto verso il disastro, senza scartare di un centimetro dal percorso.

Ted Goodson

Al ristorante ho conosciuto un tipo dalla faccia butterata che si chiamava Al Miluteeny. Era seduto al tavolo da solo, quando ha saputo che ero italiano mi ha detto che anche lui lo era, di origine. Era stato a Roma anni prima per un film, il periodo più bello della sua vita. Ha detto che era allora che aveva reimparato la lingua, anche se in realtà parlava una specie di spagnolo deformato. Ha detto che lavorava nel sindacato attori, visitava i set dei film per controllare che i regolamenti venissero rispettati. Forse era stata la sua brutta pelle a impedirgli una carriera sullo schermo, ma in compenso sembrava aver trovato molta gratificazione in quello che faceva. Veniva ricevuto da produttori e registi importanti ogni volta che voleva: ha citato cinque o sei nomi per farmi capire quanto importanti. Poi mi ha detto «I quale tuo sogno?».

«In che senso?» ho detto. Ero sorpreso che arrivasse così dritto alle ragioni che avevo per essere lì, anche se a pensarci adesso forse non ci voleva poi tanto.

Lui ha girato lo sguardo nella sala semivuota; ha detto «Te facio palare co meo amigo Ted Goodson».

Gli ho chiesto chi era.

Lui ha detto «Uno de piu grande produtori de Hollywood. Ma anche grande in costruzioni, teatro, sport, restauranti, import-export, transportazioni, tuto».

Già il mattino dopo questo scambio di frasi si era perso nella sovrapposizione di frammenti concreti e astratti di cui erano fatte le mie giornate: l'arrivo sempre più vicino di Paolina Paltroni, la ricerca di una macchina, le tensioni tra Raimondo e Sarah, i problemi di Angela con la sua galleria. Però Al Miluteeny non si è dimenticato di me: due mattine più tardi mi ha telefonato per dire che mi aveva fissato un appuntamento con Ted Goodson il pomeriggio seguente. L'ho ringraziato, ma in realtà non mi sembrava di essere pronto a un incontro di quel tipo. La notte non sono quasi riuscito a dormire per l'ansia, continuavo a rigirarmi nel divano-letto. Mi vedevo seduto a un pianoforte sul palcoscenico di un teatro senza la minima idea di cosa suonare; le espressioni del pubblico passavano dall'incoraggiamento alla delusione all'irritazione aperta. Angela a un certo punto ha acceso la luce, ha detto «Non ti conviene sgranchirti le gambe?». Ho fatto qualche flessione sulle gambe nel piccolo soggiorno, ma non è servito a molto.

Il giorno dopo sono uscito di casa nel primo pomeriggio con una forma opaca di fiducia, come se i miei progetti si potessero definire nel tempo di arrivare dalla San Fernando Valley all'indirizzo di Beverly Hills che avevo in tasca. Avevo delle frasi in mente, anche: continuavo a riformularle in toni e accenti diversi, ma non ce n'era una che corrispondesse a un'immagine coerente.

Quando sono entrato alla palazzina di Rodeo Drive il portiere in divisa mi ha guardato con sospetto, finché dall'altra parte di un telefono non gli hanno detto di farmi salire. Al primo piano una segretaria elegante mi ha fatto sedere in una sala d'attesa. Per forse venti minuti ho sfogliato riviste e mi sono guardato la punta delle scarpe, ho ascoltato il battito del mio cuore e i suoni che filtravano attraverso le pareti. Era come aspettare da un dentista di lusso, dove invece di un problema a un dente sarebbe stata affrontata e risolta la mia intera vita.

Alla fine la segretaria è venuta a prendermi e mi ha guidato in un vasto ufficio, dove un tipo dai capelli corvini era seduto dietro una scrivania intento a una conversazione telefonica. La segretaria è sparita; il tipo mi ha fatto cenno di sedermi, senza smettere di parlare al telefono. I suoi zigomi erano smussati, non aveva rughe né segni di espressione sotto l'abbronzatura da giocatore di tennis. Sarebbe stato molto difficile dargli un'età, anche solo in modo approssimativo: poteva dimostrare dai ventotto anni ai sessantotto. Aveva una giacca doppiopetto blu dalle spalle extralarghe e un sigaro spento tra le dita; ascoltava la voce nella cornetta in un atteggiamento che avrebbe potuto essere molto assorto o molto distratto. Ogni tanto diceva «Vale a dire?», o «Più esattamente?». Faceva «Hmm, hmm», mordicchiava il sigaro. Di fianco alla sua scrivania c'era un acquario tropicale in cui nuotava uno sciame di minuscoli pesci blu elettrico. Le poltrone e i divani e gli oggetti di arredamento alteravano la forza di gravità nella stanza, attraevano la mia attenzione e la bloccavano su dettagli secondari.

Anche Ted Goodson sembrava esercitare un forte influsso magnetico, benché non avesse un aspetto particolarmente imponente o suggestivo. La sua forza di attrazione era nella lentezza estrema con cui si muoveva e nel gorgoglio liquido della sua voce, da rana padrona dello stagno. Lo guardavo e guardavo i quadri alle pareti, le targhe e le coppe e le statuette dei premi sulle mensole. Mi chiedevo se stavo per entrare a far parte dello scenario, e in che ruolo, con quali conseguenze a medio e a lungo termine. Mi chiedevo se avrei continuato a ricordare quel momento per tutta la vita, come il primo anello di una catena di eventi decisivi.

Alla fine Ted Goodson è uscito dalla sua conversazione telefonica, come uno può scivolare fuori da una piscina a sfioro. Ha posato la cornetta e si è girato a guardarmi, respirava lento. La sua poltrona aveva uno schienale di cuoio impunturato che le dava un aspetto da trono moderno, bastava il più lieve tocco dei piedi per farla basculare, farla ruotare. Mi sono accorto solo in quel momento che la sua giacca doppiopetto era smitizzata in modo quasi aggressivo da una cravatta con disegni di Walt Disney.

Ho cominciato a spiegargli come ero arrivato lì, anche se sapevo che avrei dovuto invece concentrarmi sul perché.

Lui mi ha interrotto con un gesto, ha detto «Sì, sì, Miluteeny», senza che il suo sguardo lasciasse trapelare niente sui suoi legami con Al Miluteeny.

Siamo stati zitti tutti e due. Il tempo si dilatava, nel gioco di luci e pesi specifici del grande ufficio ovattato. Poi lui di colpo ha detto «E cosa vorresti fare?», in un tono che rivelava con crudezza improvvisa la sua natura di predatore.

Ho cercato le parole; adesso mi sentivo davvero come uno seduto al pianoforte di fronte al pubblico di un grande teatro senza nessuno spartito davanti e nessun talento per improvvisare.

Ted Goodson sembrava assorto, ma ormai sapevo quanto poteva essere rapido. L'acquario tropicale produceva una vibrazione leggera, le lampade diffondevano i loro aloni, i suoni del traffico fuori facevano appena tremare i vetri. Mi chiedevo se la sua domanda si riferiva a quello che sapevo fare o a quello che avrei voluto fare; se c'era un punto in cui le due cose potevano coincidere. Cercavo di fare un inventario realistico delle mie capacità e qualità, nell'affollamento di immagini di seconda mano assorbite da libri e riviste e film e canzoni e programmi televisivi e pubblicità. Mi chiedevo cosa potevo pretendere da me stesso e dal mondo senza essere presuntuoso come Paolina Paltroni o irrealistico come Raimondo Vaiastri; su quali basi.

Ted Goodson oscillava lievemente nella sua poltrona, mordicchiava il suo sigaro spento. Dava l'idea di essere in grado di accogliere qualunque mia richiesta, purché formulata in modo preciso: farmi diventare un cantante o un costruttore di case, un acrobata, un autista, un addestratore di elefanti. Sembrava che gli bastasse uno spunto minimo per dare avvio a un processo prodigioso di realizzazione, subito. Ma io ero lì che annaspavo tra diapositive mentali sovrapposte alla rinfusa: strade piene di traffico, soggiorni a due livelli, supermarket desolati, prati all'inglese, vetrate, ragazze in costume da bagno, finestre a ghigliottina, piscine condominiali, parcheggi, tavoli di ristorante, bicchieri d'acqua, bicchieri di champagne, capelli, sguardi, spiagge, onde dell'oceano. Lo sguardo di Goodson mi provocava un senso di compressione allo stomaco e ai polmoni, facevo fatica a respirare. Pensavo che avevo lasciato il mio paese e attraversato l'oceano e dormito su pavimenti e camminato per ore lungo viali infiniti e fatto lavori che non avrei mai fatto a casa mia e aspettato e osservato e immaginato per arrivare a un momento come questo, e adesso che avevo l'occasione irripetibile di essere davanti a un realizzatore di sogni non riuscivo a dirgli quali fossero i miei.

Ted Goodson mordicchiava il suo sigaro e mi guardava; sentivo voci e trilli di telefoni dall'anticamera, non potevano esserci dubbi sul valore del tempo che mi stava dedicando. Eppure mi sembrava ingiusto che mi avesse fatto una domanda come quella; mi sembrava che avrebbe dovuto essere lui a indicarmi una strada praticabile, tra le mille di cui potevo fantasticare. Qualunque proposta mi sarebbe andata bene, anche la più arbitraria; la mia vita era in uno stato di indefinizione totale, avrebbe potuto prendere qualunque piega. D'altra parte ero consapevole del fatto che a lui sarebbe bastato uno spunto: il bagliore tenue di una qualità, il luccichio di un'aspirazione. Ma non ci riuscivo, e lui continuava a fissarmi: sentivo la sua attenzione che si esauriva secondo dopo secondo.

Alla fine ho detto «Non lo so»; ho anche allargato le braccia, ad amplificare il significato delle mie parole.

Mi è sembrato di avvertire un piccolo scatto all'indietro nel suo atteggiamento: così lieve da essere quasi impercettibile. Avrei voluto alzarmi subito, invece sono rimasto zitto e immobile quanto lui ancora per qualche secondo. I fruscii e i ronzii della stanza occupavano il novanta per cento del mio spazio sensoriale, il resto erano pensieri senza direzione. In un modo sordo sapevo che anche la più azzardata delle pretese sarebbe stata meglio della risposta che avevo dato; ma mi sembrava anche di essere stato onesto, di non avere avuto alternative.

Alla fine Ted Goodson ha detto «Va bene. Lascia il tuo numero di telefono alla mia segretaria. Non richiamare, ti chiamiamo noi». Si è alzato e mi ha dato la mano. Gliel'ho stretta, piccola e molle e anche forte com'era, ho guardato la lievissima piega di sorriso che gli affiorava alle labbra.

Sono andato dalla segretaria e le ho dettato il mio numero di telefono, lei lo ha scritto su un'agenda in una grafia prodigiosamente fluida. Ero perplesso e legato nei movimenti; avrei voluto chiederle se potevo rientrare nella stanza di Goodson e spiegarmi meglio, ma non l'ho fatto.

Invece sono uscito in strada, dove la luce era intensa e l'aria era satura di monossido di carbonio e c'erano suoni e movimenti in ogni direzione. E stranamente ho provato un senso di sollievo. Mi sembrava di avere affrontato il nodo principale della mia vita, quello che mi guatava dal fondo di ogni minuto di ogni giornata. Non lo avevo sciolto affatto, era ancora lì perfettamente stretto; ma per qualche strana ragione mi sentivo più leggero, con una migliore disposizione d'animo per fare qualsiasi cosa mi incuriosisse o interessasse o appassionasse davvero.

Pan Am 405

Poi di colpo era il martedì in cui arrivava Paolina Paltroni, e già quasi l'una. Sarah e Angela erano al lavoro; il mio turno al ristorante cominciava alle nove di sera. Raimondo è venuto nel piccolo soggiorno, ha detto in un tono instabile «Tra un'ora vado».

«E cosa pensi di fare?» ho detto. Mi sforzavo di leggere un'intervista a un troglodita su "Rolling Stone", ma non ci riuscivo.

«Tra tre quarti d'ora, per sicurezza» ha detto Raimondo senza rispondermi. Si era lavato i capelli e messo una camicia bianca stirata come per corrispondere alle aspettative che aveva alimentato per mesi, anche se sapeva benissimo che la loro disintegrazione si stava avvicinando di minuto in minuto.

Ho detto «Cosa pensi di fare, quando arriva?». Non riuscivo a credere al suo atteggiamento: mi comunicava un misto di angoscia e di rabbia.

«Cosa vuoi che faccia?» ha detto lui, evitava di guardarmi.

«Puoi ancora trovare una soluzione» ho detto, in un tono non convinto.

«Quale?» ha detto lui. È tornato in camera da letto, ha acceso il piccolo televisore di Sarah, ha cambiato canale canale canale, l'ha spento, è tornato in soggiorno, è tornato in camera da letto.

Mi sono alzato dal divano, ho detto «Puoi ancora inventarti qualcosa».

Lui non ha risposto; si stava guardando allo specchio sull'anta interna dell'armadio.

Ho detto «Anche la più assurda delle scuse, piuttosto che andare così dritto verso il disastro».

Raimondo si aggiustava i capelli, si è aggiustato il colletto.

Ho detto «Non farti neanche vedere, piuttosto. Almeno capisce subito che c'è qualcosa di serio che non va».

«Sì, sarebbe proprio un bel gesto» ha detto lui. «Dopo che ha attraversato tutto un oceano per venire da me.»

Ho mosso una mano perché la vedesse riflessa nello specchio, ho detto «Ohi, Raimondo? Hai una minima idea dei termini reali della situazione?».

Raimondo si è infilato una giacca; se l'è tolta. Ha detto «Non è che verresti con me all'aeroporto?».

«Se vuoi» ho detto. «Ma non credi che farti trovare lì con me peggiori le cose?»

Lui si è girato, ha detto «Perché, secondo te potrebbero ancora peggiorare?».

Il suo sguardo era così privo di risorse che mi è venuto da ridere. Raimondo ha inclinato la testa; poi senza preavviso siamo stati presi da una corrente che ci ha fatto ridere tutti e due e muovere a scatti, parlare senza riflettere. Raimondo ha preso dal comodino un paio di occhiali da sole di Sarah con montatura ad ala di gabbiano e se li è infilati, ha detto «Già che ci sono posso andarci così, all'aeroporto. Fa più California, no?».

Ho detto «Sì, certo», ero piegato in due. Gli ho passato un foulard di Sarah con motivi a ferri di cavallo; lui se l'è sistemato al collo, ha preso una sahariana beige dall'armadio. Io sono andato a tirar fuori un basco nero dalla valigia di Angela dietro al divano-letto e gliel'ho ficcato in testa, si combinava perfettamente con gli altri accessori. Raimondo si è tolto i jeans e si è infilato un paio di pantaloni corti e un paio di calzettoni bianchi da tennis, ha trovato in fondo a un cassetto una pipa fatta con una pannocchia di granturco e se l'è messa in bocca: sembrava una specie di caricatura di personaggio hollywoodiano degli anni Venti. Diceva «Come sto? Come sto?», assumeva pose stereotipate davanti allo specchio dell'armadio.

«Perfetto» dicevo io; ho preso un foulard verde di Angela e me lo sono avvolto in testa come un turbante, faceva una buona figura insieme a una grossa camicia che non avevo mai messo e pantaloni larghi da aikido e occhiali neri da mosca gigante comprati per un dollaro a Venice Beach.

Conciati così siamo andati tra risa e spintoni a prendere un autobus fuori dalla valle e poi un secondo autobus per l'aeroporto. Raimondo si dondolava appeso alle maniglie di sostegno come una scimmia, diceva «Che allucinazione pura, che *allucinazione*».

Io facevo mosse di bilanciamento da aikido nelle curve, dicevo «Secondo te che faccia farà Paolina Paltroni?».

«Secondo te che faccia *avrà*?» diceva Raimondo.

«Se non lo sai tu» dicevo.

«Io non lo so» diceva lui; rideva.

Gli altri passeggeri ci osservavano in modo periferico: pensavano di sicuro che avessimo fumato o ingerito chissà quali sostanze, non gli passava neanche per la testa che potesse essere una conseguenza del nostro essere incapaci di affrontare la vita nelle sue manifestazioni pratiche.

All'aeroporto ci siamo messi a correre attraverso le grandi sale piene di gente in arrivo e in partenza; abbiamo corso controcorrente lungo un tapis roulant, saltavamo sopra i bagagli. Chiunque lo facesse oggi verrebbe arrestato e trascinato fuori dopo pochi minuti, ma allora la gente girava appena la testa, come se fossimo la troupe di un circo ambulante straniero senza licenza. Raimondo diceva «*Hello, hello, hello*» a tutti quelli che incrociavamo o superavamo, dava piccole pacche sulle spalle alle anziane signore, sorrideva alle donne più giovani, toglieva il berretto di testa ai bambini e lo faceva saltare in aria. Io gli correvo dietro, raccoglievo con lo sguardo tutto quello che mi veniva incontro: facce espressioni gesti atteggiamenti età accessori tessuti colori. Eravamo tutti e due fuori controllo, nella città non nostra nel paese non nostro, senza neanche una minima quota di partecipazione nelle capacità e intenzioni e sogni che ci sciamavano tutto intorno. Correvamo attraverso l'aeroporto come pazzi, lanciati nell'ultimo tratto del binario che avrebbe portato Raimondo a impattare contro il muro della realtà.

Siamo arrivati alla sala arrivi dei voli internazionali, abbiamo aspettato il volo Pan Am 405 da Milano facendo movimenti strani e dicendo cose strane, fissando le altre persone in attesa che guardavano i nostri strani vestiti e occhiali e distoglievano quasi subito gli occhi.

Poi i viaggiatori in arrivo hanno cominciato a venire fuori dal tunnel di collegamento, e dopo qualche sconosciuto e sconosciuta abbiamo intravisto Paolina Paltroni, piccola e secca e nervosa come me la ricordavo e come anche Raimondo se l'è ricordata di colpo appena se l'è trovata davanti a pochi metri. Avevamo ancora una scorta di elettricità assurda che ci circolava dentro: ci siamo messi a cantare sulle note della Marcia Nuziale di Mendelssohn «Paolina tra noi, Paolina tra noi, Sii benvenuta, Paolina tra noooi». Ci è venuta stranamente bene, tenuto conto che non l'avevamo provata prima né ci eravamo messi d'accordo sulle parole; la gente intorno doveva pensare che lavorassimo per un'agenzia specializzata in accoglienze folkloristiche.

Paolina Paltroni non ha riconosciuto subito Raimondo, conciato com'era; poi lui si è tolto gli occhiali e lei ha avuto un'espressione di sconcerto che le contraeva i muscoli della faccia ancora più del normale. Mi sono tolto anch'io gli occhiali; lei ha riconosciuto anche me, non sapeva più che movimenti fare.

Raimondo le ha detto «Come va?», e dal suo tono e dalla sua postura era chiaro che l'elettricità che lo aveva percorso fino a pochi secondi prima gli si era esaurita di colpo insieme alla fantasia fabbricatrice, il realismo pessimista lo aveva già invaso come un'onda oceanica di riflusso.

Paolina Paltroni ha detto «Bene» senza nessuno slancio; fra tutte le immagini di Raimondo che doveva aver coltivato per mesi certo non c'era questa.

Raimondo ha esitato, poi con uno sforzo visibile si è allungato e le ha dato un bacio su una guancia. C'era così poco entusiasmo in questo gesto che Paolina non ha neanche cercato di contraccambiare.

Siamo andati tutti e tre al recupero-bagagli. Io camminavo qualche passo avanti per lasciare a loro un piccolo margine di privacy, ma non sembrava che volessero o potessero farne uso. Raimondo ha detto «Il viaggio tutto ok?».

«Tutto ok» ha detto Paolina Paltroni, nella sua voce stridente.

«Eh» ha detto Raimondo. Si è tolto il foulard e il basco e ha messo in tasca la pipa di granoturco, ma con i pantaloni corti e i calzettoni e la sahariana che aveva addosso non c'era verso che apparisse sobrio.

Sono andato a prendere un carrello; siamo stati quasi zitti e quasi fermi davanti al nastro portabagagli. Paolina ha fatto un paio di brevi osservazioni sulla temperatura alla partenza e quella all'arrivo, ha accennato forse un sorriso con le labbra sottili screpolate dal viaggio. Raimondo cercava di non guardarla direttamente: la distanza tra la Paolina a cui aveva scritto lettere deliranti per quasi un anno e la Paolina che aveva di fianco nel suo tailleur da ricca ragazza milanese doveva essere così terribile da fargli male. Non lo avrebbe mai riconosciuto, ma ero sicuro che fino all'ultimo momento aveva sperato che i dati della realtà si fossero avvicinati almeno un poco a quelli della sua immaginazione. Adesso teneva gli occhi bassi e le mani in tasca, nella sua tenuta da regista del cinema muto che contrastava in modo così faticoso con il suo stato d'animo.

Il nastro portabagagli si è messo in movimento; Paolina Paltroni ha puntato il dito verso due enormi valigie di pelle bianca, ha detto «Eccole». Io e Raimondo le abbiamo prese e messe sul carrello con uno sforzo: erano così grandi e pesanti da suggerire il progetto di un soggiorno di mesi, o di un trasferimento semipermanente.

Abbiamo rifatto il percorso che all'andata avevamo compiuto in pochi minuti di corse e balzi grazie all'elettricità assurda che ci attraversava. Raimondo spingeva il carrello con le due valigie enormi di Paolina Paltroni, lei seguiva a passi legnosi. Ogni tanto lui le dava un'occhiata rapida, mi guardava senza dire niente. Era come se ogni aggettivo e ogni immagine e ogni sentimento che aveva convogliato nelle sue lettere adesso tornassero indietro ad abbaiargli contro: a ogni passo era morsicato alle caviglie e ai polpacci dall'imbarazzo e dal disagio puro.

Fuori Paolina Paltroni si è guardata intorno, nella luce bianco-gialla del pomeriggio californiano. Sembrava ancora più rigida e aspra, con tutti i lineamenti affilati dalla tensione. Ha detto «La macchina da che parte è?».

«Non abbiamo nessuna macchina» ha detto Raimondo.

Lei ha avuto un ulteriore irrigidimento, anche se non lo avrei creduto possibile. Ha detto «I taxi dove sono?».

«Che taxi?» ha detto Raimondo. «Hai idea di quanta strada c'è, da qui alla Valle?»

Paolina Paltroni ha scosso la testa: era chiaro che nella sua esperienza la distanza da percorrere non era un elemento in base a cui prendere o non prendere un taxi.

Orangegrove Ave.

Alla fine siamo arrivati al nostro indirizzo in Orangegrove Avenue, io e Raimondo distrutti dalla fatica di trascinare le due enormi valigie di Paolina Paltroni per il chilometro e mezzo dalla fermata dell'autobus. L'epoca delle valigie con rotelle non era ancora arrivata: avevamo le braccia spezzate, i muscoli della schiena contratti dai crampi. Paolina Paltroni ci seguiva a due passi di distanza, come se camminasse attraverso un brutto sogno.

Ma Raimondo era in uno stato molto peggiore del suo, quando si è fermato nel cortile del piccolo complesso di appartamenti in debole stile coloniale spagnolo. Ormai anche il tratto finale prima dell'impatto contro il muro della realtà si era esaurito; tutto quello che gli restava erano gli ultimi metri. Eppure neanche in quel momento ha fatto un tentativo disperato di trovare una scusa o una giustificazione, per quanto improbabili potessero essere; non ha messo le mani avanti in modo da ammortizzare almeno in parte il colpo. Ha indicato la porta d'ingresso in cima alla piccola scala esterna, ha detto «Eccoci».

Siamo saliti in fila indiana, siamo entrati. Angela era in casa, tornata presto dal lavoro. Ha detto «Ehi»: con una faccia stupita nel vedere il mio turbante e i vestiti di Raimondo e le due enormi valigie di pelle bianca, e ancora più nel vedere Paolina Paltroni.

Paolina Paltroni appena ha visto Angela si è girata verso Raimondo.

Raimondo ha detto «Angela, la ragazza di Alberto», come se gli sembrasse ingiusto che solo questo equivoco potesse essere dissolto con così poche parole.

Paolina Paltroni ha porto la mano ad Angela, ha detto «Come va?».

«Come va?» ha detto Angela; mi ha guardato in cerca di spiegazioni.

Le ho fatto un piccolo cenno per dire "più tardi"; ho pensato che ero stato stupido a tenerle segreta tutta la storia, come mi aveva chiesto Raimondo.

Paolina Paltroni si guardava intorno, nell'appartamento vero che aveva preso il posto dell'appartamento immaginario dove si era sognata chissà quante volte di coronare il suo sogno romantico con l'uomo che le aveva scritto decine e decine di lettere traboccanti di sentimenti straordinari. Ma quest'uomo era arrivato a fine binario e non aveva la minima idea di cosa fare, teneva gli occhi fissi sulla finestra pur di non guardare verso di lei.

Lei ha fatto un breve giro, cauta come un'etnografa in territorio pericoloso. Raimondo non aveva neanche chiuso la porta della camera da letto; non ci voleva molto a capire che quella non era la base solitaria di un eroico emigrante dedito all'impresa di costruirsi una nuova vita con le proprie mani. Era un appartamento da giovane coppia suburbana, con gli orsetti di pezza sul letto matrimoniale e le foto in cornice sui comodini, lo strofinaccio con due cuori ricamati in rosso appeso in cucina.

Raimondo era fermo vicino alla finestra, sembrava che volesse tapparsi le orecchie.

Paolina Paltroni ha detto «Tu non vivi qui da solo».

Le tremava la voce; e anche se era ricca e arrogante e piena di atteggiamenti sgradevoli, mi è dispiaciuto per lei.

Raimondo ha detto «No, ci sono anche Alberto e Angela. Sono ospiti per un po'».

«Chi è quella ragazza?» ha detto Paolina Paltroni.

«Angela?» ha detto Raimondo con un tentativo debolissimo di sorriso, come se intravedesse ancora minuscoli margini di sopravvivenza nelle ultime oscillazioni prima dello schianto finale.

«Quella delle foto sul comodino» ha detto Paolina, in un tono già molto più duro. «Come si chiama?»

«Chi?» ha detto Raimondo, guardava fuori.

«Quella di là!» ha detto Paolina Paltroni con uno scatto.

Raimondo ha alzato le spalle, ha detto «Che ne so».

Io e Angela ci guardavamo; avremmo voluto intervenire ma non sapevamo come. Mi sono tolto il turbante, rigiravo la stoffa tra le mani.

«Come, che ne sai?» ha detto Paolina Paltroni. «Hai le foto di una sul comodino del letto e non sai chi è?»

«Che ne so» ha detto Raimondo. «Che ca-vo-lo ne so.» Ha aperto il rubinetto in cucina, l'ha richiuso, ha aperto il frigorifero, l'ha richiuso; si muoveva come se tutti i suoi circuiti interni fossero andati in tilt.

È suonato il campanello della porta; sembrava che tutti e quattro avessimo i piedi incollati al pavimento.

Un attimo dopo la chiave è girata nella serratura e la porta si è aperta e Sarah Miller è entrata, con la sua faccia abbronzata e gli occhi grandi quasi gialli e i capelli corti e il corpo sportivo da ragazza californiana, aveva un sacchetto del supermarket in mano. Ha fatto un passo nel piccolo soggiorno e si è bloccata anche lei, contagiata dalla paralisi dei nostri movimenti.

«È lei, no?» ha detto Paolina Paltroni nella sua fredda voce milanese, puntava un indice nervoso.

«Lei chi è?» ha detto Sarah: guardava Paolina Paltroni, Raimondo in pantaloni corti e calzettoni bianchi e sahariana, me e Angela, le due enormi valigie.

Raimondo ha fatto un gesto assurdo di presentazione: ha detto «Paolina, Sarah», sorrideva. Ma il sorriso gli è venuto storto, la voce si è incrinata, il gesto si è dissolto a metà.

«E cosa ci fa qui?» ha detto Sarah. La sua figura compatta era in uno stato di estrema contrazione muscolare, tutti i suoi organi sensoriali sondavano come strumenti di controllo e di difesa.

«Che ne so?» ha detto Raimondo.

Paolina Paltroni ha detto «Sei una *merda*».

Sarah ha detto «Mi spieghi cosa cavolo sta succedendo in *casa mia*?».

Raimondo le si è avvicinato come per sfiorarle un braccio o una spalla, ma lei lo ha spinto indietro, ha gridato «Non mi toccare!». Era diventata tutta rossa; ha buttato per terra il sacchetto della spesa, le mele che c'erano dentro sono rotolate sulla moquette.

Sarah è corsa fuori; Raimondo le è corso dietro. Angela si è messa a raccogliere le mele; Paolina Paltroni ha dato un calcio a una delle sue enormi valigie di pelle bianca.

Io sono uscito sul pianerottolo esterno, ho visto Raimondo che scendeva i gradini due alla volta dietro a Sarah che era già nel cortile, già in macchina. Lui si è attaccato alla maniglia della portiera, ha gridato «Aspetta! Ti spiego tutto! Per piacere! Sarah!». Ma Sarah aveva già messo in moto ed è partita di scatto, lo ha trascinato attraverso il cortile, oltre la piscina finché lui non ha mollato la presa ed è inciampato e caduto per terra; è rimasto seduto sul cemento a vedere la piccola Honda bianca che usciva con un rombo furioso su Orangegrove Avenue e andava via a tutta velocità.

Poi ha guardato in alto verso di me, con lo stesso sorriso triste e deluso che gli avevo visto in tre o quattro altre occasioni cruciali: come se avesse giocato contro le regole della vita reale sperando di avere almeno una piccola probabilità di farcela e avesse perso, e considerasse il suo avversario profondamente sleale e meschino, e anche privo di senso dell'umorismo.

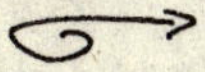

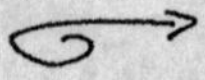

Da: Alberto Scarzi ascarzi@globaltel.it
A: Raimondo starreacher@ultrabeam.com
Oggetto: Storia
14-07-02

Raimondo caro,

intanto volevo salutarti e sapere come stavi, visto che sono tre mesi buoni che non ci sentiamo. Siete andati in vacanza da qualche parte? E il cane l'avete poi preso? Ti avevo spiegato i miei dubbi sui Labrador, ma tanto lo so che finirai per decidere di testa tua, e andrà bene comunque.
Volevo anche dirti che da un po' di tempo mi sono messo a scrivere una cosa che riguarda anche te, vale a dire la storia delle interviste finte per Damiano Diamantini e della nostra prima e seconda emigrazione in America e di tutto quel periodo di sogni e confusione e ricerca tra Milano e New York e Santa Barbara e l'Australia e Los Angeles. Naturalmente è un romanzo, con tutte le ibridazioni e alterazioni e traslazioni che succedono nei romanzi, ma la storia che c'è sotto è la nostra. Non so perché mi ci son messo, dato che stavo lavorando a un'idea totalmente diversa e tutte le volte che pensavo a questa storia mi sembrava che avesse un significato solo per noi che l'abbiamo vissuta. Però le storie

hanno uno strano modo di imporsi a chi le deve scrivere, ormai l'ho scoperto da tempo. Sei lì concentrato su tutt'altro, e loro continuano a riaffacciarsi alla tua attenzione. Ti propongono delle ragioni per essere raccontate, anche, pur di convincerti. Quando l'insistenza è troppa cominci a pensare che le ragioni siano buone, e a quel punto l'unica cosa che puoi fare è seguirle lungo la strada che ti aprono davanti. La tua autonomia si limita più o meno a scegliere che direzione prendere a qualche bivio, stare attento a non perderti in diramazioni secondarie e finire tra campi di particolari irrilevanti. Per il resto è una cosa abbastanza naturale, come camminare attraverso un bosco e osservare gli alberi e i cespugli e i fiori e gli animali di varie dimensioni che indugiano o schizzano via mentre passi.
Spero solo che non sia un bosco che tu avresti preferito lasciare chiuso al pubblico. Se è così, dimmelo.

Un abbraccio

Alberto

Da: R.A.V. <starreacher@ultrabeam.com>
A: albert <ascarzi@globaltel.it>
Oggetto: ehi!
15-07-02

ehi albert!
è vero è passato un sacco di tempo dall'ultima volta che ci siamo sentiti mannaggia adesso poi che abbiamo questi cavolo di strumenti di comunicazione ultrafacili ultraveloci non c'è neanche più la scusa delle unreliable poste italiane è solo colpa nostra che siamo pigri che ci distraiamo che rimandiamo come se ci fosse qualcosa di più urgente di più importante quando sappiamo benissimo che non c'è.
ti sei fatto acchiappare dalla nostra storia al punto di stare lì in campagna a lavorare invece di andartene in grecia?! stai giocandoti l'estate come sta capitando a me?! oggi doveva essere il mio primo giorno di vacanza ma ho dovuto rimandare a giovedì prossimo quando partirò con un gruppo di giudici avvocati

di ogni tipo per un mountain bike trip fino a domenica sera solo che ieri la CNN ha fatto vedere the paradise of our choice in preda alle fiamme il che veramente non ci voleva dal momento che ho già spedito tutti in vacanza compresa la mia segretaria dunque posso solo mandare avanti un po' di lavoro da casa con il lap-top è una fregatura come ti puoi immaginare in compenso ho più tempo per le bambine anche se loro naturalmente hanno mille impegni organizzati da sarah malgrado il suo lavoro ultraintenso alla televisione (da un mese è passata a executive producer previsioni del tempo per tutta la west coast naturalmente ne è felice anche se è impegnativo like hell). questa tragedia in the making è stata preceduta da un'altra a inizio estate che per fortuna si è conclusa solo con un grosso spavento venticinque punti di sutura with some concern about scarring è successo che dorina jr. stava con sarah sulla spiaggia di zuma a fare surf un'ora prima del tramonto (la chiamano glass-off questa pratica) la bambina è stata colta di sorpresa tra onda di ritorno onda in arrivo si è fatta sbalzare dal surfboard che si è sollevato poi abbattuto su di lei la pinna ha inciso profondamente la pelle tra soppracciglio e lato del naso mancando per fortuna l'occhio non è stato toccato ma sangue angoscia notte al pronto soccorso ad aspettare l'esperto di chirurgia plastica dopo tanta vitamina E creme allo zinco superprotettive

restrizioni alle attività sportive per otto settimane poco nuoto per via dei batteri presenti in grande abbondanza nelle acque di malibu tutto nel bel mezzo del tanto atteso junior life program promosso dal city hall losangelino ora siamo vicini al tutto è bene quel che finisce bene salvo un piccolo segno di tre centimetri che dovrebbe assorbirsi in sei mesi o restare come un ricordo o un argomento di future conversazioni.
albert sai che lo sapevo che prima o poi saresti venuto fuori con la storia delle interviste per il damiadiama con tutto quello che è venuto dopo era solo questione di tempo non è per niente strano che la storia abbia insistito per essere raccontata perché cavolo albert è stata una storia assurda ma ha cambiato le nostre vite per sempre non solo le nostre ma quelle di un bel gruppetto di persone se ci mettiamo i nostri figli i futuri figli dei nostri figli fa quasi paura pensare che un'idea totalmente irreale che ci era venuta in un pomeriggio di novembre milanese deprimente da morire abbia avuto delle conseguenze così reali così a lungo termine è difficile dire cosa sarebbe successo se non ci avessimo mai pensato forse non saremmo mai venuti in america forse non ci saremmo tornati forse non ci saremmo restati forse io non mi sarei messo con sarah forse tu non avresti scoperto che volevi scrivere forse avremmo fatto tutt'altro forse saremmo da tutt'altra parte chissà dove chissà con

chi ma la vita di chiunque tranne di quelli che restano proprio immobili come sassi prende forma da fatti minuscoli concatenati la differenza è che qui sappiamo con precisione qual è stato l'anello di partenza di solito invece è difficile capirlo.
comunque al di là di tutto mi diverte tanto pensare che tu stia ripercorrendo quei gran giorni del damiadiama della mia gloria di close friend delle rockstar quasi rockstar anch'io di tutta l'esaltazione le improvvisazioni gli spaventi i cambi di scena a pensarci adesso mi sembra una specie di film passato via troppo veloce finita la proiezione andato a casa il pubblico chiuso il cinema mannaggia alberto per fortuna siamo rimasti noi siamo ancora noi anche se magari un po' cambiati but not necessarily in peggio no?
l'unica cosa che spero è che sia tutto oramai caduto in prescrizione albert non farmi apparire davanti alla porta un federal investigator con mandato di cattura internazionale come in quei brutti tv movies dove il tipo o la tipa ormai perfettamente onesti padri o madri di famiglia devono out of the blue rendere conto del crimine di gioventù di cui tutti si erano dimenticati da chissà quanti anni mentre la legge implacabile continuava a seguire il suo corso non farmi fare neanche l'esule a vita perché va be' che l'italia non è più casa mia da un pezzo però sarebbe triste pensare di non poterci

proprio mai più rimettere piede senza trovare i carabinieri pronti con le manette sotto la scaletta dell'aereo.
per il resto la nostra storia non è un bosco chiuso al pubblico albert i boschi chiusi al pubblico mi intristiscono meglio se ci porti un po' di gente allegra un po' di gente curiosa basta che non lascino cartacce in giro basta che non rovinino le piante che non disturbino la wildlife ma sono sicuro che quelli che porti tu non lo faranno.
a big hug dal tuo amico
raimondo

Da: Alberto Scarzi ascarzi@globaltel.it
A: Raimondo starreacher@ultrabeam.com
Oggetto: Prescrizione
15-07-02

Raimondo caro,

mi ha fatto tanto ridere quello che dici sulla prescrizione. È la prima cosa che mi è venuta in mente quando ho cominciato! Ma dopo venticinque anni i reati di questo tipo sono estinti, ammesso che il nostro sia mai stato un reato.
È vero, il rapporto tra l'inconsistenza assurda della nostra idea iniziale e la concretezza così estesa delle sue conseguenze. È una delle ragioni per cui mi sono messo a scrivere questa storia: provare a ricostruire dall'inizio la successione di minuscoli eventi che portano due (o più) persone da un punto della loro vita a un altro.
Poi pensavo che non sarebbe successo niente se ognuno di noi due fosse stato da solo. L'idea sarebbe rimasta un'idea, sballata com'era.
A volte mi sono anche chiesto che strada avrebbero seguito le nostre vite se quella sera a Las Vegas tu avessi puntato sul 17 anziché sul 7 e avessimo vinto un milione e mezzo di dollari. Magari oggi saremmo due persone molto peggiori,

senza niente di quello che abbiamo. Magari invece saremmo molto più felici, con un sacco di altre cose. Chissà.
Quanto alla vacanza, sì, me la sto giocando, e sono anche abbastanza furioso all'idea. Ma dovrei prendermela con la storia che sto scrivendo, o con la storia che abbiamo vissuto, o con noi che l'abbiamo vissuta, o con le ragioni che ci avevano portati a viverla? È una catena un po' troppo lunga per trovare l'anello con cui prendersela, non ti pare?

Un grande abbraccio

Alberto

Da: R.A.V. <starreacher@ultrabeam.com>
A: albert <ascarzi@globaltel.it>
Oggetto: sequoia national park
16-07-02

grande albert
comunque io almeno in un paio di occasioni ti avevo pensato con grande intensità prima di ricevere la tua e-mail del 14 una è stata nel sequoia national park è strano perché tu parlavi del camminare attraverso un bosco come vedi i segnali finiscono sempre per incrociarsi comunque quegli alberi millenari mi inducevano a strane considerazioni distaccate del tipo che viene a te in particolare a un certo punto dove c'è un'enorme sequoia abbattuta con gli anelli della crescita ben visibili in sezione con segni a vernice gialla in punti diversi con scritte tipo “battaglia di hastings” “scoperta dell'america” “rivoluzione francese” “dichiarazione di indipendenza americana” etc. etc. tutti gli anni ben scritti precisi le bambine (ok early teen-agers più che bambine ormai

ma io continuo a chiamarle bambine finché non si scocciano) erano affascinate io pensavo che avevo davanti agli occhi un testimone vegetale della storia di secoli pensavo che mentre tutte quelle cose apparentemente fondamentali succedevano la sequoia lì nella sua foresta non se ne accorgeva neanche qualunque grande impresa umana la toccava infinitamente meno della beccata di un woodpecker del pizzico di un bug su una foglia pensavo "chissà cosa direbbe albert se fosse qui" potevo immaginarmi sai tipo un dialogo a distanza quando conosci così bene qualcuno da sempre sono cose che ti capitano.
l'altra volta che ti ho pensato è stata una mattina che guidavo per le vie silenziose di bel air scopo della missione lo svuotamento dell'armadietto di rachel che quest'anno passa da freshman a sophomore bisogna stare attenti quando si guida per queste vie a non travolgere pedoni messicani salvadoregni honduregni nicaraguensi guatemaltechi giardinieri colf nannies in camice bianco che camminano su quella stretta fascia di cemento tra strada e marciapiede dove di solito scorre l'acqua durante le piogge ormai monsoni che che arrivano di frequente in questo planetary climate disaster di cui abbiamo la nostra fetta gigante di responsabilità visto che siamo tra i più accaniti inquinatori consumatori di risorse se pensi soltanto alle quantità mostruose di acqua che buttiamo via ogni giorno per bagnare i nostri praticelli

davanti a casa mannaggia albert mi sembra una vita fa che i praticelli californiani li vedevo nei fumetti di mickey mouse e paperino adesso invece ce l'ho anch'io se non passo la falciatrice almeno una volta ogni dieci giorni sarah comincia a dire che non ci tengo alla nostra casa che non faccio la mia parte etc. etc. a volte abbiamo degli scontri perché mi accusa di non esserci abbastanza di dedicare troppo spazio al lavoro dice che sono un workoholic il che forse è vero ma sa benissimo che non è uno scherzo mandare avanti un'agenzia di public relations con sedici dipendenti non è facile avere la responsabilità di tante persone decisioni da prendere di continuo soluzioni da trovare ma sarah lo sa benissimo che appena ho uno straccio di tempo lo dedico alla famiglia dove lo trova uno che si occupa delle bambine come faccio io conosco la loro situazione affettiva intellettiva scolastica sportiva a memoria trovo sempre il modo di parlare con i teachers accompagnarle alle partite agli allenamenti seguirle dare consigli d'altra parte anche sarah con la televisione a volte è presa da fare paura per di più con orari difficili così ci dobbiamo alternare per forza that's life ma ogni tanto quando proprio non riusciamo a capirci mi chiedo se non avrei fatto meglio a restarmene da solo free as a bird tranne che poi mi basta guardare le bambine per capire che sono felice che ci siano anche con sarah in realtà stiamo bene dopo tutti questi

anni ci vogliamo bene non la lascerei proprio la sola cosa che non sopporto è l'idea che due che stanno insieme su basi permanenti non riescano a mantenere lo stesso spirito di quando stavano insieme su basi non permanenti mannaggia albert la fregatura è tutta lì a volte penso che mi piacerebbe essere come te che ti sei divorziato due volte pur di non sentirti incastrato in una vita fissa anche se non so se sei proprio libero perché non mi racconti niente poi però penso che senza sarah non riuscirei a vivere o a fare molto insomma non lo so life is complicated diventa sempre più complicated man mano che vai avanti o forse non è affatto vero è solo un'impressione comunque finiamola lì c'è rachel che mi chiama dal giardino devo farle da bouncing partner per un po' di pallacanestro.
a big hug
raimondo

p.s.: a las vegas non stavamo per vincere un milione e mezzo di dollari erano unmilionesettecentosessantaquattromila accidenti albert non so se oggi saremmo più o meno felici se li avessimo vinti tutto quello che so è che allora avremmo fatto dei salti così alti da umiliare i canguri della tua australia questo te lo posso garantire.

Da: Alberto Scarzi ascarzi@globaltel.it
A: Raimondo starreacher@ultrabeam.com
Oggetto: Basi permanenti
17-07-02

Raimondo caro,

riguardo alle tue considerazioni sui legami su basi permanenti, a questo punto non so proprio più. Quello che so è che tu sembravi così irrimediabilmente incapace di fare i conti con la realtà, e ti sei costruito una vita molto reale, o almeno hai lasciato che Sarah la costruisse per te. E adesso hai una famiglia e una casa e tutto un corollario di attività e impegni e preoccupazioni e soddisfazioni. Invece io che sembravo un po' più (pochissimo) concreto di te continuo a essere sospeso tra molte possibilità astratte, a tenere i miei vestiti in una valigia anche se avrei degli armadi, a chiedermi dove vorrei o potrei davvero stare, come, con chi, per quanto. Non me ne lamento, perché è l'unico tipo di vita che mi va bene; o per lo meno non riesco a sopportare l'altro tipo definito e stabilizzato, e non so se ce n'è un terzo. Però non credo che nessuno di noi due abbia davvero scelto quello che ha oggi, Raimondo. È successo, più che altro, nel gioco continuo da equilibristi che facciamo per conciliare dati di

fatto e immagini mentali, cose che ci fanno paura e cose di cui abbiamo bisogno. Questo non vuol dire che non possiamo decidere di cambiare a un certo punto, anche se è probabile che ognuno tenda a riprodurre all'infinito la sua formula di equilibrio, indipendentemente dalle circostanze. O forse non è affatto così. Sono sempre dell'idea che siano possibili grandi sorprese.
Adesso vado a fare una passeggiata di un'ora attraverso i boschi con Tim il cane, così mi ricarico di energia e mi rimetto a lavorare alla nostra storia con uno spirito limpido.

Un grande abbraccio

Alberto

Da: R.A.V. <starreacher@ultrabeam.com>
A: albert <ascarzi@globaltel.it>
Oggetto: caffè
18-07-02

caro albertastro indefinibile
immagino che aprirai la tua cassetta di posta elettronica col caffè del mattino quindi buon caffè anche buon muesli se lo mangi ancora o buona brioche alla crema o buon pita bread al pistacchio qualsiasi cosa tu mangi adesso a colazione io invece adesso me ne vado a dormire sarah è già a letto quando le ho detto che tu stai scrivendo la storia delle interviste per il damiadiama con tutto quello che è venuto dopo ha fatto una faccia strana mi sono un po' preoccupato lo sai come è lei ma poi è venuta in cucina dove stavo preparando some wonderful melanzane parmigiana rigorosamente senza sale perché il sale secondo lei is the real killer d'accordo ormai mi ci sono abituato comunque mi ha detto ok se alberto scrive

quella storia poi fammela leggere così almeno riesco finalmente a capire il vostro punto di vista il che alla fine è un grande gesto di affetto anche di fiducia da parte della mia old lady non ti sembra albert?
quello che dici sul fatto che non credi che abbiamo scelto le nostre vite come sono adesso è vero le scelte le abbiamo fatte prima queste sono le conseguenze delle scelte quando dici che sembravo così fuori dal mondo eppure adesso ho una vita ultrareale madonna mi sembra che mi vedi come una specie di condannato all'ergastolo nel senso di a life sentence letteralmente scherzo ti ho detto che ogni tanto mi sembra troppo non solo la famiglia ma il lavoro anche adesso che grazie a tutti gli scandali finanziari c'è stato un grande reshuffling di carte a maggio/giugno sono arrivati tre nuovi grossi clienti più altri minori a bussare alla nostra porta senza che noi avessimo fatto nessun tipo di masked courting il che mi fa pensare che qualcosa di buono sono riuscito a metterlo in piedi anche se in questo campo non ti puoi rilassare neanche per un attimo puoi immaginarti che mondo di lupi sciacalli iene può essere.
comunque volevo anche dirti che sono felice che ci parliamo più spesso è strana la faccenda perché di amici ne ho diversi alcuni li ho conosciuti attraverso il lavoro altri sono genitori di compagni delle bambine altri sono vicini o ex vicini di casa però c'è qualcosa di

diverso negli amici di quando ancora non
sapevi cosa saresti diventato quando eri
in cerca di una forma non lo so comunque
volevo dirti che mannaggia albert malgrado
lacune differenze di carattere
insofferenze distanze oceani ti voglio
bene come ai primi tempi quando eravamo
due teste di cavolo in search di un'idea
di uno spunto di qualsiasi cosa.
hasta la vista
raimondo

Da: Alberto Scarzi ascarzi@globaltel.it
A: Raimondo starreacher@ultrabeam.com
Oggetto: Steal a little
19-07-02

Caro Raimondo,

ti ricordi quella strofa in una canzone di quel nostro amico che avevi intervistato, diceva "Ruba un po' e ti ficcano in galera / ruba un sacco e ti fanno re"?
Sembra così appropriata a questi giorni, come tante altre cose che ha scritto. Mi era piaciuto il modo in cui eri riuscito a fargliene parlare, senza cercare di ottenere didascalie o spiegazioni definitive che avrebbero rovinato tutto.
Lo sai che non ho proprio mai nostalgia per il passato, ma l'unica cosa che rimpiango ogni tanto sono le interviste di Raimondo A. Vaiastri. Adesso quando mi capita di leggere un'intervista a una rockstar o come cavolo si dovrebbe chiamarla oggi visto che non mi sembra che il rock esista più, finisco per buttarla nel mucchio di carte che servono ad accendere il camino. L'ultima che ho letto era a uno che non mi piaceva neanche agli inizi ma che adesso è ancora peggio, con il suo pizzetto da capra multimediale. A un certo punto il giornalista gli chiede perché si è andato a sposare in Corsica e

lui dice che è innamorato da sempre della natura aspra e selvaggia dell'isola, tanto è vero che ha deciso di costruire un grande albergo sulla costa che sarà a metà tra un business center e un hub iperconnesso da cui gli ospiti potranno fare videoconferenze e vendere e comprare azioni sulle borse di tutto il mondo attraverso le più moderne tecnologie a fibre ottiche e satellitari. Il tutto riportato senza la minima traccia di spirito critico o ironia o partecipazione. L'ho riletta un paio di volte, senza riuscire a distinguere i confini precisi tra l'idiozia dell'intervistato e quella dell'intervistatore.
L'ultima volta mi sono dimenticato di dirti che mi è dispiaciuto tanto per lo spavento che vi siete presi per Dorina jr. Dev'essere davvero stato brutto, meno male che tutto è finito bene. Ma è come dici tu: se le resterà un piccolo segno in faccia, sarà solo un elemento di interesse in più nelle sue conversazioni future.

Un abbraccio gigante

Alberto

P.S.: anch'io ti voglio bene come ai primi tempi.

Da: R.A.V. <starreacher@ultrabeam.com>
A: albert <ascarzi@globaltel.it>
Oggetto: i veri nomi
22-07-02

caro albert
scusa per il delay nella risposta ma abbiamo avuto un problema con il provider o il server non ho ancora capito come funzionano questi cavolo di traffici elettronici comunque proprio mentre il mio tecnico è on holiday sulle rocky mountains così niente comunicazioni fino a questa mattina è proprio un'estate scombinata comunque volevo ringraziarti per quello che dicevi delle mie interviste anch'io credo che avessero qualcosa di speciale credo che fosse lo spirito credo la prospettiva il fatto che mannaggia c'ero dentro davvero non avevo nessun atteggiamento da sbirciatore a distanza nessuna frustrazione perché riuscivo a parlare con le rockstar alla pari è per quello che a leggerle ti sembrava di vedere i personaggi in the

flesh di sentire le loro voci cavolo è stato un buon periodo meglio che non mi ci fai pensare più di tanto perché sai bene che io invece sono virtually addicted alla nostalgia meglio concentrarsi sul presente. a proposito del presente volevo raccontarti dell'altro ieri sera quando siamo andati con sarah a un superparty dato da ned cropper della ultrabeam sulle colline di hollywood mi sembrava la cosa più normale del mondo anzi abbastanza pallosa tutto already seen sai quelle situazioni dove vai più per dovere che per divertimento un quinto degli invitati erano miei clienti però a un certo punto for no reason mi sono reso conto di colpo che ero in mezzo a una quantità impressionante di VERI NOMI mi sono reso conto che se fossimo stati lì insieme venticinque anni fa albert ci sarebbe sembrato di sognare ci sarebbe sembrato di essere precipitati in una miscela frullata di academy awards più grammy awards winners solo per darti un'idea c'erano ronald berck (still rocking!) sam ticklemann linda gradentes paula olson kiki vandermeier lynn tippins (anche se le canzoni sono zuccherose ha una voce incredibile non credi?) hugo holland (sempre il preferito di sarah anche se comincia ad avere la pancia a perdere i capelli mentre io no per fortuna) anastassia coppell roxanne muroncini rené gatto loya cortalban al pitchinsky bob palmieri fran parrelli (wow!) tina lewis-grange w.c. flush (lo chiamano numetal fa

schifo proprio niente di nuovo gli zeppelin avevano già detto tutto secoli fa) hank mitchell rick gibbons muriel mclowden (te la ricordi quando abbiamo visto wasted hearts ai tempi del ristorante?) caroline shaw howitz mutton (le bambine hanno un suo manifesto firmato in camera da letto) sheila tittenhurst (quella della nuova serie tv non so se è già arrivata da voi) frank aspinall nana algado glen hotchiss minna eberhard tom kanover margo pulatz diego blanco phillis simonsen laura kirton leda papadopoulos sally kinfolk il vecchio gene carlyle che è sempre uguale a se stesso soprattutto se ti accontenti di sorridergli da tre o quattro metri con il tuo vodka-martini in mano ti fa un cenno di saluto come se gli stessi veramente a cuore.
il fatto albert è che la vita è molto strana ma come diceva qualcuno "strana rispetto a cosa?".
hasta la vista once more cerca di non sparire nel nulla per altri mesi o anni interi prima di farti sentire di nuovo brutto bastardo.
il tuo
raimondo a. vaiastri

Indice

Andrea De Carlo

in Oscar Bestsellers

Macno

Macno è un uomo carismatico che ha raggiunto il potere assoluto grazie alla televisione. Ma quando nella sua corte di adulatori entra Liza, qualcosa nel sistema del potere si incrina...

(n. 1092) cod. 448400, pp. 224, € 7,80

Andrea De Carlo

in Oscar Bestsellers

Pura vita

Un padre e la figlia adolescente in viaggio; nelle lunghe ore trascorse in automobile, parlano. Ma soprattutto si pongono domande. A volte trovano risposte, a volte solo altre domande.

(n. 1307) cod. 451280, pp. 266, € 8,40

Andrea De Carlo

in Oscar Bestsellers

Tecniche di seduzione

Un aspirante romanziere si trasferisce a Roma in cerca del successo; e qui, tra personaggi squallidi e fasulli, percorrerà tutte le tappe di una dolorosa "educazione sentimentale".

(n. 1208) cod. 450146, pp. 250, € 8,40

«I veri nomi»
di Andrea De Carlo
I Miti
Arnoldo Mondadori Editore

Questo volume è stato stampato
presso Mondadori Printing S.p.A.
Via Bianca di Savoia n. 12 – Milano
Stabilimento NSM
Viale De Gasperi n. 120 – Cles (TN)
Stampato in Italia – Printed in Italy

I MITI
Periodico quindicinale:
N. 128 del 4/11/2003
Direttore responsabile: Stefano Magagnoli
Registr. Trib. di Milano n. 560 del 17/9/1999

ISSN 1123-8356

52563
2003